Oscar narrativa

Fiabe toscane

scelte e trascritte da
Carlo Lapucci
presentate da
Mario Luzi

Arnoldo Mondadori Editore

I edizione Oscar narrativa novembre 1984
VI ristampa Oscar narrativa febbraio 1995

PRESENTAZIONE

Rotta la servitù alle coordinate mortali del tempo e dello spazio, travolte le barriere tra impulso e limite o resistenza di ogni specie, quali desideri profondi è libero di attuare il protagonista della favola? Quali atavici sogni e aspirazioni impedite dall'ostica realtà corre, adesso, ad attuare?

Egli è (esplicitamente o sotto altro aspetto) un re onnipotente ma vulnerabile negli aspetti domestici e specialmente nella tenerezza paterna; o al contrario un poveretto collocato sull'infimo gradino della scala, ma industrioso e abile nel suo mestiere. La ripartizione dei compiti è parte dell'ordine rituale e non manca di una placida sacralità. Se non che pure in questo ordine si presentano delle ombre, a ciascuno è data la sua croce, a chi possiede ogni tesoro viene a mancare la salute o la felicità nella persona sua propria o in quella dell'erede, sia il principe che si strugge di un vano amore o la principessina indocile a ogni raccomandazione ed esigenza della corte; a chi regge in piedi a fatica la sua umilissima baracca la disgrazia e la sofferenza non hanno che da scegliere il modo di sopravvenire. Nasce un intoppo, si produce una anomalia nel corso naturale delle cose. A volte ci si mettono anche potenze straordinarie, maghi, streghe, diavoli: un soprannaturale che invero nel regime delle favole viene del tutto riassorbito nel naturale e nell'ordinario.

Quello che il desiderio e la volontà di tutti i protagonisti cercano di affrettare è la vittoria sulla perfidia degli antagonisti (tali devono considerarsi coloro che arrecano il disordine) e il risarcimento della giustizia e della giustezza poiché non sembra che l'una possa stare senza l'altra. La sofferenza e la disarmonia devono aver fine e generare letizia e bellezza.

Questo dell'equità mi pare nella tradizione toscana il motivo fondamentale. L'amore ingiustamente impedito e infine coronato, le prepotenze del bruto sconfitte dall'astuzia, ricchezza e benessere elargiti a chi ha stentato e tribolato immeritatamente. Non ci sono esuberanze fantastiche o indugi di una sensuosa immaginazione, solo interventi e segnali che servono a comprovare l'avvenuta operazione di giustizia ristabilita.

❀❀❀❀❀

Quello che notavo con molta sorpresa leggendo queste favole riguarda non tanto la loro struttura e la più o meno esatta e completa ricorrenza degli archetipi individuati dal Propp e da altri quanto alcunché di sostanzialmente mutato nella mia disposizione a riceverle. Mi sarei infatti aspettato che l'oralità affabulatrice con i suoi incanti rifiorisse in pieno e divenisse sovrana tanto nel ricordo della mia infanzia (ma non della materia di tali racconti) mi parevano inscindibili dalla voce recitante. Del resto questo insieme è intimamente omogeneo con la natura probabile della fiaba, espressione, secondo la migliore antropologia, anteriore alla scrittura organizzata (e dunque al pensiero razionalmente applicato): natura in conflitto se mai proprio con la tradizione scritta che si è costituita e che qui stiamo appunto considerando.

L'oralità invece era di gran lunga soverchiata da una insopprimibile tendenza alla visualizzazione. Automaticamente i movimenti, le dislocazioni, le prodigiose dimore suscitate dal nulla o soppresse, gli animali parlanti, le tempeste insorte e placate e insomma tutti i *mirabilia* della *narratio* mi si traducevano in *strips* dalla vivida iconografia o ancora più spesso in *films* da ritmo serrato che brucia tutti i passaggi intermedi e incalza la sequenza degli eventi. La fantasmagoria dinamica a cui siamo stati educati da Disney aveva la sua parte e trovava il suo cibo.

La sorpresa verteva anche sul fatto che fossi io, attempato lettore, a verificare la curiosa sorte di questa materia propria della leggenda e dell'affabulazione orale venuta a cadere in piena civiltà dell'immagine, in piena cultura iconica; e a constatare i cambiamenti di senso e i mutamenti di credibilità che ne derivano.

Ma, è certo, non siamo contemporanei solo ai nostri coevi: in questo caso avevo, come altri, beneficiato di una seconda assimilazione culturale, e questa era avvenuta attraverso l'infanzia di mio figlio.

✿✿✿✿✿

Non sono pochi coloro che storcono la bocca a sentir parlare di distinzioni geografiche e regionali a proposito delle favole, i cui nuclei emotivi archetipici sono generali e comuni come certi fondamenti culturali, che so, indoeuropei o polinesiani. Tuttavia l'interpretazione di fatto ad opera di tradizioni definite e invenzioni particolari esistono. E a me sembra che i caratteri toscani siano riconoscibili nella asciuttezza immaginativa di queste (a taluno potrà perfino sembrare si tratti di aridità) e nello stringato uso del meraviglioso come di un codice assimilato e di un alfabeto convenzionale ai fini prevalenti del raccontare, anzi del novellare.

È abbastanza frequente imbattersi in passaggi dove la innocente malizia di colui che adempie all'ufficio e sa di farlo per un gioco accettato allegramente dal recitante e dall'udienza come intrattenimento sottilmente paradossale si burla quasi di se stessa. Quella che i romantici chiamavano « sospensione del senso di incredulità » è minima, ma è subentrato in compenso un altro stato molto tipico della cultura, voglio dire della mente, toscana. Questo è difficile a definire ma proprio il presente *test* può aiutarci a riconoscerlo, essendo assai rivelatorio. Si tratta in sostanza di una sfida della spericolata facoltà di gioco e quasi della lucida follia nei confronti della ragione mai dimessa, mai vacante. Esaurita alla svelta la riserva di credulità, rimane un più amaro e un po' crudele esercizio della mente e delle sue funzioni: un esercizio prossimo alla provocazione. È, io credo, lo stesso processo, su tutta altra scala, che fa nascere le grandi fantasie fiorentine da un'estrema impavida proiezione della superiore razionalità.

Mario Luzi

INTRODUZIONE

Scendendo da chi sa quale sorgente lontana, una fiaba attraversa l'umanità subendo nel tempo e nello spazio le metamorfosi che le impone il suo corso vario e tortuoso e lasciando tracce più o meno decifrabili. La fiaba prende così, come l'acqua, la forma dell'alveo che percorre e assimila qualcosa della terra che attraversa. Questa, con tutti i suoi elementi costitutivi: personaggi, vicende, stratagemmi, soluzioni, appartiene quasi sempre a una consistente zona geografica, se non al mondo; invece, come eleborazione della materia con le caratteristiche d'un determinato ambiente, in forme specifiche, secondo gusti proprio d'un luogo e in un particolare linguaggio, può appartenere a una regione ben determinata che l'ha trasformata facendola diventare parte della propria cultura. In questo senso è possibile parlare di fiabe appartenenti a una regione.

L'essere stata raccolta in Toscana è condizione necessaria, ma non sufficiente perché una fiaba possa dirsi toscana: dei trapianti naturali da una regione all'altra, ad esempio, possono falsare completamente il fenomeno, di per sé chiaro. Altro problema è quello dei confini: quelli fisici, storici, politici, amministrativi non corrispondono mai a quelli culturali.

Occorre quindi usare con discrezione di questo criterio distintivo e aggiungerci un giudizio su quanto di una favola, o meglio di quel fluido fiabesco che circola al fondo di una

Nota - Le opere di carattere generale più frequentemente ricorrenti nell'*Introduzione* e nelle *Note* sono citate con una sigla riportata poi tra parentesi quadre nella bibliografia, dove si trova, naturalmente, tutta l'indicazione completa.

zona molto più estesa di quella che ci interessa, sia stato elaborato in una tradizione, come quella toscana, o si sia condensato in un codice di lettura collettivo, sì da essere allo stesso tempo creazione e specchio di quel contesto sociale, in cui il documento è stato raccolto.

Per essere più precisi, si può ragionevolmente parlare di fiaba toscana quando ci si trova di fronte a un testo che sia stato elaborato "toscanamente" sino ad acquistare caratteristiche, moduli, mentalità, forme di vita toscane: quelle narrazioni che sono vissute nell'ambiente, tanto da esservisi innestate profondamente, fino a identificarsi con un tipo di vita e società. Se, ad esempio, ci si trova di fronte a una narrazione che descrive il ritorno dai campi al paese di un contadino con il suo somaro, dopo una giornata di lavoro, si ha ragione di dubitare che questa scena non sia toscana e supporre che sia forse importata da un ambiente meridionale, dal momento che mezzadria, sistema di cascine disseminate nel territorio, uso assai limitato dell'asino nella pianura e in genere nella campagna, rendono improbabile questo modello di situazione.

Pitrè, e con lui tutti coloro che lavorarono a salvare il patrimonio delle tradizioni popolari italiane, si impegnò nell'ossessione di imbarcare nell'arca della carta stampata quanto più fosse possibile dei reperti trovati personalmente o fornitigli dai collaboratori: la tempesta del diluvio si preannunciava con le prime ventate gelide sopra la struttura sociale tradizionale: l'arrivo delle macchine, delle nuove ideologie sociali, di nuovi rapporti di lavoro, facevano vedere assai imminente lo sgretolarsi di quel mondo, che aveva conservato ed elaborato per secoli il tesoro dei testi tradizionali. Paradossalmente, anche l'alfabetizzazione delle masse rappresentava un pericolo per la fedeltà della tradizione orale e molti, pur non deprecandola certamente, vedevano anche questa come una minaccia e un invito a fare presto.

Lettere, prefazioni, articoli delle riviste di tradizioni popolari sono disseminati di questi inviti a lavorare senza posa, a codificare, raccogliere, scrivere, pubblicare; raramente si trova un invito a una selezione critica, a una cernita dei materiali, a verifiche dei reperti, ad analisi approfondite degli informatori: il problema era far presto e salvare quanto più fosse possibile.

Infatti siamo debitori a Pitrè, Imbriani, Nerucci, Comparetti, Giannini, Nieri, De Gubernatis, per dire solo di alcuni, di tutto quanto rappresenta un punto di riferimento in questo mondo fluttuante delle tradizioni popolari: senza loro forse oggi si parlerebbe in altri termini di questa materia che è stata almeno fotografata una volta, anche se in dagherrotipi sbiaditi.

La pratica di ricerca sul terreno oggi ci ha insegnato quanto sia ingannevole il criterio usato, in genere, in quel periodo: prendere una persona determinata, farle narrare una favola, trascriverla fedelmente parola per parola, pubblicarla con nome, cognome, data di nascita e luogo del ritrovamento, sono garanzie minime di autenticità. Intanto tra il ricercatore, dotto, armato di carta e penna, estraneo all'ambiente, con l'uso di una lingua eletta rispetto al dialetto o al vernacolo della controparte, spesso con la veste del padrone di città che viene in villa per diporto, tra il ricercatore – dicevamo – e il contadino, il paesano consapevole di rappresentare tutt'al più un oggetto di curiosità, incapace di esprimersi in lingua, vergognoso della condizione e dell'ignoranza e in preda a una quantità di altri complessi, non si stabilisce mai un rapporto vero: questi non racconterà la novella che è solito raccontare nella stalla, nel canto del fuoco, a figli, a nipoti, al variopinto uditorio della veglia.

Infatti se si analizzano i testi riferiti, ad esempio, dal Pitrè si può notare che sovente sono di una scheletricità innaturale: schemi di favole, passaggi accennati, parti chiaramente omesse, mancanza di rispondenza tra le parti, tronconi narrativi che vanno a innestarsi in filoni di altre favole; nulla di quello che fa di un membro della comunità "quello che sa raccontare le novelle".

Evidentemente i raccoglitori in genere, nel momento in cui hanno trascritto, si sono dovuti contentare solo di una pallida immagine di quella che era la novella. Spesso si sono trovati di fronte un narratore imbarazzato, e per questo sintetico, preoccupato di usare un linguaggio "civile" e corretto, intimidito, rallentato dal fatto che doveva dar tempo alla trascrizione, sorvegliato e autocensurato nella sua libera ricostruzione fantastica della materia narrativa.

In genere le narratrici di cui un tempo si servivano i raccoglitori di favole erano per lo più inservienti o contadine, come nel caso di quelle del Nerucci, gravitanti nell'ambiente familiare signorile, le uniche persone disposte a una complicità, a una collaborazione di questo genere con persone di un'altra classe: sempre con soggezione e timidezza, ma almeno con una possibilità d'esprimersi. L'altro mondo, quello della gente sparsa nella terra, nei poderi isolati della campagna toscana o dei paesetti dell'Appennino, non è stato sfiorato dai ricercatori ottocenteschi. Ed anche oggi, che tante barriere rispetto a quel tempo sono cadute e le classi si sono avvicinate nel linguaggio e nella mentalità, un'impresa del genere non è semplice.

La soluzione più semplice, e forse anche la più fedele, è quella che ha scelto il Nerucci, non tanto nelle *Sessanta novelle popolari montalesi*, quanto nelle *Cincelle da bambini.*[1] Il suo lavoro sembra dare per perduta l'ambizione alla fedeltà assoluta e consiste in una lunga familiarizzazione con questi narratori, con la gente del luogo della raccolta, con l'appropriazione del modo narrativo e del linguaggio: e infine con la restituzione, a tavolino, grazie a interventi successivi, in una lingua che non sarà quella originale, rappresentando un compromesso tra il dialetto, la lingua e quanto è chiamato "comune dicitura", ma che, almeno costituisce un testo leggibile, in cui traspare l'estro, il brio dei narratori, la loro inventiva narrativa e linguistica.

Purtroppo il Nerucci andò oltre e si permise innovazioni, rielaborazioni e intarsi, ma resta il fatto che se si vuole sentire l'eco di una narrazione toscana della fiaba, ci si deve raccomandare alle pagine delle *Sessanta novelle* o delle *Cincelle*, non certo agli scheletri del Comparetti o a taluni testi del Pitrè.

Il narratore di favole era una figura particolare. Non tutti i componenti di una famiglia o di una veglia sapevano raccontare favole: i più si scusavano dicendo di non essere capaci: chi non aveva memoria, chi non sapeva parlare, chi mancava di fantasia, chi non sapeva abbattere il naturale

[1] Se ne veda l'esemplificazione nelle ultime due fiabe di questo volume.

ritegno, che comporta qualunque forma di situazione, in cui si viene a dare spettacolo.

La memoria comunque è la dote fondamentale: la precisione dei particolari, il concatenarsi delle situazioni; ma sullo stesso piano c'è la capacità di rappresentazione, il linguaggio immaginoso, colorito, il paragone con le cose di tutti i giorni, il gusto per la descrizione dell'inusitato, del meraviglioso, del magico nelle forme in cui queste cose sono vissute dalla comunità.

Giocano quindi, nell'operazione del narratore, innanzitutto coloro che per primi gli hanno consegnato la favola: ricostruendola, usa il testo antico, spesso il primo che ha udito nell'infanzia come quello "vero", il più attendibile e dal quale si discosta malvolentieri, mostrandosi restio ad accettare nuove versioni, magari più logiche, che correggono perfino errori formali evidenti di per sé. Questo modello mentale, evidentemente, subisce delle deformazioni, delle cancellazioni che sarebbe interessante studiare, ma il riscoprirne i primitivi contorni corrisponde per il narratore al ritrovamento della verità.

L'altro elemento che interviene nella narrazione è l'introduzione delle proprie esperienze, che derivano dai contatti personali, dai fatti accaduti nella comunità e da tutti immediatamente recepibili (« fece un tonfo come quando l'altr'anno il fulmine cascò sul campanile, ma forse anche di più »), e da quello che, per ventura, il narratore ha visto in un viaggio che altri non hanno fatto.

Gioca poi un filtro psicologico, esercitato dall'antipatia o dalla simpatia che chi narra prova per i personaggi della novella: alcuni, ad esempio, ridicolizzano il malvagio, altri ne hanno pietà, altri ancora lo condannano moralmente e incrudeliscono le pene, alla principessa si tributa ammirazione o ironico omaggio, ovvero si attribuisce al destino la sua fortuna, la bellezza suprema.

C'è infine l'adattamento operato dal narratore sull'uditorio: si scansano, ad esempio, difetti fisici, se un bambino presente ne è afflitto; si attenuano le tinte e i giudizi su un difetto morale, se qualcuno dell'uditorio ne porta tracce evidenti. Questo elemento assume valori notevoli in presenza di un estraneo, in particolare se questi è colto: e non parliamo se ha intenzione di stenografare, scrivere, registrare.

✿✿✿✿✿

È quindi tenendo conto del duplice aspetto che assume l'elaborazione del narratore (mistificante e reticente quando è condizionata da presenze inopportune e creativa nella sua naturale celebrazione) che si è cercato di identificare l'operazione di narrazione-ricreazione della fiaba nella civiltà toscana dalla quale è stata attinta e che, nella sua lenta, inesorabile scomparsa, lascia sempre meno intravedere le modalità del manifestarsi di questo fenomeno.

Le favole che qui compaiono raccolte dal vivo non sono resoconti stenografici di una narrazione fatta da una determinata persona, ma ricostruzioni, talvolta operate a distanza di qualche tempo, di un modo di narrare una storia in un determinato nucleo familiare o sociale. C'è ovviamente il narratore principale, che però ha avuto modo di essere avvicinato non sulla base di un'intervista, ma partendo da altri rapporti; accanto a lui si sono cercati altri, spesso indicati proprio dall'interessato, che hanno potuto fornire particolari dimenticati, aggiunte o segmenti che completavano logicamente una sequenza o la dinamica di una vicenda. Attraverso questo si è potuto notare che, come il narratore ha un suo codice per esporre una novella, questo a sua volta appartiene al nucleo familiare e sociale, in cui la fiaba vive in una certa forma, diversa da altre.

Più corretto sarebbe scrivere "viveva", dato che le ricognizioni appartengono a diverso tempo fa ed è stato sempre più difficile ripeterle. A questo proposito vale la pena dire che una grandissima quantità di materiale è rimasto nella forma di tronconi mutili, di spezzoni, che chiaramente mancano di un contesto, di un supporto: favole presentate da un narratore come compiute e contestate giustamente da un altro, che le ha indicate come parti di un complesso, che anche lui non ricordava.

Opportunamente Brémond paragona i materiali che costituiscono i racconti ai pezzi d'un meccano: « Gli elementi tematici già sperimentati entrano in combinazione con altri in seno a nuove configurazioni che vengono sperimentate, pronte ad essere dimenticate se l'accoglienza non è favorevole, assorbite senza tràcce in caso di successo ».[2]

Il primo nucleo[3] di novelle provenienti dalla tradizione orale appartiene alla zona di Vicchio di Mugello ed è dovuto alla narrazione di Enrico Lapucci, mio padre (nato nel 1898), al quale devo l'interesse che ho nutrito molto presto per la fiaba. Particolari che a lui sfuggivano sono stati inseriti o successivamente per un ritorno di memoria oppure dal contributo delle sorelle che integravano seppure con interventi molto marginali. Allo stesso modo altre persone gravitanti intorno a quel nucleo familiare costituito dal Mulino di Rimaggio hanno fornito particolari, al punto da far pensare che durante le lunghe attese per il riempimento della pescaia con l'acqua che serviva alla macinazione, il mulino sia stato un punto di aggregazione di narrazioni fatte ora da questo, ora da quel contadino per intrattenere grandi e piccini.

L'aspetto più singolare di questa tradizione è che quasi tutti, compreso e soprattutto il narratore principale, hanno avuto sempre come punto di riferimento, fonte e modello di narrazione una figura quasi mitica, ma vissuta realmente e chiamata la zia Enrichetta. Vecchia, con una crocchia bianca, Enrichetta Lapucci (nata a Vicchio Mugello nell'anno 1851 e morta nell'anno 1933) è indicata come inesauribile fonte di novelle e impareggiabile narratrice. È incredibile la costellazione di nipoti ed estranei che ricordano di averla udita raccontare, seduta su una sedia dove soprattutto nei suoi ultimi anni l'aveva costretta la malattia. A lei è dovuta, passando attraverso la considerevole capacità di narrare di Enrico, la novella *Dodicino*, che, se ha naturalmente riscontri tematici, non ne ha, almeno in Toscana, per la completezza e organicità della narrazione. Va notato che queste sei favole scoprono una zona che dovette essere ricca di queste tradizioni, ma che fu trascurata dai ricercatori.

Un secondo nucleo è stato raccolto a Firenze dalle narrazioni di Ida (la vera e propria narratrice) e Assunta Chimenti.

[2] v.: Claude Brémond, *Le meccano du conte*, in « Magazine Littéraire » n. 150, juillet - août 1979.

[3] A questo nucleo appartengono le fiabe: *Dodicino, Rana Rana, Campriano, Pino, La gallina secca, Il gallettino e la volpe.*

Ida, la madre, era ultranovantenne sul finire degli anni Cinquanta e i vuoti di memoria venivano riempiti dalla figlia che a volte chiedeva anche ad altre persone che avevano abitualmente frequentato l'Osteria Parri, all'inizio della via Bolognese, mentre le donne abitavano al numero dieci della stessa.

Questo fa pensare che si sia in certo modo ripetuto l'ambiente di cui abbiamo visto un esempio nel mulino: un polarizzarsi di diverse narrazioni fatte nei tempi vuoti e costituitesi in una tradizione per la verità non molto originale, se si eccettua *La novella di Gianni Stento...* che si distacca non poco dalle narrazioni finora conosciute. [4]

Un terzo nucleo di fiabe è stato raccolto a Montepulciano agli inizi degli anni Sessanta da Angiolina Rossi Rosignoli, mia nonna (nata nel 1887 e morta nel 1979) e da Rosa Paulucci Caroti sua amica (nata nel 1884 e morta nel 1967). Mia nonna era per la verità negata per le fiabe, mentre riteneva a memoria un'infinità di preghiere popolari, leggende sacre in versi, bruscelli. La sua attività consistette nel far parlare senza reticenze l'amica che risulta la vera narratrice. Anch'essa, dimenticando qualcosa, ricorreva all'Angiolina che raramente la soddisfaceva. Le due donne prendevano il fresco insieme nella contrada di Collazzi, ed è stato poi difficile rintracciare in un secondo tempo il nome della Rosa, conosciuta universalmente come La Gostona e i molti che si ricordavano ancora di lei non ne sapevano né nome né cognome. [5]

Il quarto nucleo è costituito da due fiabe [6] narratemi da Olga Mancini a Empoli nel 1972: ultraottantenne in quel tempo e incontrata occasionalmente, non l'ho più potuta rintracciare. Questa donna, oltre a numerosi spezzoni di novelle, mi poté dare, unica tra tanti, particolari sulla narrazione *La cavallina fatata*, che ho usato poi a parziale integrazione della narrazione scritta.

Altre due fiabe provengono da Pisa e sono narrate da

[4] A questo nucleo appartengono le fiabe: *La novella dell'enigma, I due gobbi, Mastro Prospero e i tre doni del Signore, I tre consigli, La novella di Gianni Stento..., La Capra Ferrata.*

[5] A questo nucleo appartengono le fiabe: *Tovagliolino apparecchia apparecchia, La noce a tre canti, Re Porco, La novella del cece.*

[6] *Panicuzzo* e *Pochettino.*

Maria Romiti Micheli Pellegrini, nata nel 1898. [7] Si riflettono in queste due narrazioni l'ironia divertita e il motteggio che sono tratti tipici del parlare toscano, nonché quella malattia d'amore che è una nota tipica della tradizione toscana.

Tutte le altre novelle appartengono alla tradizione scritta, alla quale si è attinto, seguendo i princìpi della selezione della materia orale: trovare narrazioni rappresentative della fiaba toscana e al tempo stesso sequenze narrative organiche e "complete" (dando a quest'ultimo termine il valore limitato e relativo che può avere nel nostro caso).

Forse con l'espressione "leggibile nel nostro tempo e in questa forma" possiamo indicare con un certa precisione sia il concetto di "completo", sia il criterio di trascrizione che abbiamo usato. Partendo dal rispetto assoluto per la sostanza presentata dalle raccolte originali, solo in un caso ci siamo permessi di apportare un'integrazione (*La cavallina fatata*); per il resto gli schemi narrativi sono rimasti. Quello che si è ricostruito è proprio quell'affabulazione del narratore, di cui si è detto, quel gusto di raccontare senza preoccupazioni di controllo e di fretta, di censura e di complessi, che risulta completamente perduto in certi scheletrici reperti della tradizione scritta, mentre altrove appena si lascia intravedere.

Nell'ultimo capitoletto della raccolta, sono riportati due esempi in dialetto che valgono a indicare, se non come furono narrate, come si potevano sentir narrare quelle novelle. È infatti il Nerucci tra i trascrittori e raccoglitori quello forse meno fedele alla lettera, ma probabilmente anche colui che è stato più sensibile e attento alla forma della fiaba, che, come si è visto, ha un'importanza determinante quando si voglia definire ed esemplificare cosa essa realmente rappresenti.

Le due trascrizioni dello stesso autore mostrano un altro particolare: quanto sia fluido il magma linguistico che sta tra l'espressione dialettale e la lingua italiana. Particolarmente in Toscana, più o meno forzatamente si può avvicinare il vernacolo o il dialetto alla lingua, ottenendo gradi diversi di "italianità". Nel caso specifico, mentre per il testo delle *Ses-*

[7] *Il basilicone* e *La novella del grullo*. Sono state trascritte dal figlio Valerio Micheli Pellegrini, sono state quindi da me conformate, con interventi marginali, all'economia di questa raccolta.

santa novelle sono sufficienti delle note, in quello tratto dalle *Cincelle* è stato necessario presentare una vera e propria traduzione.[8]

✿✿✿✿✿

Occorre indicare sommariamente gli elementi principali che ci hanno indotto a presentare una fiaba come "toscana", pur essendo una decisione assai difficile, dal momento che la scelta, in ultima analisi, si affida in gran parte anche alla valutazione di molti elementi secondari.

Abbiamo già accennato al confronto tra il testo e il contesto: l'analisi dice abbastanza su quanto la narrazione abbia rapporto reale con l'ambiente in cui viene raccolta. Nelle fiabe toscane, ad esempio, si trova l'immagine di una reggia che non ha nulla della grandiosità, dell'inaccessibilità, del fasto che possono avere le regge di altre tradizioni: evidentemente, lo schema risente della bonaria e dimessa, ma non rozza, corte granducale, da cui le teste coronate uscivano per camminare nelle strade dei comuni mortali.

Un secondo aspetto del problema è quello di vedere se le fiabe toscane hanno un qualcosa di sostanzialmente diverso da altre: il che equivale a delineare, sia pure con una linea incerta, le caratteristiche tipiche dell'elaborazione toscana di una fiaba.

La Toscana alla fine del secolo scorso ha visto nascere la grande favola di *Pinocchio* che offre una traccia utile a delineare il modo con cui in questa regione si è guardato in genere al mondo fiabesco. Nell'opera di Collodi, infatti, com-

[8] La nota, che correda ogni fiaba, riporta la fonte, sia orale che scritta, ma per utilità del lettore, si riportano qui le fonti scritte nel loro complesso.
Dalle *Sessanta novelle* del Nerucci, oltre a *La novella de' gatti* (V) in questione, sono tratte: *La novella di Fidati e Non-ti-fidare* (XXIII), *Il mortaio d'oro* (III). Dalle *Cincelle* del Nerucci, provengono *Meo e la Mea* (IX) e *La volpe e il lupo* (V). Dalle *Novelle p. t.* del Pitrè sono tratte *Le penne dell'orco* (XXIV), *I sette fratelli d'ingegno* (X), *A chi prima s'adira* (V). Dalle *Novelline p. t.* del Comparetti proviene *La cavallina fatata* (V). Da *Le tradizioni* del De Gubernatis, *Le tre mele*. Da *Canti popolari toscani* scelti e annotati da G. Giannini, Firenze, Barbera 1921, *La storia di Petuzzo.*

paiono sia i temi più comuni delle fiabe, sia gli atteggiamenti più frequenti del favolatore toscano nei confronti della materia che elabora: ironia, disincanto, realismo, misura anche nelle amplificazioni, tendenza a uscire sovente dal meccanismo magico per sorridere anche sulla propria narrazione.

È facile osservare che la grande sorgente del meraviglioso che è l'Oriente, in particolare il mondo arabo, ha fatto sentire in Toscana il suo influsso, ma solo moderatamente. La tradizione arabo-siciliana ha qui certamente le sue ramificazioni, ma non ha travolto un modo di sentire che resta sempre e comunque legato a una visione diretta della realtà, e cede anche alla provocazione della fantasia sfrenata come a un gioco allettante o divertente, ma vi mette sempre sopra l'ipoteca dell'ironia e di un sostanziale scetticismo. Non c'è, perciò, il virtuosismo fine a se stesso dell'intelligenza, l'astrazione sublime del calcolo mentale, l'ingegneria dell'astuzia, così cara agli arabi, attraverso la quale si elude il dato bruto della realtà.[9] Fuori del gioco c'è, prepotente, la convinzione che la realtà non ubbidisca, o sfugga, per qualche aspetto, alle categorie della mente.

Un tale scetticismo non toglie, anzi esalta il gusto di tentare, alla disperata, di governare la realtà; ma questo non riesce che per miracolo, ed è appunto l'eccezione che conferma la regola ed è né più né meno che la favola. Curiosi sono, appunto, i finali delle favole[10] che ho udito in narrazioni più diverse: sono, in genere, ironici dovunque, perché dovunque la favola è gioco, ma quelli toscani sono talvolta spietati, e i narratori ne coniano lì per lì, quasi per levare ogni grillo dal capo di chi ascolta, soprattutto se è un bambino. Non c'è pietà per chi si volesse cullare più del giusto nel sogno fantastico.

Della grande tradizione orientale, che i viaggiatori toscani hanno conosciuto certamente e portato in patria, e venuta poi per infiniti altri canali, è stato fatto dunque uso moderato.

Per la tradizione nordica si potrebbe fare un discorso analogo.

La tradizione popolare toscana si è dimostrata refrattaria alla suggestione delle saghe nordiche, come è accaduto per l'Italia in genere. Tuttavia, rispetto al patrimonio di fiabe

[9] v.: *Il libro delle furbizie*, Ed. Il Brigantino, Ravenna 1980.

[10] v.: E. Filippini, *Come finiscono le nostre fiabe*, in « Archivio per lo studio delle tradizioni popolari », vol. XX, fasc. IV, 1901.

delle regioni settentrionali, si nota l'assenza di toni crudi, di personificazioni tremende del male, di vendette atroci, di una troppo spiccata dicotomia tra bene e male, di un affollamento di quei personaggi intermedi tra l'umano e il divino, come le personificazioni di forze della natura: risultano assenti gnomi, elfi, nani barbuti che, come gli spiriti e i geni nella tradizione araba, popolano i racconti delle mitologie e delle fiabe nordiche.

In Toscana queste figure ci sono, ma hanno scarso rilievo nelle fiabe e sono vissute come dicerie nel rapporto quotidiano con i bambini. Portano nomi già di per sé innocui: il Linchetto, a Lucca, dove altri signori che vanno di notte coi lumini sono detti Luminotti; in Versilia è conosciuto il Serpente Volastro, che altro non fa di male che andare di notte da una cima a un'altra dei monti, lasciando una scia di fuoco; e sempre dalle parti del mare tira avanti una vita monotona l'Ossogamba, anche lui innocuo nottambulo, alto e magro da far paura. La Marroca abita nelle fogne e nelle acque stagnanti nel territorio di Montepulciano e si sentiva brontolare soltanto quando gorgogliavano i mulinelli; e scorrazzano un po' qua e un po' là, di provincia in provincia, tipi come l'Uomo Nero, il Gattomammone, il Babào, la Gatta Gnuda che amava in particolare il Mugello, alcune fate che abitavano nei costoni e nei dirupi dove un tempo gli etruschi seppellivano i loro morti.

A questo proposito vale la pena notare che, contrariamente ad altre regioni come la Lombardia,[11] la Toscana non presenta un ricco patrimonio di leggende: il macigno smisurato vi si addita prima come fenomeno naturale e poi, a titolo di curiosità, si dice anche che cosa ne fecero un giorno un santo e il diavolo. Non sono neppure mancati i tentativi, sulla spinta del gusto romantico e "gotico", di valutare gli aspetti leggendari di certi luoghi suggestivi: nei *Racconti* del Gradi[12] una materia leggendaria "senza sede" viene, in qualche modo, sulla scorta di spunti labili, fatta vivere in luoghi e zone precise; così, in parte, anche nelle *Fiabe fantastiche*

[11] v.: Mario Merlo, *Leggende lombarde*, Longanesi, Milano, 1979: per la Toscana non si potrebbe raccogliere un materiale così ricco.
[12] T. Gradi, *Racconti*, Tip. Ed. S. Bernardino, Siena, 1886.

della Perodi, [13] si rintraccia una materia leggendaria, che con il mondo tradizionale toscano ha scarsa parentela, sia come toni, che nella Perodi sono da romanzo gotico, sia come materia.

Anche quando ci si rifà a indagini precise il risultato non è consistente: valga per tutti l'esempio delle *Leggende della Maremma,* [14] dove un tono volutamente "nordico" si scontra con l'esilità dei temi.

Di conseguenza anche il diavolo rimedia magre figure, con gli spiriti e i soliti compari della sua brigata: non che manchino le testimonianze di certe sue imprese, ma non hanno impressionato molto. Le apparizioni diaboliche, scarse nelle fiabe, in Toscana non si propongono come vigorose manifestazioni del male, ma come elementi secondari nel tessuto di un racconto, come avviene in *Dodicino* e ne *Le penne dell'orco,* due fiabe comprese in questa raccolta.

Forse in Toscana siamo di fronte ad un paesaggio che non evoca fantasticherie terrificanti, come quello delle Alpi: infatti solamente sull'Appennino e sulle Alpi Apuane si infittiscono le tracce leggendarie e diaboliche. Neppure le sperdute solitudini della Maremma hanno esaltato fantasie grottesche: e la meditazione sul male, sul mistero, sulle manifestazioni del divino ha preso altre vie, più vicine alla spiegazione logica o all'interpretazione religiosa. Non mancano infatti le leggende religiose e, più ancora, i ricordi storici, i cosiddetti fatti attendibili relativi a figure come S. Francesco, S. Galgano, Dante.

Altra singolarità della tradizione toscana è costituita dall'effetto dovuto alla presenza viva anche a livello popolare della *Divina commedia.* Molti temi leggendari inseriti da Dante nel suo poema hanno perduto attraverso l'esegesi, la ricerca storica, quell'alone evanescente, quel "si dice" di cui si nutrono le elaborazioni fantastiche. Altri argomenti, come la storia di Pia de' Tolomei, vivono nella fantasia popolare attraverso la mediazione del poema dantesco. Insomma un numero considerevole di temi leggendari toccati dai versi di Dante sono rimasti in stretta correlazione con la poesia a scapito forse d'una possibile elaborazione nella leggenda.

[13] E. Perodi, *Novelle della nonna*, 5 voll., Roma 1892.

[14] L. Ugolini, *Leggende della Maremma*, Milano 1934.

Lo spirito popolare toscano si mostra dunque poco propenso ad abbandonarsi ad una creazione fantastica, lontana nei dati essenziali dalla realtà in cui vive. Forse si sente già appagato delle cose modeste che la vita gli offre? Forse è una lontana saggezza che suggerisce moderazione e misura? Nessuno può dirlo: certo è che vediamo il meraviglioso trasudare dal reale, spesso dietro l'impianto fantastico si intravedono i contorni della realtà.

Forse, anche per questo, scarso materiale dei romanzi medievali d'amore e d'avventura si trova travasato nelle fiabe toscane. Quegli itinerari interminabili in mondi ariosteschi sono del pari assenti, e in questa raccolta ne appare un solo esempio: *La cavallina fatata*: ed anche qui viene in mente un prototipo letterario: il Pulci del *Morgante*, in cui, prima ancora della deformazione ironica del *Don Chisciotte*, il mondo cavalleresco è materia di divertita e disincantata elaborazione fantastica d'uno spirito scanzonato, ironico e paradossale, che fa morire il gigantesco Morgante per le risate provocate dalla vista d'una scimmia calzata di stivali, e fa discutere il diavolo Astarotte di matematica, filosofia e teologia.

Dire se l'ironia di queste fiabe è legata al sostanziale scetticismo toscano è tentare un'interpretazione d'eccessivo impegno: certamente vi sono l'una e l'altro, gli eroi spesso non prendono in seria considerazione neppure se stessi, come *Dodicino*, e hanno nel contempo degli altri, frati e diavoli compresi, una scarsa stima, che non impedisce loro, comunque, d'amare tutti gli esseri, così, per quello che sono. L'altro eroe impavido (la categoria è quasi assente) è Gianni Stento, caricatura del coraggio nato dall'incoscienza. Accanto a lui non ci starebbe male neppure Panicuzzo, coraggioso certo, ma piccolo da essere quasi invisibile.

Il favoloso stesso è, in genere, un ragionevole ingigantimento del reale e mantiene spesso con questo un rapporto scettico o ironico; comunque, più che a meravigliare, tende a proporsi come una divertita variazione della realtà.

Un esempio può essere costituito da una novella che presumibilmente si è diffusa dalle pagine di un libro nella tradizione orale del popolo: *Alì Babà e i quaranta ladroni* de *Le mille e una notte*. Galland la tradusse e la fece conoscere in Occidente nei primi anni del Settecento. Da allora si può presumere che la storia si sia diffusa entrando lentamente nel bagaglio della novellistica popolare e subendo quelle trasformazioni che vi apportavano i filtri delle varie sensibilità, ogniqualvolta veniva rielaborata la materia. Ma anche se, per caso, la storia di Alì Babà fosse giunta nella tradizione italiana per altre vie, sarebbe interessante ugualmente il confronto tra la redazione de *Le mille e una notte* e la versione popolare toscana che il Nerucci riferisce nelle *Sessanta Novelle popolari montalesi* (*Cicerchia o i ventidue ladri*, LIV). Ad esempio la grotta dei ladri viene descritta così nel testo tradotto da Galland:

« *Vide sterminate provviste d'ogni sorta di cibarie, pile di casse ricolme d'ogni ricca mercanzia, di tessuti di seta e di broccato, tappeti preziosissimi, e soprattutto monete d'oro e d'argento ammucchiate, o raccolte in sacchi e in grandi borse di pelle stivate le une sopra le altre. Nel vedere tutte queste cose gli parve che dovevano essere non lunghi anni, ma secoli che questa grotta serviva da nascondiglio ai briganti che per generazioni si erano succeduti, ammassando, gli uni dopo gli altri* ».

Tutt'altra meraviglia si apre davanti agli occhi del collega toscano di Alì Babà, che batte i boschi dell'Appennino con il nome un po' spoetizzante di Menico, e capita nella fatale caverna che ha un macigno per porta:

« *La lapida al comando s'aprì e Menico infilziò dientro alla buca, e vedde uno stanzone gremo d'ugni ben di Dio. 'Nsenza trattienersi Menico prendé quattrini da pienarne le du' ceste del su' ciuco, e poi, vestuari, lenzola, copertoi, e anco prosciutti, salami e ceci, e rinuscito fora, disse: – Cicerchia, serrati, – e la lapida si serrò* ».

La caverna di Menico pare la proiezione "favolosa" di uno di quei negozi, sparsi un tempo nelle frazioni toscane, dove si vendeva di tutto, dal salame, alla brillantina, al coltrone. Quando si passava la soglia di uno di questi antri zeppi di salumi pendenti dal soffitto, di merce traboccante dalle pareti, era un po' come entrare in una nuvola di strani odori esotici, in cui si distingueva a malapena ora l'effluvio delle acciughe sotto sale nel bariletto, ora l'esalazione del pecorino, ora un aroma sottile di chiodo di garofano. Anche nel comportamento Menico entra con un piede solo nella dimensione del favoloso, mentre con l'altro resta saldamente ancorato alla zolla toscana: nella sua scorribanda ascolta più la voce dello stomaco che quella dei sogni. E forse pensando all'eterna fame e al freddo ereditato da avi e proavi, acciuffa subito vestiti, lenzuola, coperte, prosciutti, salami e ceci.

Inutile dire che Alì Babà sceglie con più decisione: « Non si prese cura dell'argento, ma dette mano alle monete d'oro, e in particolare a quelle che erano dentro i sacchi. Ne tolse a più riprese quante più ne poteva portare, in quantità da fare il carico dei suoi tre asini ».

Per la verità un aspetto della vita sembra preso molto sul serio, in queste fiabe; dinanzi a questo tema si vedono cadere ironia e scetticismo: è l'amore. Sulla ricchezza, il potere, la sorte, la magia, la saggezza, l'onestà pare che le fiabe toscane siano disposte a scherzare, ma non sull'amore. Non a caso in *Pinocchio* di Collodi l'argomento è tenuto a debita distanza o mistificato nell'indefinibile e misteriosa figura della bella Bambina dai capelli turchini. Anche nelle fiabe, in genere, è solo il motore delle avventure e il lievito di una trasformazione. Ma già ne *Il basilicone* si va oltre la pura stilizzazione del fenomeno ed entra qualcosa che avvelena il gioco. Questo risulta evidente in una delle più belle fiabe d'amore toscane, *Re Porco*, che già commosse il piccolo Carducci. In questa fiaba si ritrova un elemento costante della letteratura tradizionale toscana: l'amore unito alla disperazione o almeno alla sofferenza. Gran parte della farragine di stornelli rimessi insieme dai raccoglitori parla di amori tempestosi e tormentosi: prima la bella è ignorata dal damo e si lamenta e maledice; poi è il damo che è ignorato dalla bella: ancora lamentazioni e litanie. Si amano per poco (i bei tempi dell'amore son sempre ricordi), poi si lasciano, così arrivano gli stornelli a dispetto e alla fine forse si sposano, ma sembra solo per poter cantare, poi, lei gli stornelli della malmaritata e lui quelli contro la moglie e le donne in genere.

Si potrebbe dire che è destino comune delle canzoni cantare più le disavventure che le venture, ma che non si tratti di un caso lo si può verificare scorrendo, ad esempio, i temi (o i libretti) delle rappresentazioni popolari. Vi tengono banco gli amori infelici, eroine come Genoveffa e Pia de' Tolomei, uomini che tardi comprendono e sono infelici due volte, però con l'invidiabile comodità di abbandonarsi, dall'inizio alla fine a sospiri, lamenti infiniti contro il destino, contro l'amore stesso, che viene a turbare questa misura concreta della realtà.

Oppure sono ancora pessimismo e malinconia che investono l'amore, sia che muoia, sia che si realizzi per il gusto amaro del *male amato*, quasi che la passione vera si possa conoscere solo amando senza speranza. Se non fosse per l'accento sincero e talvolta accorato di certi stornelli d'amore, l'insieme delle composizioni popolari potrebbe anche far pensare a una continua messa in scena tenuta sul tono serioso per puro gusto d'originalità.

Lo "spirito bizzarro" e di contraddizione si fa invece più evidente nel modo di trattare la figura dello sciocco. Mentre altre tradizioni vantano lunghe saghe legate a una figura ben caratterizzata di stolto: Giufà, Ferrazzano, Gianni Sciocco, Nane Oco, la Toscana ha figure un po' vaghe, talvolta senza un nome preciso, legate a tradizioni locali circoscritte o non molto differenziate come Pino e "il grullo".

È infatti più diffusa la figura del motteggiatore e del burlatore, come quella, popolare e letteraria del Piovano Arlotto, o le altre popolari minori che, dal *Decameron* in poi, sono passate nelle pagine letterarie dei novellieri come Sacchetti, Lasca, Firenzuola, Sozzini, Fortini e altri. Nei rapporti umani la nota più frequente di questo spirito toscano pare l'ammicco del motteggiatore, il sorriso sfuggente di Frate Cipolla, Bruno, Bufalmacco, gente poco disposta ad indulgere all'ingenuità, sia di Calandrino che di altri.

Carlo Lapucci

FIABE TOSCANE

LE IMPRESE MERAVIGLIOSE

Dodicino

C'era una volta in una terra di questo mondo un contadino che aveva dodici figli, all'ultimo dei quali aveva messo nome Dodicino. Crescendo cominciò anche lui a lavorare il podere coi fratelli, ma presto ci si dovette accorgere che non era come gli altri: aveva infatti una forza come dodici uomini; zappava per dodici, mieteva per dodici, arava per dodici: tutto faceva per dodici e, purtroppo, mangiava anche per dodici.

Il podere non era grande e, con rincrescimento, il contadino vide che non c'era lavoro per tutti e, quel che era peggio, il mangiare non bastava. Pensò allora di mandare Dodicino dallo zio prete che abitava non molto lontano: la parrocchia era grande e altrettanto il beneficio; certamente ci sarebbe stato lavoro e mangiare anche per lui.

Così Dodicino andò dal vecchio parroco che lo impiegò nel risistemare l'orto, il beneficio, la strada, la cappella e il tetto della canonica: in poco tempo i lavori erano finiti, ma nella dispensa stavano finendo anche le provviste e in cantina le botti già cominciavano a sonare.

Il povero prete, visto che non lo poteva mantenere, cercò di far in modo che se ne andasse e gli comprò cinquanta lepri, ordinandogli di portarle tutte a pascolare il mattino seguente, e si guardasse bene da farsi vedere alla sera se gliene fosse scappata una.

Dodicino all'alba prese la scure e tagliò due bei cipressi giovani e, messiseli sotto le braccia, tenendoli stesi a terra, ci fece camminare in mezzo le cinquanta lepri portandosele tutte al pascolo. Inutilmente qualcuna cercava di scappare:

subito i rami del cipresso le calavano addosso rompendole una zampa o una costola.

La sera Dodicino le ricondusse tutte alla gabbia, ma non ne era rimasta una sana, tanto che lo zio le dovette vendere tutte a un treccone di passaggio.

Il prete allora gli comprò una scrofa con dodici porcelli, ordinandogli di portarli a pascolare per tutta l'estate sulla montagna, dicendogli di non farsi rivedere se non in autunno, quando per ogni maialino non ne fossero nati altri dodici, e cioè quando sarebbero stati ben centoquarantacinque con la scrofa. Gli dette alcune provviste che gli bastavano a malapena per la colazione e lo salutò.

Cammina cammina, venuta la sera Dodicino si fermò vicino a un fontone con una fame che non ci vedeva: si sedette sotto una quercia cercando di prender sonno, ma non ci riusciva; allora accese un bel fuoco, prese i due maialetti più grassi, tagliò le loro code e le conficcò nel pantano della pozza, quindi li cosse e se li mangiò.

Il giorno dopo ne cosse altri due e così di seguito, andando sempre a piantar le code nel pantano, finché dal lunedì che era partito, venne la domenica e si mangiò la scrofa, andando poi a legare il suo collare col campano sulla punta più alta della grande quercia. Poi se ne tornò alla canonica dicendo:

« Reverendo zio, se sapeste quello che è successo l'altra notte lassù in montagna: è apparso un diavolo che voleva prendermi tutti i porci; allora è venuto un angelo a difendermi e hanno fatto una grande battaglia. Il diavolo se n'è andato poi all'inferno portandosi tutti i maialini, le cui code sono rimaste nel pantano, e l'angelo è volato in paradiso portandosi la scrofa. »

Il prete volle andare a vedere: sentì il campano che in cielo sonava al vento e vide le code dei porcelli rimaste nel pantano. Provò a tirarne una per vedere se almeno recuperava un porco, ma la coda gli rimase in mano e per lo sforzo finì a gambe all'aria nella melma.

Però, mentre se ne andava borbottando scongiuri, vide accanto al tronco un gran mucchio d'ossi, e capì allora benissimo che i suoi maiali non erano né all'inferno né in paradiso

Allora il prete, visto che proprio non ce la faceva,

pensò di mandarlo a un convento di frati che si trovava a molte miglia di distanza; e i frati, rimasti da tempo senza garzone, l'accolsero volentieri e lo misero subito, la mattina del suo arrivo, a dissodare l'orto che per l'incuria era divenuto uno sterpaio.

A metà della mattina Dodicino aveva già finito e andò verso le cucine dicendo che voleva far colazione. Il frate cuoco gli apparecchiò un boccale di vino, una pagnotta e un uovo al tegamino e se ne andò per le sue faccende, lasciando Dodicino che si era seduto davanti al tavolo senza toccare nulla.

Dallo sportellino del passapranzi s'affacciò un frate curioso a chiedergli che cosa avesse; ma Dodicino non rispondeva. Allora, pensando che come al solito fosse arrivato per aiuto al convento un povero scemo, fece da dietro lo sportello una risatina:

« Ihihih... » e scappò via andando a raccontarlo agli altri frati.

In poco tempo cominciarono ad arrivare a uno, a due, a tre: andavano ad aprire lo sportellino, facevano la risatina:

« Ihihih... » e andavano via.

Alla fine Dodicino perse la pazienza: prese la sedia dove si sedeva, uscì dalla cucina e cominciò a menar botte su quanti frati trovava.

Chi scappò di qua, chi di là, chi si rifugiò in chiesa, chi andò sul campanile, e chi si ficcò sotto il letto e chi si nascose in cantina.

A tutto quel frastuono corse giù il padre guardiano e, trinciando benedizioni nell'aria gridò a Dodicino che rompeva ormai l'ultima gamba della sedia sulla schiena d'un fratonzolo:

« Che fai, anima dannata? »

Dodicino, senza risponder nulla, gli mostrò la colazione sul tavolo.

« Che hai? non ti basta? »

Dodicino lo fece affacciare alla finestra e il padre guardiano vide con sgomento che l'orto era tutto vangato, la siepe ripulita e consolidata di pali nuovi, le pozze e le fosse drenate, l'erba secca bruciata: insomma la terra era già pronta per la semina.

« Bravo, ho capito, disse il padre guardiano, tu ti chiami Dodicino e, come lavori per dodici, vuoi mangiare anche per dodici! Bene, bene... »

Ma già Dodicino aveva fatto un gran fuoco e si stava cuocendo dodici uova con dodici fette di lardo; e il frate cuoco contava sbalordito dodici boccali di vino e altrettante pagnotte che erano già sulla tavola.

I frati furono contenti di tenerselo perché avevano molto da fare e in breve rimisero a posto tutto il convento, il giardino, l'orto e le terre che da tanto tempo erano rimaste incolte.

Non erano neppure finiti tutti quei lavori che il frate dispensiere avvertì il capitolo che le provviste del convento stavano per finire poiché, da quando era arrivato Dodicino era come se si fossero aggiunti alla mensa altri dodici frati dei più robusti d'appetito.

Allora anche i frati cominciarono a pensare al modo in cui sbarazzarsi di quella bocca famelica. E pensa e ripensa un frate gobbetto, che era il più furbo di tutti, suggerì di mandarlo a prendere all'inferno il Diavoluccio Rosso che era il peggiore dei diavoli peggiori.

« Tanto, » disse « o non trova la porta dell'inferno, o se la trova, non entra; o se entra, non trova il diavolo; o se lo trova, sicuramente resta con lui! »

Ai frati il consiglio piacque e, il mattino seguente, riempitagli la bisaccia di provviste, lo mandarono all'inferno con l'incarico di riportare al convento il Diavoluccio Rosso e, dicendogli di prendere sempre la strada a sinistra e domandare quando era in dubbio, lo salutarono ridendo sotto i baffi.

Dodicino prese tranquillamente la strada seguito da un porcello che aveva chiesto prima di partire e con in tasca un robusto paio di tenaglie che aveva preso al laboratorio del convento. Cammina, cammina, voltando sempre a sinistra, la porta che cercava non appariva mai, e allora chiese a un vecchio contadino che faceva la guardia a un frutteto:

« Brav'uomo, mi sapreste per caso indicare per dove si va verso la porta dell'inferno? »

« Batti brutte strade » disse il vecchio « comunque, se proprio ci tieni, scendi giù in quell'orrido e, nei pressi delle rovine cerca il muro nero dove cadono i fulmini e vedrai che è proprio lì la porta che cerchi. Ti auguro buona fortuna perché ne avrai bisogno! »

« Grazie, buon uomo. Buon lavoro... e non vi preoccupate per me! »

E così scese nell'orrido, trovò le rovine, trovò il muro nero, la porta e bussò. Ma nessuno rispondeva.

Bussò e ribussò; poi alla fine buttò giù la porta con quattro spallate entrando col porcello in una grotta oscura in fondo alla quale c'era un'altra porta di ferro; e anche lì, bussa che ti busso: nessuno si affacciava ad aprire. Dodicino sfondò anche quella e si trovò davanti a una lunga scala buia dalla quale saliva un gran puzzo di zolfo. Scese seguito dal porcello fino a una terza porta di ferro che cominciò a tempestare di pugni, finché non s'aprì uno spiraglio e una voce cavernosa disse:

« Vattene: di qui non si passa! »

Affacciandosi appena con la testa il Diavoluccio Verde non s'accorse del porcello il quale, infilata l'apertura entrò nell'inferno cominciando a correre qua e là, ficcando il grifo dappertutto e mettendo ogni cosa a soqquadro. Come il Diavoluccio Verde si girò per vedere cosa succedeva, Dodicino spinse la porta ed entrò dicendo che aveva da parlare col Diavoluccio Rosso.

Ben presto l'inferno fu tutto sotto sopra: diavoli armati di forconi e rampini arrivavano da ogni parte per vedere di acchiappare il porchetto, ma facevano solo più grande la confusione, dato che l'animale era furbo e trovava tutte le strade e tutti i nascondigli e faceva cadere pentole d'olio bollente, rovesciava braceri e carriole di carbone, rovinava e fracassava gli strumenti di tortura.

E finalmente, se vollero che il trambusto finisse, dovettero chiamare il Diavoluccio Rosso, che arrivò infuriato, soffiando fiamme di pece e di zolfo perché aveva molto da fare. Disse brusco a Dodicino:

« Che vuoi? »

« Vengo a portarti una notizia importante dai frati del mio convento. »

« Dimmi, dimmi, » rispose il diavolo sentendo parlare di frati.

« Posso dirla solo a te in un orecchio. »

Il Diavoluccio Rosso s'avvicinò tutto contento per sentire, ma Dodicino, che aveva nascosto le tenaglie in una manica, svelto svelto lo agganciò per il naso e, come se fosse un sacco, se lo mise dietro le spalle e se ne andò dall'inferno facendo un fischio per chiamare il suo maialino, salutando garbatamente i diavoli.

Il Diavoluccio Rosso per quanto poteva, poiché il naso gli faceva male, strideva, calciava e gli graffiava la schiena, ma Dodicino non se ne curava nemmeno e lo portò verso il convento.

Quando i frati di lontano videro che Dodicino tornava portando sulle spalle il Diavoluccio Rosso scapparono tutti quanti pieni di paura; poi portarono sul sagrato del convento secchi e mastelli d'acqua benedetta, reliquie e immagini di santi e cominciarono a cantare con una grande tremarella e a benedire ai quattro venti.

Il padre guardiano, con la stola, una croce in una mano e l'aspersorio nell'altra, cominciò a benedire e a fare scongiuri, mentre gli altri con i piedi pronti a scappare aspergevano una pioggia d'acqua santa con l'olivo benedetto.

Il Diavoluccio Rosso strideva, calciava e graffiava, ma Dodicino lo portò fin davanti al padre guardiano che, con una faccia bianca come un cencio, prese un mastello d'acqua santa e glielo rovesciò addosso. Il povero diavolo cominciò a friggere come un ferro rovente nella pila del fabbro: quindi dette uno strattone più forte e fuggì lasciando il naso nelle tenaglie di Dodicino. Ma i frati avevano paura anche di quello e lo vollero tuffare nell'acqua santa: era appena caduto nel secchio che, in mezzo a un fumo sulfureo, il naso saltò via tornando dal proprio padrone all'inferno.

I frati non sapevano più a che santo raccomandarsi. Radunarono ancora il capitolo per prendere consiglio e, pensa, parla e discuti, il frate gobbetto, che era sempre il più furbo di tutti, disse:

« Perché non lo mandiamo al castello incantato sulle pendici del monte da cui nessuno è mai tornato? Di là certamente non torna, o se torna non si farà più vedere da queste parti; se poi torna e si fa vedere, vuol dire che avrà anche di che sfamarsi per sempre. »

Ai frati il consiglio piacque; infatti l'ultimo castellano

del maniero, sul monte che sovrastava il convento e il paese, era un mago e, alla sua morte l'aveva lasciato in eredità a colui che fosse riuscito a passarci una notte: tutto il palazzo sarebbe diventato suo, coi beni e le terre, quando fosse riuscito a suonare la campanella della torre più alta al momento in cui nasceva il sole. Molti avevano tentato la sorte e non erano più tornati, nemmeno quelli che erano andati a cercarli.

Dodicino partì la sera stessa portandosi dietro candele e fiammiferi: arrivato davanti al castello il portone gli si aprì davanti da solo stridendo sui cardini e richiudendosi poi alle sue spalle con un gran tonfo. Nel cortile buio bruciavano qua e là alcune torce fumose ai cui barbagli vide gli scheletri dei suoi predecessori e le ossa e il collare d'un grosso cane da guardia.

Non avendo voglia di star tanto a guardare, Dodicino si segnò, disse una preghiera per quei poveri morti e cercò subito la cucina, che era grande e miracolosamente fornita d'ogni ben di Dio. Dodicino accese le candele, prese da una catasta legna e fascine facendo un gran fuoco, poi, aperte le dispense, trovò carne macellata, salumi, formaggi, pane, vino: tutto quello che era necessario e in grande abbondanza. Allora si tagliò dodici belle bistecche, prese dodici grandi pagnotte, versò dodici boccali grossi di vino e, messa sulla brace una gratella grande come una tavola, cominciò a stenderci le bistecche. Non aveva ancora finito che dalla cappa del camino sentì un rumore lontano lontano:

« Buuuh!... »

« Chi è? » disse Dodicino.

« Buttìooo... »

« Butta giù, nel nome di Dio! »

Si sentì un gran fracasso e dalla cappa del camino venne giù un piedone con una gambona che, cadendo ritta accanto all'alare sinistro, era più alta d'un uomo.

« Eh, devi essere bello grosso! » disse Dodicino e andò a prendere l'olio. Stava ungendo con una penna di fagiano le bistecche, quando di nuovo si sentì su dal camino:

« Buuuh!... »

« E chi è? »

« Buttìooo... »

« E butta giù nel nome di Dio. »

Con un gran frastuono arrivò anche l'altra gamba che andò a cadere ritta dall'altra parte del camino.

Dodicino s'era appena messo a salare le bistecche che sfrigolavano sulla brace quando venne di nuovo il solito rumore:

« Buuuh!... »

« Ma chi è? »

« Buttìooo... »

« E ributta giù nel nome di Dio. »

E cadde giù il bacino d'un omone tanto grosso che pareva un mezzo campanile. Dodicino lo guardò e disse:

« O sei cresciuto troppo o chi sa quanto ha patito la mamma per metterti al mondo! »

E così venne ancora un altro *Buuuh*!, e piovve il tronco; altri due e vennero il primo e il secondo braccio e, alla fine, dopo un *Buuuh*! più cavernoso e più forte, arrivò un testone che pareva il ceppo d'una quercia di cento anni.

« Bravo, gli disse Dodicino, sei venuto a farmi compagnia, anche se con tutta questa roba non mi stavo annoiando. Avrai fame a quest'ora: vuoi mangiare con me? »

Ma quello restò zitto.

« Guarda che ho preparato solo per me. Se favorisci te ne taglio e te ne cuocio quanta ne vuoi, ma questa non venirmela poi a chiedere perché basta solo per me. »

Ma Buttìo non diceva una parola guardandolo fisso.

« Te lo dico per l'ultima volta, » disse Dodicino « vuoi mangiare? »

Buttìo fece di no tentennando il testone.

« Allora, visto che non parli e mangi anche meno, mangerò io perché ho fame. »

Si mise dunque a mangiare e a bere come non gli era mai capitato. Finito che ebbe s'allungò un po' sulla sedia dando mano all'ultimo boccale. Quando ebbe finito l'ultimo bicchiere Buttìo si mosse facendo tremare a ogni passo il castello e, prendendo una candela, gli fece cenno di seguirlo.

L'omone cominciò a scendere una scala, poi un'altra e poi un'altra, sempre più strette e piene di ragnatele, e ancora corridoi e camminamenti con vecchie porte di ferro tutte rugginose, che Buttìo apriva con un mazzo di chiavi grosse e più rugginose delle porte che stridevano prima dalle serrature e poi dai cardini.

Scesero e scesero giù nei sotterranei più profondi del castello dove l'aria si faceva sempre più fredda e più chiusa, le mura sempre più umide e bianche di muffa, gli angoli sempre più pieni di ragnatele.

Gli pareva ormai d'essere vicino alla fine del mondo, tanto scesero e camminarono, camminarono e scesero. Finalmente arrivarono a una specie di prigione con tante inferriate e Buttìo, reggendo la candela, si fermò. Gli accennò in un angolo un piccone e una pala e gl'indicò a gesti di cominciare a scavare.

Dodicino, che sapeva il mestiere, cominciò a fare una gran buca al centro del sotterraneo, ma, mentre era appena all'inizio del lavoro, Buttìo soffiò sulla candela e scomparve.

« Me l'hai fatta » disse Dodicino prendendo dalla tasca la sua corona del rosario e lasciandola cadere nel punto dove stava scavando poi a tentoni cercò la porta da cui era entrato e, trovandola chiusa, con quattro belle spallate la sfondò. A fatica cominciò a salire, dato che, avendo una memoria per dodici, ricordava anche al buio la strada: ma tutte le porte erano chiuse e doveva aprirle o sfondarle con gran fatica. Le mani cominciarono a sanguinargli, le spalle a fargli male; il tempo passava e la notte era verso la fine, mentre lui era ancora laggiù, lontano.

Sali, spingi, sfonda e cammina, gli parve di sentire cantare un gallo.

« Sono vicino » disse tra sé « ma se non sarò sulla torre al terzo canto quando uscirà il sole, io resterò chiuso quaggiù per sempre! »

E venne anche il secondo canto e Dodicino era ancora sotto terra; e quando arrivò in fondo alla torre, pensò che non ce l'avrebbe fatta, perché il cielo a oriente era già chiaro. Ma si mise a correre per dodici su per le scale e, quando arrivò in cima con tutto il fiato in gola, il gallo cominciava il terzo chicchirichì e il sole metteva il primo occhio fuori dai monti e la campana fece il primo squillo. Ma per la forza e la foga la corda si ruppe; e allora Dodicino staccò la campana e si mise a suonarla come un campanello.

« Figlio d'un cane, ce l'ha fatta anche questa volta » disse il padre guardiano svegliandosi nella cella.

« Maledetto furbacchione è ancora vivo! » disse il frate gobbetto rigirandosi nel letto.

« Dio ci salvi da quella bocca d'inferno! » disse il frate cuoco che era già sceso nell'orto a cogliere la verdura.

E corsero tutti: frati, paesani e contadini a festeggiare quello che aveva liberato la terra dal maleficio. Dodicino aprì le dispense e offrì la colazione a tutti, poi si armò di badili e altri arnesi, torce di pece e zolfanelli, per tornare a scavare nel punto dove aveva lasciato cadere la corona. E laggiù trovò sepolta, chi sa da quanti secoli, una cassa di ferro con un immenso tesoro d'oro e pietre preziose che, insieme alle terre e al castello, lo fece il più ricco dei ricchi.

E così fu che chiamò il padre e i fratelli, lo zio prete (quando fu stanco della parrocchia), e visse governando saggiamente quella terra dove nessuno più patì la fame; e fece del bene ai poveri e anche ai frati che, non avendolo più da sfamare, andavano spesso a sfamarsi da lui. E così:

Se ne stettero e se ne godettero,
a me nulla mi dettero;
no, mi dettero un calcio in un ginocchio
che mi fecero uscire un quarto di fagioli dall'occhio!

Dodicino è stata raccolta dal vivo nel Mugello: composta di vari elementi comuni ad altri filoni narrativi, costituisce una struttura unitaria sorretta dalla ben definita personalità del protagonista e rappresenta per complessità e felicità di composizione un testo che non ha riscontro in raccolte precedenti.

Il corpo della fiaba, il motivo del castello liberato dal maleficio, è un tema arcaico che stenta ancora a morire, anzi rivive nel rito della benedizione pasquale delle case, negli esorcismi degli ossessi, nell'uso di benedire luoghi segnati da sventura: suicidi, incidenti, apparizioni. Insieme al motivo del gigante che cade a pezzi dal camino si ritrova in Toscana a Fabbriche di Garfagnana (G. Pitrè, *Novelle p. t.*, XL, *I sette maghi*). I due temi talvolta costituiscono da soli la favola come nella novella di Montale Pistoiese: *Giovannino senza paura* (G. Nerucci, *Sessanta novelle,* XLIV) e quella di Signa (A. De Gubernatis, *Le tradizioni,* XXII). Con particolari più truculenti gli elementi si ritrovano ne *La storia di uno che se ne andò in cerca della paura* (Grimm, *Le fiabe del focolare*, IV).

Il motivo della numerosa figliolanza che costringe la famiglia a dividersi è presente in numerose favole, a cominciare da *Petit-Poucet* di Perrault (*Puccettino*, come tradusse Collodi). Così anche le beffe fatte al prete costituiscono un luogo comune della favolistica (v.: *A chi primo s'adira*, di questa raccolta) e si trova in narrazioni autonome quella dei porci (v.: D. Coltro, *Eto - beeto*, Verona, 1978: *El.butel del prete* « *Il servo del prete* »). Nell'insieme v.: *Quattordici*, in A. Gianandrea, *Novelline e fiabe popolari marchigiane*, Jesi, 1878.

La discesa all'inferno si ritrova in motivi tradizionali religiosi, anche con il particolare delle tenaglie, mentre la compagnia del porchetto si trova costantemente con la figura di S. Antonio e la sua discesa agl'Inferi per rapire il fuoco.

In varie forme la fiaba si trova documentata in altre regioni e può ritenersi presente in tutto il territorio (v.: G. D'Aronco, *Fiabe di magia in Italia*, V, Udine, 1957; e anche: G. L. Patuzzi, *A proposito d'una fiaba*, Verona, 1895).

Si tratta di una fiaba da potersi dire « toscana »: la materia narrativa è rivissuta, trascritta e riassorbita nel mondo della campagna toscana d'un tempo: la mezzadria che tiene alla miseria e quasi alla fame i contadini (la molla della narrazione è la ricerca di che vivere), le famiglie numerose dei poderi, il castello remoto, il parroco agiato e pacioso, la vita del convento, della campagna, dei contadini, dei guardiani di porci, con le apparizioni sconcertanti o divertenti del maligno.

In tale ambiente si muove la figura di Dodicino che trova la sua solidità psicologica nella forza straordinaria, ma rivela una gaia e scanzonata maniera d'avvicinarsi alle cose e alle istituzioni (sacre o profane) che mi pare tutta toscana e rimanda a certe notazioni del *Morgante* del Pulci.

Le penne dell'orco

Allora si dice che c'era una volta un re e una regina che avevano un servo gentile e servizievole al quale volevano tanto bene. Arrivò un tristissimo giorno che il re cadde gravemente ammalato e per quanto lo curassero chiamando i più bravi dottori dalle quattro parti del mondo, non riuscivano a sanarlo, finché disse uno di questi sapienti:

« Qui ci vuole la penna dell'orco, se il re vuole guarire, e non conosco altra medicina, perché questa penna è l'unica cosa capace di guarire qualunque malattia. »

« E dove si trova questa penna? » gli chiesero.

« Qui sta il punto » rispose « perché quest'orco ha la forma d'una bestia terribile e mangia ogni cristiano che gli s'avvicina! Bisogna trovare uno disposto ad andargli a rubare una penna. »

Quella reggia era piena di guerrieri intrepidi e coraggiosi, ma quando seppero come stavano le cose, chi aveva da fare una faccenda, chi un'altra, chi si sentiva male e chi sarebbe andato un'altra volta, tanto che non si trovò nessuno disposto a partire. Allora i sovrani si rivolsero al loro servo fedele e questo, come sempre aveva fatto, senza dire altro che sì, si dispose a partire e l'indomani cominciò il viaggio.

Siccome non sapeva dove mai fosse quest'orco, prese in una direzione e camminò fino a sera, quando lo prese la notte e dovette cercarsi una locanda. Siccome era una persona gentile, mentre cenava si mise a parlare con l'oste del più e del meno, e da una parola all'altra venne a dire dello scopo del suo viaggio.

« Visto che vai a prendere questa penna, vedi se ne

porti una anche a me, tanto una pesa quanto due, e dove va il paiolo va il manico... »

« Ben volentieri » rispose il viaggiatore.

« E visto che quest'orco sa tutto di tutti, perché non gli domandi anche come mai da tanti anni mi è sparita una figlia e non se ne è mai saputo nulla. Sarei disposto a dare qualunque cosa pur di rivederla! »

Il servo promise che avrebbe fatto quanto gli era possibile e l'indomani riprese il cammino. Non era andato molto avanti che giunse a un fiume dove un barcaiolo traghettava a pagamento. Salito sulla barca si mise a parlare con quello che remava che a un tratto gli domandò dove fosse diretto e, venutolo a sapere, gli chiese:

« Già che fai questo viaggio, perché non ne prendi una in più e me la porti? Tanto di qui dovrai ripassare. Sai quelle son penne che portano fortuna. »

« Certo » rispose quello « se ci riesco, la porterò. »

« E poi, visto che quell'orco è un mago gli devi domandare come mai da tanti anni sono dentro questa barca e non riesco a uscirne fuori. »

« Lo farò se mi sarà possibile » rispose gentilmente e, sceso a riva, salutò il barcaiolo e riprese il cammino. E così, andando in cerca dell'orco, gli avvenne di sedersi a mangiare presso una fontana e lì incontrò due cavalieri coi quali prese a discorrere; e venuto allo scopo del suo viaggio, questi signori chiesero come gli altri che portasse anche a loro una penna; e poiché il servo gliela promise, aggiunsero:

« Già che vi ci trovate, entrate un po' nel discorso con quest'orco che ne sa quanto Salomone, e chiedetegli come mai la fontana che è nel mio giardino, un tempo faceva zampillare oro e argento, e da tanti anni si è seccata. »

« Glielo domanderò » promise il servo e, ripresa la sua strada, si addentrò per una zona deserta, dove il buio lo colse prima che potesse pensare a un riparo per la notte. E come Dio volle vide in lontananza un convento verso il quale si diresse per chiedere ospitalità. I frati lo accolsero come usano coi pellegrini e, datogli da mangiare e da bere, si misero a parlare con lui. Quando poi seppero quello che andava cercando presero a tentennare la testa dicendo:

« Ma lo sapete voi dove andare e come fare? »

« Mi hanno detto alla reggia che c'è un gran monte, su questo monte ci son sette buche e in una di queste buche c'è una casa sotterranea dove abita l'orco. »

« Eh, caro il nostro buon giovane, state ben attento che se non sapete cosa ci vuole e come fare, voi ci rimetterete la pelle: l'orco è una gran brutta bestia e mangia tutti i cristiani che gli capitano a tiro. Ma noi vi faremo il piacere di dirvi come fare, e voi dovete farne uno a noi che ne abbiamo tanto bisogno. »

« Va bene. »

« Ecco, allora: salite sopra il monte più alto che domani vedrete e una volta lassù troverete un gran prato con sette buche; voi dovrete scendere nella prima senza dimenticarvi dei fiammiferi e delle candele che noi vi daremo, perché là sotto c'è buio e vi perdereste. Però non vi dovrete scendere che a mezzogiorno, l'ora in cui l'orco non c'è e in casa ci rimane la sua sposa, che è una ragazza buona e gentile che non vi farà certamente del male; non solo, ma vi aiuterà a scampare dalle sue grinfie! »

« Avete fatto bene a dirmelo, perché non lo sapevo! »

« Ora, però, stai bene attento a cosa devi chiedere all'orco: sono ormai tanti anni che in questo convento c'è entrata la discordia; non ci si ricorda più ormai d'un giorno di pace, tanto si grida, si discute e si contende. Quale sarà la ragione? »

« Glielo domanderò. »

I frati gli dettero un letto e lì passò la notte. Alle prime luci dell'alba si alzò e prese la strada della montagna e arrivò sul prato che ancora non era mezzogiorno: vide le buche e trovò subito la prima e per l'ora giusta già si calava giù nel buio dove con le candele e i fiammiferi che gli avevano dato i frati trovò facilmente la porta dell'orco alla quale bussò.

« Chi è? » domandò una ragazza bella e gentile venendo ad aprirgli.

« Sono un servo del re che giace gravemente ammalato: son venuto per ordine d'un sapiente che ha detto che solo una penna dell'orco lo potrà guarire... » e qui le raccontò dell'oste, del barcaiolo, della fontana e dei frati, e che volevano le penne e il chiarimento dei loro misteri.

« Disgraziato, dove sei mai capitato! » rispose la ragazza « è vero che le penne sono miracolose, ma da qui non è mai uscito vivo un cristiano, perché l'orco quanti ne trova, tanti ne mangia. Ha un naso tanto fine che li sente anche da lontano all'odore. Ma anch'io sono stufa di restare in questa caverna e voglio andarmene: sono tanti anni che ci sono rinchiusa, e voglio vedere la luce del sole. Se vuoi aiutarmi tenteremo di scappare insieme domani; alle penne ci penserò io. Tu ti nasconderai e, qualunque cosa accada, non devi avere paura. Se ti tradisci sei morto. »

Venuta la sera, quando l'orco stava per tornare, il servo si nascose sotto il letto e attese. In quel mentre la donna preparò una cena abbondante e gustosa, in modo che gli passasse subito l'appetito e di lì a poco con un gran fracasso e uno svolazzare arrivò l'orco. Non aveva ancora messo piede in casa che cominciò a dire:

Ucci, ucci,
sento odor di cristianucci!
o ce ne è, o ce n'è stati,
o ce n'è di rimpiattati!

« Ma voi sentite odore di cristiani, e non sentite questo profumo della cena che vi ho preparato? Sedetevi a mangiare e non datevi altra pena! »

L'orco si mise a mangiare e come gli passò la fame diventò di buon umore; tuttavia si mise ancora a cercare per la casa dicendo che sentiva odore di cristiani e ci volle del bello e del buono alla ragazza per farlo andare a letto. Quando si fu addormentato la donna si coricò accanto a lui e con un grande strattone gli sfilò una penna. Disse l'orco svegliandosi:

« Ohi, ohi... che ti succede che mi stai spennando? »

« Oh, niente, stavo sognando... »

« E che stavi sognando? »

« Mi è venuto in sogno quel convento che è laggiù nella piana e vedevo che i frati sono tanto cattivi da essersi resi la vita impossibile da dieci anni a questa parte. »

« Ah, ma stanotte sogni il vero! Infatti da dieci anni il diavolo vestito da frate è entrato in quel convento e ci ha messo la discordia, e finché non manderanno via quello, sempre contese e litigi ci saranno... »

« E cosa potrebbero fare per liberarsene? »

« Sarebbe necessario che i frati si mettessero a fare del bene, a pregare, a onorare le immagini sante e a dire rosari... allora vedrebbero subito qual è il diavolo, perché questo comincerebbe a saltare di qua e di là e, non potendo resistere, in capo a due giorni se ne andrebbe via. »

Detto questo l'orco si riaddormentò e di lì a poco la ragazza gli strappò un'altra penna, e quello ridestandosi chiese:

« Ma che ti prende stanotte di farmi questo male? »

« Sognavo... »

« E che sognavi? »

« Vedevo la fontana che è laggiù nel giardino di quei due cavalieri: tanti anni fa versava oro e argento e poi si è seccata. »

« Stanotte fai davvero sogni veritieri! È vero: quella fonte si è seccata perché c'è entrata una serpe che è il diavolo. Bisognerebbe che scavassero pian piano e troverebbero una palla sulla quale dorme il serpente: senza che questo si svegli dovrebbero schiacciargli la testa con questa palla; allora la fontana ricomincerebbe a zampillare. »

Non aveva ripreso sonno che si sentì portar via un'altra penna:

« Allora, prima di domattina mi vuoi tutto spennato! »

« Stavo facendo un altro sogno: vedevo quel barcaiolo giù al fiume che da tanti anni è seduto dentro la sua barca e non gli riesce uscir fuori. »

« È un sogno vero anche questo: quella è una barca incantata e l'unico modo di uscirne è lasciarci dentro quello che arriva per ultimo, e così toccherà a lui a restare prigioniero. »

E come le altre penne venne anche l'ultima e la ragazza disse che aveva sognato la locanda dove l'oste da tanto tempo aveva smarrito una figliola e non l'aveva più ritrovata...

« Questo sì che è un sogno vero: quella ragazza sei tu che ora stai qui con me! »

« E come può fare quella povera gente a riavere la figlia? »

« Te lo posso anche dire, tanto non lo sapranno mai: dovrebbero scavare sotto la prima pietra che sta dentro la loro porta; là sotto c'è una palla: dovrebbero prenderla e batterla tre volte sull'ultimo scalino e la loro figlia apparirebbe subito sull'uscio. »

Venuta la mattina l'orco si alzò presto come al suo solito e se ne andò per i suoi affari. Il giovane prese allora le penne e se ne tornò per la sua strada. Tornato al convento riferì ai frati come dovevano fare per eliminare la discordia, e quelli fecero come aveva detto e cacciarono il diavolo diventando tutti buoni.

Il giovane andò allora dal barcaiolo e gli dette la penna.

« E non ti ha detto come posso fare per uscire? » gli domandò mentre lo stava traghettando.

« Ora quando sarò sbarcato lo dirò » rispose e mantenne la promessa, tanto che il primo che capitò al traghetto rimase al posto del barcaiolo.

Il servo andò dai due cavalieri e, data anche a loro la penna, insegnò come dovevano fare per annullare la malia. Eseguito a puntino quello che c'era da fare, la fontana riprese a versare oro e argento, tanto che quei signori compensarono lautamente il giovane, come avevano già fatto gli altri.

Il servo corse allora alla locanda e anche lì in men che non si dica fu disfatto il maleficio e la ragazza apparve sulla porta tra la commozione dei genitori che la vollero dare in sposa a chi l'aveva ritrovata.

Il giovane andò prima alla reggia a portare la penna al re, e questo untosi con quella piuma fu immediatamente sanato. Sentendo che il servo gli chiedeva licenza, non solo gliela concesse, ma lo colmò di onori, favori e ricchezze. Allora il giovane andò a sposare la sua bella e fecero una festa bellissima banchettando con un topo arrostito... ma a me non dettero che a leccare un dito.

Le penne dell'orco è trascritta dal Pitrè che l'ha raccolta a Fabbriche nella Garfagnana Estense. Assicura inoltre il raccoglitore che se ne trova una del tutto simile nel Casentino dal titolo *I peli del diavolo* (v. Pitrè, *Novelle p. t.*, XXIV: *Il diavolo fra i frati*). Ne ho udita una versione a Firenze in cui le penne delle ali del diavolo conservavano appunto la virtù che si dice avere le penne degli angeli, di cui è credenza popolare che qualcuna ne cada dal cielo, raramente, e chi la trova può con questa guarire malattie e fare sortilegi.

Che si tratti di un essere diabolico trova conferma nel fatto che la narratrice, Rosina Casini, non voglia nominarlo altro che come *bestia*, e si sa che secondo una superstizione largamente diffusa un tempo (e ancora da qualcuno) nominare il demonio equivale a evocarne la presenza, per cui l'eufemismo: *quella bestiaccia*, *quella brutta bestia*, ecc. Per dare comunque un nome a questo essere della favola si è preferito, come fa Calvino, chiamarlo genericamente orco, cosa che in una fiaba non guasta mai.

Altri esseri, soprannaturali o quasi, hanno penne magiche come l'Uccello Grifone; ma il tema della fiaba sembra essere l'umiltà servizievole che trova i tempestivi aiuti e riesce nelle cose più difficili meritando il mutamento della qualità della sua condizione.

I sette fratelli d'ingegno

C'era una volta un re che, andando in là con gli anni, non avendo che una figlia, se ne doleva dicendo:

« Che ne sarà dei miei popoli quando alla mia morte un giorno dovranno essere governati da una donna? Almeno questa figlia si decidesse a prendere marito; ma non ne ha punta voglia... »

Infatti la ragazza non aveva nessuna intenzione di maritarsi perché stava bene com'era. Il sovrano si consigliò con i più saggi del reame e vennero a una decisione per cui fu emesso un bando secondo il quale regnanti, principi e baroni di tutta la terra dovevano mandare i propri ritratti alla principessa. E così fu fatto; ma quando la ragazza ebbe visto tutta quella collezione di nobili e teste coronate, disse che non c'era uno che le piacesse e lasciò tutti con un palmo di naso.

Il re non si perse d'animo e pensò di fare una bella festa che doveva durare ben tre mesi; vi invitò il fior fiore dei nobili e pensava:

"Nei ritratti non hanno fatto effetto, ma in carne e ossa qualcuno dovrà pure colpirla!"

Così fu fatta questa festa e quando si aprirono le danze ogni giovane fece a gara a presentarsi alla principessa per invitarla a ballare, ma, senza fare scuse, né dar ragioni, la ragazza disse a tutti che non aveva voglia di ballare e la festa stava per volgere al termine senza che si fosse concluso nulla di nulla. Il re allora chiamò la figlia e le disse che, almeno per educazione, accettasse l'invito di qualcuno.

« Va bene, » rispose la ragazza « se è per farvi un

piacere, vuol dire che il primo che si presenta io l'accetterò. »

Ecco che a quel punto si presenta un bellissimo giovane che apparve subito di grande nobiltà, il quale, fatta con grande eleganza la dovuta riverenza, invitò la principessa a ballare.

Così nel ballare si conobbero, si conobbero e si fidanzarono, si fidanzarono e tutti furono felici e contenti e fecero una gran festa, finita la quale il re chiamò questo giovane e gli disse:

« Sono lieto d'avervi per genero, ma permettete che vi chieda chi siete perché non vi ho mai visto tra la gente di sangue nobile. »

« Certamente, maestà, io sono il re di Francia e non mi sono mai trovato da queste parti; comunque posso vantare le più splendide ricchezze che si possano trovare sulla terra. »

« Me ne compiaccio, ma non esageriamo... »

« Domani allora vedremo chi avrà le carrozze del seguito più belle! »

L'indomani, quando furono celebrate le nozze, si vide infatti che quel che il re aveva argentato, lo sposo l'aveva indorato; quello che il re aveva d'argento, lo sposo l'aveva d'oro; e qualunque cosa si considerasse sempre quella dello sposo era più bella.

Quando venne il momento di mettersi in corteo per il ritorno, si formò una fila che non finiva mai e la principessa s'affacciava a compiacersi di tanto sfarzo; ma una volta che s'affacciò s'accorse che tutte le carrozze dietro erano scomparse ed era rimasta soltanto quella del padre che avanzava lontano lontano. Chiese subito al marito:

« Ma che è successo al nostro seguito, che non è rimasta che la carrozza reale? »

« Devi sapere, » disse lo sposo « che tra poco sparirà anche quella e che tu non hai sposato il re di Francia, ma il re dei maghi, perché hai sposato un negromante! »

Tardi la ragazza s'avvide di quanto era stata stupida a non dare retta al padre e diceva tra sé:

"Se avessi preso un principe buono e modesto ora non sarei qui con questo negromante, e regnerei sui miei popoli felice e tranquilla!"

Ma ormai quello che era fatto era fatto e lo sposo disse:
« Ora sei la mia sposa e per liberarti dal mio potere ci vogliono sette fratelli che sappiano fare ciascuno un mestiere diverso; ti puoi immaginare se sarà possibile! »
Camminarono ancora per giorni e giorni finché arrivarono a una torre altissima in cima alla quale c'era una stanza con una porta di fuoco: fece entrare la ragazza, la legò al letto perché non tentasse di scappare e poi andò a dormire.
Il re, che era rimasto senza figlia e senza genero, per un po' di tempo cercò di non pensarci più e di mettersi il cuore in pace; ma venne il giorno che cadde ammalato e andava disperandosi per rivedere la ragazza.
Siccome aveva una colomba ammaestrata, si confidava spesso con lei, e la bestia sembrava proprio capire le pene che le raccontava; un giorno le disse:
« Bella colombina, vai fuori e vola in cerca della mia figliola, e dimmi almeno se è ancora viva, e dove si trova, perché possa morire consolato! »
La colomba volò, e volò lontano e percorse la terra per tutti i punti cardinali, finché si posò su quella torre e per la finestra vide la principessa legata nel letto. Anche la ragazza la vide e prese a chiamarla felice d'aver rivisto almeno la colomba del padre. Poi, fattasela venire vicina, le staccò una penna, da un'ala, stracciò un lembo della sua camicia bianca e, intingendo la penna nel sangue che si era fatta uscire dal braccio, scrisse al padre: « Io non sono maritata al re di Francia, ma a un crudele negromante che mi tiene nella sofferenza e legata al letto. Per liberarmi ci vogliono sette fratelli che facciano ciascuno un'arte diversa ».
Avvolse poi questa fettuccia intorno alla zampina della colomba e le disse di volare alla reggia. La bestia in poco tempo arrivò alle stanze reali e cominciò a svolazzare per farsi notare. Infatti di lì a poco fu letto quello che era scritto sulla fascettina e il re emanò subito un bando che fu letto e affisso per ogni angolo del regno. Diceva il bando:
« Chiunque uomo o donna abbia sette figli, fratelli maschi, ciascuno dei quali eserciti una diversa arte, lo facciano subito sapere al re che gliene saprà essere riconoscente ».
I sudditi quando lo leggevano o lo sentivano bandire scuotevano la testa dicendo:

« E dove si trovano sette fratelli con un'arte una diversa dall'altra? E poi che se ne farà il re? » e se ne andavano senza dire altro.

Un giorno un contadino, vedendo il bando affisso sul muro chiese al banditore che glielo leggesse:

« Non son cose da contadini » disse quello.

« Ma io lo voglio sapere lo stesso. »

« Allora leggi. »

« Non so leggere. »

Insomma alla fine glielo dovette leggere e il contadino chiese:

« Qual è la strada per andare dal re? »

Il banditore gliela indicò e poco dopo il contadino si presentò al palazzo e chiese di parlare al re. Fu subito portato nella sala del trono e quando gli fu chiesto cosa voleva disse:

« Altezza, io ho sette figli, ognuno dei quali fa un'arte diversa! »

« Portatemeli subito » disse il re.

« Non sono qui: sono per il mondo per i loro affari, ma se mandate dei messi arriveranno in breve tempo. »

Infatti non ci volle molto per farli arrivare a corte e, quando si presentarono, il re chiese al primo:

« Tu, cosa sai fare? »

« Io metto un orecchio in terra e sento tutto quello che si fa nel mondo intero! »

« Bravo » disse il re « allora senti quello che sta facendo la mia figliola! »

Il giovane mise l'orecchio in terra, lo girò, lo appoggiò meglio, ascoltò e poi rispose:

« Maestà, vostra figlia è sposata a un negromante e sta parecchio male; penso che solo noi la potremo liberare. »

« Bene ragazzo! Ora dimmi tu cosa sai fare » disse al secondo.

« Io, maestà, se sputo in terra faccio scorrere un gran fiume! »

« Bravo davvero. E tu che sei il terzo cosa sei capace di fare? »

« Io, maestà, ho una mano così leggera che sono capace di levare un uovo di sotto a una gallina senza che questa se ne accorga. »

« Mai sentita una simile abilità. E che sa fare il quarto di voi? »

« Io sono capace d'arrampicarmi per qualunque muraglia senza mai cadere. »

« Ci sarà bisogno anche di te. E tu? »

« Io, maestà, sono capace di afferrare qualunque peso al volo, tanto che prendo al volo perfino una macina che cade e la depongo dolcemente per terra. »

« Fate tutti cose insolite e strabilianti. Sentiamo cosa fa il sesto. »

« Io ho questo fucile portentoso e una mira così precisa che sono capace di colpire in un nido il maschio o la femmina a qualunque distanza. »

« Cospettaccio! Sentiamo l'ultimo. »

« Io ho questa bacchetta fatata che quando la batto in terra sorge improvvisamente un grande palazzo. »

Il re si complimentò con loro e li mandò a liberare la figliola. È inutile dire che sette fratelli così bravi ci misero poco ad arrivare alla torre, e cominciarono subito. Dissero al maggiore:

« Tu che metti un orecchio in terra e senti tutto quello che si fa nel mondo intero, senti che cosa fa il negromante. »

« Il negromante dorme » disse il maggiore dopo che ebbe ascoltato.

Dissero allora al quarto:

« Tu che sei capace d'arrampicarti per qualunque muraglia senza cascare di sotto, sali su questa torre. »

E quello salì e fece salire anche gli altri. Quando furono in cima alla torre dissero al terzo:

« Tu che sei capace di levare un uovo di sotto a una gallina, sciogli la principessa senza che il negromante se ne accorga. »

E il terzo facilmente sciolse la ragazza; allora dissero al quinto:

« Tu che sei capace d'afferrare anche le macine al volo, vai di sotto e prendi la principessa quando te la buttiamo facendo in modo che non si faccia male. »

Se quello prendeva le macine, prendere una ragazza fu uno scherzo. Quando furono tutti a terra dissero ancora al primo

« Senti un po' cosa fa il negromante. »

« Il negromante per ora dorme, quindi è tempo di scappare. »

Fecero un gran tratto di cammino e quando si fermarono per riprendere fiato dissero al primo fratello di sentire che faceva il negromante.

« Il negromante si è svegliato da poco e non ha trovato la principessa nel letto... ecco ora ci sta dando dietro: corriamo altrimenti ci piglia. »

Si rimisero a correre, ma il negromante che era espertissimo d'arti magiche andava più forte di loro, tanto che quando il primo fratello riaccostò l'orecchio in terra disse:

« Fratelli, sento i passi del negromante che s'avvicinano, corriamo più forte. »

E corsero più forte, ma videro di lontano apparire un polverone e davanti a quello un punto nero che piano piano diventò la figura del negromante. Allora dissero al secondo fratello:

« Tu che sputi in terra e fai scorrere un fiume, fanne venire qui uno il più grosso che puoi. »

Come quello sputò in terra apparve un fiume con le acque profonde e impetuose e i fratelli si dettero a fuggire mentre il negromante ebbe il suo da fare per traversare la corrente. Ma con le sue arti magiche presto ci riuscì, e lo sentì bene il fratello dall'udito fino, che intese di nuovo i passi avvicinarsi sempre di più. In poco tempo se lo ritrovarono alle calcagna tanto che il secondo fratello dovette sputare un'altra volta; e presero del vantaggio che in breve tempo persero perché la lena al negromante non finiva mai e loro, che non erano maghi, non ne potevano più.

« Tu che senti tutto quello che si fa nel mondo intero, » dissero al fratello di nuovo « senti che cosa fa il negromante. »

« Il negromante è qui vicino e tra poco ci raggiunge. »

Allora il settimo fratello batté in terra la sua mazzetta e apparve un bellissimo palazzo dove il negromante non poteva entrare e solo toccando qualcuno di loro sarebbe riuscito ad averli in suo potere. Così stavano chiusi dentro il palazzo e il mago che si aggirava nelle terre vicine vide a un tratto la principessa che si era affacciata alla finestra.

In un momento si trasformò in un canarino e volò sul davanzale.

« Ma che bel canarino » disse la ragazza, e se lo fece salire sul dito per accarezzarlo. In quel momento l'uccellino divenne un negromante e, presa la principessa, corse via lasciando i fratelli costernati. Allora dissero al sesto fratello:

« Tu che spari e riesci a cogliere il maschio invece della femmina, è venuto il momento che tu metta in opera la tua arte. »

Il fratello prese la mira con il suo fucile portentoso e riuscì a colpire il negromante nella testa facendolo cadere stordito. Corsero a prendere la principessa lasciandolo disteso a terra che non sapevano se era vivo o morto; e mentre quello riprendeva i sensi, quelli fuggirono per un buon tratto, fermandosi ogni tanto perché il primo fratello ascoltasse cosa faceva il loro inseguitore; e quando quello sentì che si era riavuto e aveva ripreso a correre, ormai erano già vicini al palazzo reale; anzi riuscirono a varcare la soglia che quello era quasi per afferrarli e dovette restare fuori a strapparsi i capelli per la rabbia.

Non si può dire che festa ci fu alla reggia per il ritorno della principessa. Il re felice oltre ogni dire organizzò ricevimenti e cerimonie che non s'erano mai viste: coprì d'onori, di croci e medaglie i sette fratelli, e questo lo fece duca, e l'altro conte e quale governatore e quale viceré li sistemò tutti nel suo regno come principi. Poi volle sentire i suoi popoli se erano contenti d'essere governati da una donna, e i popoli risposero d'essere contenti di provare con una donna, visto che avevano patito tanto con gli uomini.

E così alla morte del re regnò la figlia, che se non fece meglio di lui, peggio non lo fece, tanto che se andate in giro a chiedere in quel regno si ricordano ancora di lei e di questa storia.

I sette fratelli d'ingegno nella trascrizione originale del Pitrè da cui deriva (*Novelle p. t.*, X) porta come titolo *Il negroman-*

te, cosa che, a differenza della maggior parte delle versioni, non pone l'accento sull'elemento fondamentale della fiaba che sono appunto i sette fratelli con le loro abilità. L'ho quindi intitolata come l'ho sentita indicare in Mugello, con indicazione, mi pare, più propria. L'altra correzione che ho apportato è quella di non far parlare la colomba, per evitare un effetto comico, frutto evidente della svista del narratore ("certo Emilio fiorentino, ragazzo di tredici anni"), secondo cui la colomba insegna alla ragazza a scrivere la lettera, inutile dal momento che aveva la possibilità di riferire.

Il tema dei fratelli o compari che vanno insieme, ciascuno con una sua portentosa abilità, è assai diffuso; un'altra versione ne ha trovata in Toscana il Pitrè a Pratovecchio: *Mente Infusa* (*Novelle p. t.*, X, in nota). Il tema si trova poi variato con altri filoni fiabeschi (v.: *I tre regali*, o *La novella de' tappeti*, in: Nerucci, *Sessanta novelle*, XL) un po' in tutto il territorio toscano e si trova in illustri raccolte come il *Pentamerone* (*I cinque figli*, V, 7), mentre Rudolf Erich Raspe ha reso il tema universale attraverso le *Avventure del barone di Münchhausen* (v. *Avventure marinare*).

Ma la caratteristica più interessante di questa fiaba mi sembra stia nella struttura narrativa imperniata su un tema insolito: l'accettazione della donna come regnante. Di sovrane capaci e avvedute l'Europa ha avuto splendidi esempi: e la Toscana non ha ancora dimenticato la medievale Matilde di Canossa. Quindi il tema sembra riferirsi più precisamente alla figura della donna nel contesto della società tradizionale, dove si hanno la figura della massaia (detta semplicemente *la sposa*), vero asse portante della struttura familiare contadina, e capace, in vedovanza o in caso d'inefficienza del marito, di accollarsi il peso o arrogarsi il potere della cascina; quindi la fattoressa, altra figura matriarcale che non era di regola la moglie del fattore, ma una donna capace cui era affidato l'andamento della fattoria, come alla massaia quello della casa poderale. Anche la fattoressa sovente era, per sua capacità, la vera padrona del suo piccolo feudo.

La fiaba offre pascolo abbondante per interpretazioni psicanalitiche e simboliche: suggestiva tra le altre quella che vi vede, come in *Biancaneve*, lo schema della terra e dei sette corpi celesti nel sistema tolemaico.

La novella dell'enigma

C'era una volta una povera donna che aveva un figlio disubbidiente e senza voglia di lavorare; ormai faceva la vita del vagabondo girando tra il letto e l'osteria, l'osteria e il letto.

Venne un giorno nella piazza un banditore a leggere un editto del re per cui chiunque avesse voluto, sarebbe potuto andare a presentarsi alla principessa a porgli un enigma: se la ragazza avesse saputo dare la soluzione, il pretendente avrebbe subito mozzata la testa; se invece la donna non fosse riuscita a interpretarlo l'avrebbe sposato.

Ora bisogna sapere che la principessa era bravissima nel risolvere indovinelli e s'era circondata di maghi e sapienti capaci di chiarire qualunque dubbio. Già principi, conti, baroni, sapienti, ricchi e avventurieri avevano tentato la prova: ma tutti avevano fatto la stessa triste fine.

Disse allora quello scapestrato alla mamma:

« Voglio presentarmi io alla principessa, così, se mi andrà bene, sarò sistemato per tutta la vita; se mi andrà male, la finirò d'essere la vostra disperazione! »

« Ma che fai? Sciagurato! Non lo sai che nobili e sapienti, furbi di tutte le risme ci hanno provato e sono morti? Proprio tu credi di riuscirci? »

« Proprio io » rispose il ragazzo; e non ci fu modo di dissuaderlo.

La mamma, visto che ormai era vano ogni tentativo, disse tra sé:

"Prima che me l'ammazzi quella maledetta principessa, io l'ho fatto e io lo disfarò."

E così andò a preparare una bella focaccia per il viaggio

e la impastò di un potente veleno che sarebbe bastato per fulminare un reggimento, poi, salutando il figlio, gliela mise nella bisaccia e gli consegnò insieme un libro di preghiere, che gli servisse a raccomandarsi l'anima negli estremi momenti.

E il ragazzo partì, con la bisaccia e lo schioppo, verso il suo destino. Cammina, cammina a un certo punto s'accorse che la sua cagna di nome Bella l'aveva seguito e, commosso da tanto affetto, si sedette vicino a un fiume per mangiare. Gettò mezza focaccia a Bella che, appena n'ebbe trangugiato qualche morso, cadde a terra fulminata.

« Chi avrebbe mai pensato che una mamma fosse capace d'una cosa simile? Giuro che non ritornerò mai più da lei... » disse il ragazzo, e gettando via il resto della focaccia andò per il bosco a cercare qualche animale per togliersi la fame. Mentre batteva la macchia gli venne in mente:

« Questa cosa strana può essere un bell'indovinello per la principessa:

Da chi mi potevo fidar
la fede fu tradita,
e donò morte chi donò la vita.
Pizza ammazzò Bella
e salvato fui da lei...

Voglio proprio vedere come se la caverà la principessa con questo garbuglio! »

Tornando poi sui suoi passi per continuare la strada, trovò dove l'aveva lasciata la cagna morta e, vicino alla sua carogna c'erano due corvi che, avendone mangiata, erano rimasti lì a due passi, morti stecchiti dal veleno.

« Li prenderò per farmi compagnia » disse il ragazzo raccogliendo i due corvi e legandoseli per le zampe alla cintura; e così dicendo proseguì per la sua strada.

Ma verso sera, costeggiando il fiume, entrò in una vallata buia da far paura, e non ebbe da fare molto cammino, che da una macchia uscirono fuori sei briganti col trombone spianato. Lo frugarono e lo rifrugarono, ma, visto che non aveva nulla di nulla, disse il capo brigante:

« Vergognati ad andare in giro senza un baiocco! Meriteresti una fila di bastonate per il tempo che ci hai fatto perdere... Comunque, visto che non hai altro e noi non abbiamo nulla per cena, ci prendiamo questi due corvi e ce li mangiamo. »

Detto fatto accesero un bel fuoco, spennarono gli uccelli e li arrostirono. Ma non arrivarono ad accendere le pipe che cominciarono a sbiancarsi in faccia e a mugolare di dolore per le convulsioni che presero a tutti: uno si raccomandava alla mamma, un altro corse a bere al fiume, un terzo stramazzò per terra... Insomma in poco tempo i sei briganti erano tutti morti e il ragazzo riprese la sua bisaccia e il fucile per continuare la strada. Al mattino, forse per le piogge che eran venute sui monti, venne la piena nel fiume e tra tronchi e rottami che si portava a valle, arrivò anche il corpo di quel brigante che era andato a bere; e sopra il corpo erano appollaiati tre corvi che gli stavano mangiando il cuore.

« Ecco altro pane da rodere per i denti della principessa, » disse il ragazzo « guardiamo un po':

... poi uno ammazzò due,
e due ammazzaron sei.
Venne giù un morto portando tre vivi...

Anche questo non sarà tanto facile da risolvere! »

Ma intanto gli era venuta fame e, vedendo un merlo che s'era posato su una siepe, prese il fucile e gli sparò. Non si sa come andò che il merlo volò via e poco più oltre restò sull'erba, colpita, una lepre.

Nel raccoglierla il ragazzo s'accorse che era pregna e, squartatala, ne uscirono fuori sette leprottini che a giorni sarebbero nati.

Il ragazzo andò in cerca di legna per cuocerla, ma non trovò che rovi verdi che non sarebbero bruciati nemmeno all'inferno. Siccome frugando nella bisaccia ritrovò il libro di preghiere che gli sarebbe dovuto servire a raccomandarsi l'anima, pensò che fosse cosa migliore bruciarlo. Infatti, dopo averlo spaginato ben bene, gli dette fuoco e con quello cosse i sette leprottini che eran più teneri e non avevano bisogno di un lungo trattamento.

Mentre riprendeva il cammino, ripensando ai casi di quel viaggio, gli venne in mente un altro pezzo d'enigma per la principessa, e disse:

« ... Tirai a ch vidi
e colsi chi non vidi;
mangiai carne creata
e non nata,
cotta a fuoco di parole... »

Intanto la piena era aumentata e aveva allagato la cam pagna intorno, e se il ragazzo si volle salvare dovette salire su una grossa quercia e aspettare che la fiumana defluisse. E in questo venne la notte e trovò sonno sopra un grosso ramo che pareva fatto apposta per dormirci. Quando al mattino il sole lo destò, l'acqua se n'era andata e poté scendere riprendendo la strada.

Camminando ripensò a un altro pezzo dell'enigma e disse:

« ... Non dormii in cielo,
non giacqui per terra... »

Ormai era in vista della città e già vedeva le torri del castello al quale giunse nella giornata e chiese subito d'essere ammesso alla presenza della principessa per porre il suo enigma.

« Per il tuo bene, straccione » gli dissero i guardiani della porta « vattene all'osteria e bevici su, che domani potresti non essere dello stesso avviso e pentirti d'una cosa fatta all'impensata... Vai, vai, povero cristiano, che altri più nobili e scaltri di te hanno avuto il collo allungato di parecchie braccia! »

E per quella sera dovette andarsene a dormire all'albergo della Stella, che è quanto dire sotto il tetto del cielo. Ma l'indomani era di nuovo alla porta del castello, e tanto infastidì le sentinelle che alla fine lo fecero entrare, dicendo:

« Se vuoi veramente andare a morire, vacci pure che la pelle è tua! »

Si presentò così alla principessa che non fece caso alla sua povertà, preoccupata soltanto di conoscere l'enigma, risolverlo e mandarlo quanto prima al ceppo del boia.

Allora, senza tanti preamboli, il ragazzo propose il suo enigma:

Da chi mi potevo fidar
la fede fu tradita,

e donò morte chi donò la vita.
Pizza ammazzò Bella
e salvato fui da lei;
poi uno ammazzò due,
e due ammazzaron sei.
Venne giù un morto portando tre vivi.
Tirai a chi vidi
e colsi chi non vidi;
mangiai carne creata
e non nata,
cotta a fuoco di parole.
Non dormii in cielo,
non giacqui per terra,
indovinate voi, regina bella!

La principessa capì subito che si trattava di tutt'altra musica da quella che era abituata a sentire e, invece di risolvere l'enigma sui due piedi, com'era abituata a fare, dovette chiedere otto giorni di tempo per pensarci.

Pensa, ripensa, almanacca e astrologa, la principessa non riusciva a venire a capo di nulla; interrogò tutti i suoi sapienti e i suoi segretari, ma anche loro restavano lì con certi musi lunghi e certi occhi stralunati che la principessa lì strapazzava e li malmenava, ma sempre inutilmente. Passavano i giorni, passavano le notti e quella gente restava a pensare e a ripensare senza cavare un ragno da un buco, finché, e ce ne volle, la principessa non si dichiarò vinta; ma era smaniosa di sapere la soluzione più che preoccupata di dover sposare quel poveraccio, convinta in fondo in fondo che si trattasse di uno scherzo invece che di una cosa seria.

Ma il ragazzo invece cominciò a spiegare precisamente: « Dovete sapere, principessa, che nel viaggio che ho fatto dalla mia casa a qua, mi accaddero le cose più strane del mondo, e prima di tutto mia madre, preferendo uccidermi di sua mano con poco dolore, piuttosto che sapermi tra i vostri aguzzini, mi avvelenò la focaccia, e così fu tradita la mia fiducia da una persona di cui non avrei mai potuto dubitare: quella che mi fece vivere e che voleva farmi poi morire. Ma io, prima di mangiare la focaccia ne detti un pezzo alla mia cagna Bella che, morendo, mi salvò la vita. Due corvi poi, che ne mangiarono la carogna, morirono anch'essi avvelenati; io li raccolsi e sei assassini, che me li rubarono, morirono essi pure di veleno dopo averli arrostiti ed essersene cibati. Venne la piena nel fiume e sull'acqua giunse il corpo d'un brigante morto su cui posavano tre corvi che lo stavano mangiando. Per levarmi la fame sparai a un merlo, e invece colsi una lepre che portava in corpo sette leprotti, che mangiai cuocendoli con le pagine di un libro di preghiere, su cui erano scritte naturalmente parole. Salita ancora la piena, salii su un albero e dormii sopra un ramo, quindi né in cielo, né in terra. »

Tutti i sapienti e la stessa principessa dovettero riconoscere che l'enigma era bello e ben posto; ma quando si trattò di decidere il giorno delle nozze, la ragazza si rabbuiò e tolse l'udienza.

Cominciando a correre la voce che la principessa era spergiura e il re non onorava i suoi bandi, si dovette chiamare il ragazzo a corte e il re cercò di convincerlo ad accettare un castello in frontiera, un bel gruzzolo di soldi e un titolo nobiliare in cambio del matrimonio con la sua figliola, nel quale sarebbe stato certamente infelice.

Ma il ragazzo non ne volle sapere, e rispose:

« Maestà, i patti sono patti e il vostro bando diceva che se avessi perso il gioco, mi sarebbe stata tagliata la testa; e certo se mi fosse andata male già non l'avrei più sul collo. Ma io capisco anche le vostre ragioni e voglio accontentarmi di passare una notte sola con la vostra figlia... »

« Questo mai! » s'oppose il re; ma il ragazzo aggiunse:

« Mettete guardie alle entrate della stanza, spalancate porte e finestre che tutti possano vedere, accendete tutti i lumi che volete, disponete servi intorno al letto e stabiliamo che la principessa risponda sempre di no alle mie domande, purché i suoi atti siano conseguenti alle parole e la sua volontà venga eseguita. »

« Questa mi pare una buona proposta » disse il re; e anche la principessa fu dello stesso avviso.

Venne la sera e i due giovani andarono a letto con le luci, i servi, le guardie e le porte spalancate come avevano stabilito, in più, in mezzo al letto matrimoniale, grande come un'aia, era stata messa anche una bella pelle d'istrice con tutti gli aculei.

S'erano appena messi tra le lenzuola, a distanza di parecchi metri uno dall'altro, quando il ragazzo disse:

« Serenissima principessa, vi pare che ci stiano bene tutte queste guardie alle porte? »

« No » dovette rispondere la principessa.

« Guardie, avete sentito? La principessa non gradisce la vostra presenza: fuori tutti! »

Le guardie se ne andarono e dopo qualche momento il ragazzo domandò:

« Vi dispiacerebbe, serenissima principessa, se si chiudessero le porte e le finestre, che viene tanto freddo? »

« No » dovette rispondere anche questa volta la ragazza, che cominciava ad avere simpatia per quel giovanotto che era tanto astuto e simpatico.

« Servi, che aspettate? La principessa vuole che si chiuda tutto! »

E le porte furono chiuse e così fu fatto delle finestre; ma non passarono dieci minuti che il ragazzo disse:

« Scusate, serenissima principessa, vi sembrano necessari tutti questi lumi accesi da far giorno? »

« No. »

« Servi, spegnete tutti i lumi, che, come avete sentito, alla principessa non sono graditi. »

E così fu fatto. Dopo ancora un poco:

« Vi sembra che per dormire, graziosa principessa, ci sia bisogno ancora di tutti questi servi in camera? »

« No » disse la principessa che si stava divertendo a vedere quanto era scaltro quel ragazzo.

« Bene, servi, la principessa vi dà congedo, andate tutti quanti a riposare. »

Erano appena usciti i servitori che il ragazzo disse:

« E ora vi offendereste, gentile fanciulla, se io levassi questa pelle d'istrice? »

« No. »

« E vi sembra fatto bene che due giovani come noi debbano passare una notte insieme standо così lontani? »

« No. »

« E vi offendereste mia cara se ora vi dessi un bacio? »

« No davvero » rispose la principessa che già cominciava a innamorarsi.

« E allora che aspettiamo? » domandò il ragazzo.

E da quel momento in poi non ebbero più bisogno di parlare; e quando venne l'alba, il re che andò a cercare la figlia, trovò la camera chiusa e sprangata; e quando il sole fu alto, non si vedeva ancora nessuno; e quando si svegliarono i tafani, allora s'aprì la porta e comparve il ragazzo al braccio della principessa che disse a tutti di volerlo sposare.

E come disse, così fece. E il ragazzo fu sposo, poi principe, poi re; e fu sempre saggio e scaltro come quando era povero.

La novella dell'enigma, raccolta a Firenze dalla tradizione orale, è forse quella versione che ha la redazione dell'enigma più articolata e completa, e una certa linearità narrativa: cosa che manca ad esempio nel Nerucci (*Il figliolo del mercante di Milano, 60 novelle*, XIX) dove è presente una chiara contaminazione di due filoni fiabeschi (con quello che qui si trova sotto il titolo di *Tovagliolino apparecchia apparecchia*).

La fiaba è peraltro diffusissima in Toscana: oltre a quella di Montale Pistoiese, si conosce la versione raccolta dal Pitrè a Pratovecchio (*Novelle p. t.*, XVI, *Soldatino*, con bibliografia); la versione senese (nel manoscritto di Ciro Marzocchi, cit. del Museo di arti e tradizioni popolari di Roma; e si trova a Signa, presso Firenze (A. De Gubernatis, *Le tradizioni,* XXIV).

Il Comparetti nelle *Novelline p. i.* (XXVI) riferisce una succinta versione della Basilicata, interessante per la proposizione dell'enigma; mentre *L'enigma* (LIX) del Monferrato riferisce un altro tipo di indovinello proprio di una novella un po' diversa.

Lo stesso ceppo narrativo, in modi diversi, è presente in tutte le tradizioni dialettali italiane, come ad es. *La chiza de la maregna*, D. Coltro, *Eto-beeto*, Verona, 1978 che fornisce una redazione veneta; nell'Emilia (*Al sgugiol di ragazù* di C. Coronedi-Berti, Bologna, 1883, XV); Abruzzo, nelle *Tra-*

dizioni popolari abruzzesi raccolte da G. Finamore, Lanciano, 1882 (LX).

Diffusa anche in Sicilia, v. *La riginedda chi s'avia a maritari* (I) delle *Fiabe e leggende popolari siciliane* del Pitrè, con bibliografia e *Lu cuntu di Bedda* (947), in *Indovinelli, dubbi, scioglilingua del popolo siciliano*, Palermo, 1870-1913.

Parente non certo lontana della Turandot, la celebre fiaba di Carlo Gozzi, questa favola si trova anche in Grimm, *Le fiabe del focolare*, I, XXII e si distingue, in questa versione rustica, per una sapiente impostazione psicologica: alla principessa che, chiusa nella sua superbia, conosce solo la sapienza dei libri, il ragazzo (che in molte versioni, come nella nostra, non ha nome) chiede di decifrare lo strano accadere della vita, di fronte al quale la polverosa sapienza condensata non può nulla. Con l'astuzia e un grande tatto psicologico, porta così la donna ad aprirsi al vento fecondo della casualità e dell'impulso, rendendola da nevrotica, sapiente, donna adulta.

La cavallina fatata

C'era una volta un re che viveva felice nel suo castello e aveva un figlio che era la sua consolazione. Quando il ragazzo fu divenuto grande, venne dal re del Portogallo, che era un fratello del sovrano, una lettera in cui si diceva che lo zio aveva gran desiderio di conoscere il nipote che non aveva mai visto.

Al ragazzo piacque molto l'idea d'andare a far visita al parente e girare così un po' il mondo, per cui il padre si lasciò convincere a farlo partire: gli dette un buon cavallo, lo fornì di denari e di provviste, e, con le ultime raccomandazioni, lo salutò.

La strada per il Portogallo era lunga e dopo aver cavalcato per giorni e giorni, fermandosi la notte alle poste, il giovane incontrò un ragazzo della sua età che faceva la stessa strada. Contento per aver trovato compagnia, il principe fece amicizia col passeggero mettendosi a raccontare, per ingannare la noia della strada, chi era e dove andava, e com'era la sua famiglia, e quella dello zio e un sacco d'altre cose che alla fine l'amico ne sapeva più di lui.

Fu così che, giunti in Portogallo, quando furono nei pressi della reggia, fermatisi in un bosco solitario, il compagno di viaggio, tratta fuori un'arma, minacciò il principe di morte e lo costrinse a cedergli i suoi vestiti, i documenti e la cavalcatura e a prendere in cambio la sua roba.

Quando arrivarono al palazzo il traditore si presentò come principe, dicendo che il povero figlio del re non era che il suo scudiero, e come tale fu fatto alloggiare nei pressi delle stalle ad accudire ai cavalli.

Il re del Portogallo si accorse che il nipote non aveva quel che si dice un'educazione regale, ma pensò che il fratello, accecato dall'affetto per quell'unico figlio, avesse trascurato un po' i suoi doveri di sovrano, e colmò ugualmente il falso principe di attenzioni e di carezze. E per quell'impostore cominciò a corte una vita allegra e spensierata: mangiava, giocava, andava a caccia senza prendersi altra cura; solo un pensiero lo tormentava: quello che un giorno o l'altro il principe avrebbe potuto smascherarlo, e cercava in ogni modo di farlo morire.

Un giorno, visitando col re le scuderie, vide una bella cavallina e chiese di poterla cavalcare.

« Quella non è possibile » disse il re « perché è la cavallina di Granadoro, mia moglie e vostra zia, che soltanto lei sa montare, e ha sempre disarcionato tutti quelli che ci hanno provato. »

A quell'imbroglione parve venuta la buona occasione di disfarsi del principe, e disse:

« Maestà, c'è il mio scudiero che è famoso per domare cavalli. Nella nostra terra non c'è stato animale che abbia potuto resistere, e quanti cavalli ha cercato di domare, tanti gli hanno dovuto obbedire! Ordinategli di montare questa cavallina e, anche se si schermirà, insistete. »

Così il re chiamò quello che suo malgrado era diventato uno scudiero e gli ordinò il giorno dopo di domare la cavallina. Il ragazzo insisté, cercò di convincerlo a non farglielo fare, ma fu tutto inutile.

Venne la notte e il principe si stese sul paglericcio della stalla e non riusciva a prender sonno non sapendo quello che gli sarebbe capitato il giorno dopo, e alla fine si mise a piangere e a singhiozzare dalla disperazione. Poiché dormiva accanto alla cavallina volle andarle vicino e cercare di carezzarla per vedere se era così selvaggia. E mentre le lisciava il collo, la cavallina parlò e gli chiese:

« Perché, ragazzo, ti sei messo a piangere? »

« Eh » disse il principe meravigliato « piango perché domani dovrò domarti e io non ne sono capace. »

« Se è per questo stai pure tranquillo: da te mi lascerò domare. Reggiti forte alla criniera e non avere paura. »

L'indomani venne il momento che doveva domare la

cavallina e nonostante tutto aveva un po' di tremarella: la cavalcatura faceva certi salti che il mondo gli si rovesciava davanti agli occhi parecchie volte prima di ritrovare la terra, ma piano piano la cavallina s'ammansì e si lasciò cavalcare anche dal re.

Quando però volle provarla quell'ipocrita, appena l'ebbe sulla groppa, la cavallina con un balzo lo fece andare a sbattere i denti contro una staccionata, tanto che dovette restare a letto per parecchio tempo.

Giunsero intanto notizie che una terra del Portogallo era funestata da uno strano mostro di nome Belverde che divorava quanti incontrava sul suo cammino e costringeva gli abitanti a fuggire lasciando le case deserte e i campi incolti. Quella zona era ormai ridotta a un deserto e chiunque si era provato ad affrontare la belva, era stato divorato. Il re stava preparando un drappello dei più valorosi guerrieri, quando il falso nipote gli disse:

« Non vi preoccupate maestà, per queste cose c'è il mio scudiero: uccide mostri come doma i cavalli, e voi stesso l'avete visto all'opera. Mandateci lui e non ve ne pentirete. »

« È mai possibile » disse il re « che uno così giovane riesca a uccidere un mostro così feroce? »

« Per lui questi sono scherzi: non vi preoccupate: l'avreste detto che sapeva domare così bene i cavalli? »

Il re si convinse e ordinò subito allo scudiero di partire l'indomani per quella regione e là affrontare la fiera.

Il povero principe, disperato, era ridotto a non aver neanche lacrime per piangere e, venuta la notte, si stese sul pagliericcio, ma gli pareva d'avere aghi conficcati nella carne. Se ne andò allora ad abbracciare la sua cavallina che gli chiese:

« Che c'e che ti tormenta, ragazzo? »

« C'è che domani devo partire per affrontare il mostro Belverde. »

« Non ti preoccupare » gli rispose « domani chiedi al re che ti sia fatto un vestito tutto ricoperto di specchi, dei finimenti fatti allo stesso modo e una sciabola temperata e affilata. Prendimi poi come cavalcatura e andremo là dove si trova quella fiera. Noi ci faremo avanti e il mostro correrà subito per mangiarci. Appena esce allo scoperto tu non aver paura: presentati davanti impettito e con la spada sguainata. Quando il mostro si sarà avvicinato, vedrà gli specchi e, incuriosito, si fermerà un momento a guardarsi. Tu approfitta di quel momento e non lo perdere: vai avanti con la sciabola e tagliagli la testa. »

E le cose andarono proprio come aveva previsto la cavallina. Quando di ritorno la gente della città si affacciò alle mura per guardare chi fossero e videro che il principe portava sulla punta della lancia la testa del mostro, corsero nelle strade e lo portarono in trionfo, e ci furono in suo onore feste, balli e banchetti.

Intanto il traditore non dormiva sonni tranquilli per l'invidia e la paura di ritrovarsi un giorno ad essere smascherato, ora che il suo avversario cominciava a contare qualcosa a corte. Pensa, cerca, fruga e scava quest'impostore venne a conoscenza che la moglie del re, la padrona della cavallina, era sparita da qualche tempo e non si sapeva dove mai fosse andata. Molti erano andati a cercarla e non erano più tornati. Allora pensò che questa fosse proprio l'occasione buona di risolvere il suo problema; andò dal re e gli disse:

« Maestà, so che siete in ansia e preoccupazione per la sorte della zia. Io sono disposto a fare quanto posso, e, siccome dispongo d'uno scudiero abile e prode, sono disposto a metterlo al vostro servizio per mandarlo alla ricerca di vostra moglie. Comandate e sarà fatto. »

Il re fu commosso da tanta generosità e, pur sapendo che probabilmente mandava quel prode scudiero verso una morte certa, gli ordinò di partire alla ricerca della sua diletta Granadoro.

Anche quella volta il principe non seppe fare altro che andare a raccomandarsi alla sua diletta cavallina, la quale gli domandò la ragione di tanto accoramento e lui gli spiegò come stavano le cose.

« Questa » disse la cavallina « è l'impresa più rischiosa che ti abbiano ordinato, ma insieme vedrai che ce ne caveremo le gambe. Intanto fatti armare un bastimento con provviste bastanti per me e per te e partiamo. »

Lo scudiero ebbe tutto quello che desiderava e fece subito vela da solo con la sua fida cavalla. Quando furono in mezzo al mare, ecco che sentono battere nel fasciame del bastimento: tun, tun, tun...

« Guarda un po' che c'è » disse la cavallina.
« È un pesce che chiede di salire » rispose il ragazzo.
« Bene, pescalo e mettilo in un orcio d'acqua fresca. »
Dopo un po' risente dei colpetti contro l'assito della coperta.
« Vai a vedere che c'è » disse la cavalla.
« È una rondine che chiede ospitalità. »
« Prendila e mettila in un nido di stoppa. »
Passò qualche tempo e si sentirono dei battiti flebili contro il cordame del bastimento.
« Guarda un po' che c'è. »
« È una farfalla che chiede asilo. »
« Prendila e mettila sopra un guanciale. »
Il vento soffiava in poppa, il mare era calmo e il bastimento andava... andava... e tanto andò che arrivarono a una terra sulla quale sorgeva una montagna altissima in cima alla quale c'era un grande castello. Appena furono approdati la cavallina disse al principe:
« Ora dovrai salire fino a quel castello e bussare al portone chiedendo di Granadoro, e quello che ti sarà risposto dovrai fare. »
Il principe fece quello che gli era stato ordinato e, bussato al portone vide affacciarsi a una finestra Granadoro che gli chiese:
« Che volete? »
« Sono uno scudiero e vengo a nome del re del Portogallo, vostro marito, che mi manda a prendervi per ricondurvi a lui. »
« Sarei contenta, scudiero, di venire con voi, ma durante il mio viaggio mi è caduto l'anello di nozze in fondo al mare, e senza quello non potrò partire. Procura di ripescarmelo, e allora verrò con te. »
"È una parola!" pensò tra sé il ragazzo, ma senza dire nulla tornò dalla sua cavallina che ordinò al pesce d'andare a prendere l'anello in fondo al mare.
« Sarà fatto » disse il pesce e, con un guizzo, scivolò tra le onde e scomparve.
Nuota e nuota il pesce incontrò un nasello che gli disse d'aver visto cadere un anello tanto tempo prima, ma se l'erano preso due balene per giocare. Il pesce andò a

chiedere aiuto a due suoi fratelli e con questi andò in cerca delle balene.

Le trovarono che giocavano a tirarsi l'anello sul fondo del mare e si divertivano tanto che non l'avrebbero dato a nessun costo. Allora il pesce s'avvicinò come se volesse guardare il gioco e, a un suo cenno i fratelli morsero le code alle balene. Come queste si voltarono a cercare chi era stato, il pesce guizzò avanti infilando col muso l'anello e in poco tempo lo portò al principe.

« L'anello ora ce l'ho » disse Granadoro soddisfatta quando lo ebbe « ma non posso partire se prima non avrò attinto l'acqua di quella fontana che gemica in cima a quella rupe. È acqua miracolosa che ridà vita ai morti, ma la rupe è inaccessibile e la fonte lascia cadere solo una goccia ogni tanto. »

La cavallina risolse anche questo problema facendo legare al collo della rondine un'anforetta e ordinandole d'andarla a riempire alla fontana. E così, prima di sera, anche l'acqua fu pronta.

« C'è un'ultima cosa da fare perché io possa venire con te » disse Granadoro quando ebbe l'acqua « potrò lasciare questo castello solo con l'uomo che mi riconoscerà tra le mie due altre sorelle gemelle: e siamo uguali come gocce d'acqua e vestiamo gli stessi abiti. »

La cavallina non si sgomentò e ordinò alla farfalla d'entrare nel castello e osservare quale delle sorelle fosse chiamata col nome di Granadoro e l'indomani, quando il principe avrebbe dovuto fare la scelta, si posasse sulla spalla della donna in modo che il ragazzo la potesse subito riconoscere.

La farfalla non ebbe difficoltà a eseguire l'ordine e l'indomani Granadoro poté partire sul bastimento col principe e la cavallina. E il vento soffiò in poppa, il mare fu calmo, il cielo sereno, così non ci volle molto a far ritorno alla reggia del sovrano del Portogallo, il quale non stava in sé dalla gioia d'aver ritrovato la sposa e fece mille carezze a quello scudiero che gliel'aveva riportata.

Ma il falso principe si sentì venire la pelle d'oca per paura che la regina fosse venuta a sapere dal nipote come stavano veramente le cose. Se ne stava guardingo e pronto a fuggire e non si mostrò punto allegro di conoscere la zia. Quando fu l'ora del pranzo si presentò solo e silenzioso. Gli disse allora Granadoro:

« Perché non dite a quel valente scudiero di venirsi a sedere a tavola con noi? »

« Ma non è proprio il caso di metterlo in imbarazzo, dato che non ha maniere per stare a tavola con noi! »

« Non importa: andatelo comunque a chiamare. »

Vistosi ormai perduto l'impostore scese nella stalla e sorprendendo il vecchio amico lo uccise nascondendone il corpo sotto la paglia. Quindi tornò a tavola e disse:

« Era come vi avevo detto, signori: l'ho pregato e ripregato, ma lui si vergogna e non viene. »

« Ci vado io a chiamarlo » disse Granadoro e scese nella stalla dove, cerca cerca, trovò il corpo del nipote nascosto sotto la paglia. Ma non ci volle molto a farlo tornare in vita con l'acqua miracolosa che resuscita i morti.

E così fu fatta luce su tutta la vicenda: lo scudiero tornò ad essere quello che era tra gli abbracci e le benedizioni degli zii e le acclamazioni di tutto il popolo, mentre il traditore salì sulla forca tra gli insulti e le maledizioni della canaglia. Il nipote rimase quanto volle con i suoi parenti e quando fu stanco tornò al suo palazzo dove lo attendevano lunghi anni felici di vita e di regno.

A rappresentare la favola che risente del mondo cavalleresco e dell'avventura a questo connessa, si pone questa *La cavallina fatata*, mancante del tema dell'amore, trascritta da *Granadoro* (D. Comparetti, *Novelline p. i.*, V). Per eliminare lo squallore e la schematicità del testo, ho potuto giovarmi di diversi particolari, come quello dello stratagemma usato dal pesce per sottrarre l'anello alle balene, fornitimi da Olga Mancini di Empoli, unica informatrice incontrata, a conoscenza, sia pure frammentaria, della novella.

Tuttavia, in mezzo a prodigi, misteri, palazzi incantati, si mantiene un certo realismo, tanto che la storia può ricondursi al tema del raggiungimento della maturità da parte di un giovane attraverso l'esperienza della crudeltà e dell'ambiguità del mondo.

Panicuzzo

C'era una volta un bosco, e in questo bosco una casa e in questa casa abitavano marito e moglie: lui faceva il boscaiolo e viveva dei magri guadagni che ricavava dalla vendita della legna, del carbone e della brace, mentre la donna stava a casa a fare le faccende e a sferruzzare per rimettere qualche toppa in più alla fame che bastava sempre e qualche volta avanzava.

La loro disperazione era quella d'essere sempre soli, nel bosco e in casa, tanto che avrebbero dato qualunque cosa di quelle poche che avevano pur d'avere un bambino che li rallegrasse un poco, se non altro con la compagnia; invece gli anni passavano e le sere d'inverno nel canto del fuoco si facevano sempre più silenziose e tristi, rotte solo dai lamenti e dalle invocazioni:

« Almeno ci nascesse un bambino! » diceva lui.

« O una bambina, che mi tenesse compagnia nelle faccende! » rispondeva lei.

« Si vedrebbe la vecchiaia meno triste... » borbottava lui.

« Un bambino... ci nascesse un bambino... mi contenterei anche se fosse piccino... che dico?... anche piccino come un chicco di panico! » disse la donna senza riflettere su quello che diceva.

In quel mentre passavano sopra il tetto, vicino al comignolo, le fate, e sentirono tutto, per cui, bislacche come sono, decisero d'accontentarla subito e la più vecchia gridò giù nel buco del camino:

« Moglie del boscaiolo! Moglie del boscaiolo, hai chiesto un bambino come un chicco di panico? »

« Sì » disse tremando la donna.

« Moglie del boscaiolo, le fate te lo concedono né più grande né più piccolo. »

Detto questo le fate volarono via e invano la donna cercò di chiamarle indietro per vedere se riusciva ad averlo un po' più grande: non ci fu nulla da fare.

Passarono i giorni in un baleno come passa il tempo nelle favole, e quando fu il suo momento la donna partorì un bambino, piccino, ma tanto piccino che era proprio come un chicco di panico dei più grossi. Nondimeno la mamma gli volle bene e gli cucì i vestitini, gli fece le scarpine e un cappellino con sopra una penna di scricciolo che serviva per vedere dov'era, dato che altrimenti non ci si sarebbe accorti della sua presenza. Ma pur essendo così piccolino aveva una voce bella forte ed era robusto quasi come un ragazzo normale: sollevava pesi mille volte più grossi di lui, e la gente si prendeva paura perché sentivano parlare e non sapevano da dove veniva la voce, vedevano gli oggetti spostarsi e non chi li moveva.

La mamma gli aveva fatto un tascapane che gli riempiva di monete e lo mandava al mercato a fare compere, e piano piano i venditori si abituarono a vedere apparire i soldi e sparire la roba, senza che a volte scoprissero dov'era Panicuzzo.

Quando fu il suo tempo il babbo lo portò con sé nel bosco a smacchiare e gli insegnò a guidare i muli, cosa che Panicuzzo faceva facilmente sedendosi in un orecchio del capofila e, gridandogli gli ordini, lo portava e riportava dal bosco alle cataste, dalle cataste al bosco, e la sera se ne tornava a casa seduto sul cappello del babbo.

Il boscaiolo e la moglie vivevano felici, tanto che il marito disse alla fine alla donna:

« Hai fatto bene a chiedere la grazia di un figlio così piccolo, perché credi, se fosse grande, meglio non potrebbe essere! »

« Le fate non sono state poi così cattive come ci erano sembrate! »

Un giorno Panicuzzo stava riportando i muli al bosco e gridava gli ordini:

« Va' là... Poggia a manritta... » quando arrivò una banda di briganti che, sentendo la voce e non vedendo nessuno, si spaventarono e fuggirono al galoppo. Una volta lontano, passato lo spavento, si consigliarono per chiarire il mistero e si riavvicinarono con prudenza ai muli e cominciarono a chiedere:

« Chi è là? »

« Panicuzzo! »

« E dove sei? »

« Nell'orecchio della prima mula! »

Il capo dei briganti andò a cercare nell'orecchio e vide finalmente Panicuzzo, calzato e vestito, con la penna sul cappello.

« Questo è proprio quello che fa al caso nostro, » disse il brigante mettendoselo sul palmo della mano « con questo non ci saranno porte e casseforti che ci resisteranno! »

« Ma io non voglio venire con voi! » disse Panicuzzo cercando di scappare « io voglio tornare dal mio babbo e dalla mia mamma! »

« Tu verrai con noi » disse il capo brigante e, aperta la borraccia che era vuota, ce lo mise dentro e la richiuse col tappo.

Panicuzzo non poté far altro che obbedire e fece buon viso a cattiva sorte fingendo d'essere d'accordo con i briganti che lo portarono nel loro covo e lo fecero partecipare a molte loro scorribande perché si abituasse al mestiere. Poi una sera, mentre erano seduti tutti intorno al fuoco nel cuore della foresta, il capo disse:

« Ora, miei uomini, è venuto il momento che quest'omino ci faccia vedere quello di cui è capace, altrimenti gli farò la barba con il mio spadone. Se ci andrà bene il colpo che ho preparato, diventeremo più ricchi di chiunque al mondo, e il tesoro che abbiamo ammassato in questo nascondiglio sarà poco o nulla rispetto a quello che raccoglieremo! »

« Bene, capo; cosa dobbiamo fare? »

« Domani, verso la mezzanotte, andremo a rubare alle stalle del re per rifornirci dei cavalli più veloci. »

« È una parola » disse uno dei briganti « e chi ci riesce a forzare quelle porte? »

« Non vi preoccupate: quest'omino entrerà dal buco della chiave, andrà alle greppie e scioglierà tutte le cavezze delle cavalle che sono le bestie più belle che si conoscano; poi, dal di dentro, aprirà la porta e ci spingerà le bestie fuori. Noi saremo là, e in un baleno prenderemo le cavezze e ci porteremo via le cavalle. »

« Che idea! » dissero i briganti e, fregandosi le mani, cominciarono a parlare di quattrini, di cavalli e si misero a lucidare gli spadoni e a pulire gli schioppi.

Venne finalmente la notte stabilita e senza far rumore i briganti si avvicinarono alla reggia. Girarono intorno alle mura avvicinandosi alle porte delle stalle: la notte era buia e il cielo nuvoloso; i briganti erano vecchi del mestiere e le sentinelle non si avvidero di nulla.

Panicuzzo con un salto scese dalla mano del capo, entrò nel buco della serratura e salì sopra la più bella cavalla che era nella stalla e, quando si fu sistemato sulla testa dell'animale, si mise le mani davanti alla bocca e cominciò a gridare dalla parte dove dormivano i guardiani:

« Quale sciolgo prima, la bianca o la neraaa?... »

« Zitto » gli rispose il capo di là dalla porta « zitto! Non vorrai mica farci arrestare tutti quanti! »

Ma Panicuzzo, come se non avesse sentito, ricominciò:

« Allora quale prendo, la bianca o la neraaa?... »

« Ma piglia quale ti pare, basta che tu stia zitto e tu ti sbrighi » gli rispose il capo parlando tra i denti.

E Panicuzzo, urlando ancora più forte:

« Quale devo prendere allora, la bianca o la neraaa?... »

I guardiani cominciarono a destarsi e, sentendo le urla del capo e di Panicuzzo dettero l'allarme, mentre il brigante rispondeva di fuori:

« Panicuzzo, quando esci ti faccio la festa: chiudi la bocca e prendi per prima la cavalla che ti pare; ma fai presto. »

E quello di dentro:

« La neraaa?... Dici la nera? O dici la bianca? Quale prendo allora, la bianca o la neraaa?... »

« Fai piano, e aprici la porta » diceva il capo brigante tra i denti « fai piano che se arrivano le guardie siamo perduti! »

Ma intanto i guardiani avevano dato l'allarme e i soldati erano accorsi circondando il palazzo e, accese torce e fiaccole, in un batter d'occhio presero tutti i briganti che furono portati via incatenati mentre gridavano:

« Panicuzzo, Panicuzzo, maledetto Panicuzzo questa ce la pagherai! »

Le guardie, sentendo parlare di Panicuzzo, pensarono che fosse un altro brigante che si era nascosto, ma, cerca cerca, non trovarono nessuno. Il capo brigante allora disse:

« Ma che cercate? Quello non lo troverete davvero: non è più grande di un chicco di panico grosso! »

« Ci prendi in giro » disse il capitano.

Ma tutti i briganti dissero:

« È vero, è vero, è un traditore che non è più grande d'un chicco di panico, ma porta vesti e scarpe, e un cappello con la penna per farsi conoscere! »

« Siete diventati tutti matti » disse il capitano delle guardie, e li fece chiudere tutti in prigione.

Panicuzzo allora riprese la strada e se ne tornò verso il covo dei briganti, e qui trovò tutto a sua disposizione perché di quei malfattori non se n'era salvato uno.

Ormai era pratico di tutto e, entrato nella grotta dove era nascosto il tesoro, prese le cose più preziose e ne fece un gran fardello col quale tornò alla casa dei suoi genitori che non era tanto lontana.

I due boscaioli erano disperati e non si rassegnavano ad essere rimasti di nuovo soli: li trovò che facevano fascine e parlavano parlavano del loro Panicuzzo che non tornava. Ma quando videro quel fardello che camminava da solo, capirono subito di che si trattava e quasi morirono dalla gioia. Quando poi videro quello che aveva portato il loro bambino non seppero più contenersi e piansero e piansero di piacere e consolazione.

La mamma fece a Panicuzzo un paio di scarpe nuove, un vestito nuovo di velluto e un cappello con una penna più grossa di scricciolo... e finirono i tempi duri, e finì la fame, e finì la miseria...

... E finisce così la mia novella
e se a qualcuno non è piaciuta
ne dica una più bella!

Raccolta dal vivo a Empoli, *Panicuzzo*, diffusissima, è narrata con differenze di struttura narrativa anche sostanziali. Il protagonista assume il nome secondo il vegetale d· cui nasce: *Panicuzzo* da un chicco di panico (ma qui non se ne narra la nascita, vi si accenna); *Cecino* da un cece e *Mondinino* da una castagna, essendo la mondina appunto la bruciata, la castagna arrostita.

Il finale di questa versione si discosta da quanto ha trascritto il Pitrè per *Cecino* (*Novelle p. t.*, XLII) dove il protagonista muore per un incidente banale lasciando ricchi i genitori, ma concorda con la novella riferita dal De Gubernatis (*Le tradizioni*, I), raccolta nei pressi di Lastra a Signa (Firenze), *Panicuzzo*.

La novella *Mondinino*, raccolta dal Nieri a Lucca (*Vita infantile*, LX), segna a mio avviso un incrocio con un altro filone narrativo, vale a dire con quello del bimbo minuscolo che viene divorato da un animale (mucca, lupo, ecc.).

Con il nome di Panichino il protagonista è conosciuto a Barga.

Questa versione pare caratterizzata toscanamente nell'esagerazione paradossale della piccolezza del bambino che, non si sa come, viene vestito di velluto e fornito d'una penna sul cappello per individuare dove si trova. Nella narrazione orale il punto d'effetto è la situazione spinosa in cui vengono a trovarsi i ladri quando Panicuzzo grida dalla stalla, momento che s'allunga secondo il gusto e la pazienza dei bambini.

La favola è conosciuta un po' in tutta Italia e nel mondo: v. ad es. *Pollicino* (XXXVII) e *Il viaggio di Pollicino* (XLV) ne *Le fiabe del focolare* di Grimm.

IL MONDO DELLA MAGIA

Tovagliolino apparecchia apparecchia

C'era una volta un contadino che aveva tre figlioli, tutti bravi, diligenti e lavoratori; ma, per quanto lavorassero, la terra non era sufficiente a sfamare tutta quanta la famiglia. Il conto con il padrone era in grosso debito; c'era da pagare anche quello delle sementi e l'estate era ancora lontana a venire. Pensa e ripensa, di notte e di giorno, il contadino chiamò il figlio maggiore e gli disse:

« Tu vedi che in questa casa siamo troppi e il mangiare non basta a tutti: se continua così il padrone ci caccerà via ai prossimi conti e saremo tutti alla fame. Io avrei pensato che tu, che sei il maggiore, te ne andassi per il mondo a far fortuna, e se la farai sarà fortuna per tutti e se non la farai, ci sarà comunque una bocca di meno da sfamare. »

Il figlio maggiore, che era buono e coraggioso, disse di sì, e la mattina seguente, chiusi dentro la pezzola le provviste, i ricordi e qualche soldo, si mise in viaggio con la promessa di tornare entro l'anno. Lo salutarono tutti con le lacrime agli occhi, e piansero anche di più quando lo videro prendere la strada verso la terra degli orchi che era lunga e pericolosa.

Cammina cammina, attraversò montagne e foreste piene di lupi, fiumi in piena e gole infestate da briganti; ma nessuno gli fece nulla perché non aveva proprio nulla. E finalmente arrivò alla terra degli orchi che, avendo bisogno di lavoranti, lo fecero passare e s'allogò come garzone da un sarto che cuciva vestiti per maghi e stregoni e non voleva sentire nessuna domanda.

Il giovanotto imparò presto e lavorò bene, senza cercare di sapere i segreti dei vestiti degli orchi e senza mai fare una domanda, tanto che quando, finito l'anno, ebbe voglia di riprendere la strada di casa, il sarto l'accontentò e, invece di pagarlo in moneta, volle fargli un regalo e gli dette un tovagliolino fatato. Questo bastava stenderlo e dire:

Tovagliolino,
apparecchia, apparecchia!

perché subito apparecchiasse secondo l'occorrenza e il numero dei presenti. Il giovane se lo prese e se ne tornò verso la sua terra; e il viaggio fu molto più agevole perché bastava che comandasse il tovagliolino per avere, in qualunque posto si trovasse, ogni ben di Dio. Solo che, trovandosi ormai vicino a casa, prese alloggio per una notte da un oste. Questo era un uomo furbo e abituato a conoscere la gente alla prima occhiata e, visto che questo cliente non aveva voluto cenare e se n'era andato subito in camera, si mise a spiarlo dal buco della chiave e vide quella meraviglia di tovagliolino che faceva tutti quei miracoli.

Mise da parte tutte le altre faccende e si mise a cercare un tovagliolo dello stesso colore e della stessa grandezza, che avesse anche la stessa forma. Appena il cliente si fu addormentato andò cheto cheto al suo fagotto e, preso quello fatato, lo sostituì con l'altro e se ne andò a dormire.

Al mattino il ragazzo si alzò, pagò la camera e, preso il fagotto, se ne tornò verso casa, felice di portare quel tovagliolo con il quale la famiglia non avrebbe avuto mai più fame.

In casa tutti l'aspettavano perché ormai scadeva l'anno e la mamma piangeva per paura che forse non l'avrebbe più rivisto vivo: gli fecero gran festa e si fecero raccontare tutta la sua storia fino a quando il sarto gli aveva dato il tovagliolino. Ma quando volle mostrare alla famiglia le sue qualità miracolose, stese sul tavolo il tovagliolo e disse:

Tovagliolino,
apparecchia, apparecchia!

la tavola vuota era e vuota rimase, lasciando tutti sbalorditi a pensare che il viaggio pericoloso gli avesse toccato un po' il cervello.

Non era passato che poco tempo quando le cose di quella cascina tornarono ad andare come prima: il pane era scarso, il vino non c'era più: solo i debiti non mancavano. Allora il padre chiamò il figlio mezzano e gli fece lo stesso discorso che aveva fatto al primo: siccome anche quello era buono e coraggioso, il mattino seguente prese le sue cose e partì, anche lui fra le lacrime di tutti, per la terra degli orchi.

Cammina cammina, attraversò montagne e foreste piene di lupi, fiumi in piena e gole infestate da briganti: ma nessuno gli fece nulla perché anche lui non aveva proprio nulla. E finalmente arrivò alla terra degli orchi che, avendo bisogno di buoni lavoranti, lo fecero passare e s'allogò come garzone da uno stalliere che allevava muli e cavalli volanti per maghi e stregoni e non voleva sentire nessuna domanda.

Anche il secondo fratello seppe far bene il mestiere imparando presto, ma soprattutto non fece mai domande su come si addestrassero i cavalli al volo, tanto che quando, finito l'anno, ebbe voglia di tornarsene a casa, lo stalliere non ebbe nulla da dire; anzi, invece di pagarlo in moneta volle fargli un regalo e gli dette un asino fatato al quale bastava dire:

Scaricacarri,
ciuchin cacazzecchin!...

perché cominciasse a scalciare e facesse tante monete d'oro al posto dei suoi bisogni.

Il ragazzo prese ringraziando la strada di casa che a cavalcioni del somaro fece in meno tempo e fatica, solo che, arrivato la sera nelle vicinanze di casa sua, si volle riposare e andò a dormire dal solito oste. Siccome si ricordava di quello che era successo al fratello, non volle che gli facesse brutti scherzi e chiese di portare il suo somaro a dormire con lui in camera, costasse quello che costasse.

Furbo com'era quell'oste capì subito che sotto c'era qualcosa e andò a spiarlo dal buco della chiave. Quando vide che il ragazzo, prima di addormentarsi, preparava le monete per pagare il conto la mattina dicendo al ciuco:

Scaricacarri,
ciuchin cacazzecchin!...

e il somaro scalciando faceva monete d'oro dal di dietro, disse:

« Ecco un altro babbeo come quello dell'anno passato » e andò a cercare un somaro uguale a quello che era in camera. Girò per le stalle mezza nottata, ma alla fine lo trovò, dopo aver svegliato mezzo paese, e mentre il ragazzo dormiva andò a sostituirlo a quello fatato. Già col tovagliolo si era arricchito; ora col ciuco voleva diventare un gran signore.

Quando il povero ragazzo si svegliò e arrivò a casa, le cose andarono com'erano andate al primo, e la storia dell'asino non la credette nessuno, come quella del tovagliolo.

Ma il fratello più piccolo non rimase troppo convinto, dato che i maggiori non gli avevano mai raccontato bugie e, senza che il babbo gli dicesse nulla, chiese di partire, a sua volta per la terra degli orchi. Siccome era ancora giovane e inesperto, non lo volevano mandare e la mamma piangeva più di sempre; ma tanto disse e tanto fece che lo dovettero lasciar partire.

E anche lui, cammina cammina, attraversò montagne e foreste piene di lupi, passò i fiumi e le gole coi briganti e nessuno gli fece nulla di male. Gli orchi, sempre contenti di avere abili lavoranti, lo fecero entrare e s'allogò come garzone da un falegname che faceva mazze, giannette e bastoni per maghi e stregoni e non voleva sentire nessuna domanda.

Devo dirvi che imparò presto il mestiere e si fece benvolere dal falegname? Ma voi sapete già che lui in un anno non fece neanche una domanda su come si facevano quelle bacchette e quelle mazze magiche! E infatti, venuto il tempo che volle partire, il falegname lo salutò benedicendolo e dandogli, invece di monete, un bastone fatato in regalo. Questo era tale che bastava dirgli:

Mazza di bosso:
bastona a più non posso!

che cominciava a seminar bastonate da orbi addosso a chi

si trovava là intorno, meno che al padrone. Il ragazzo ringraziò e partì, facendo la strada del ritorno con maggiore sicurezza, protetto da quel bastone.

Nonostante che non fosse stanco, volle fermarsi all'osteria dove erano stati i suoi fratelli ed entrato che fu, chiese all'oste la cena e una buona stanza per dormire, ma qualunque cosa facesse, non si separava mai dalla sua mazza che anche mangiando teneva tra le gambe.

L'oste incuriosito cominciò a studiarlo e gli parve di notare qualche vaga somiglianza con gli altri che erano passati, per cui, fattoglisi accanto, cominciò a domandare:

« Ma che ha di tanto importante codesta mazza, che ve la tenete sempre attaccata? »

« Caro amico non ve lo posso dire; ma sappiate che se la perdessi perderei la mia fortuna. »

« Con me potete parlare, perché sono uomo che per mestiere sa tenere le cose per sé... »

« Mi dispiace: non mi fido di nessuno e non mi staccherò da questa mazza nemmeno mentre dormo. Affari miei, caro signore, affari miei, e scusate tanto. »

« Come volete! » disse l'oste che aveva saputo quello che voleva sapere.

Detto fatto, prese con gli occhi la misura della mazza, ne misurò a occhio la grossezza e andò a cercarne una simile per fare anche al minore lo stesso scherzo che aveva fatto ai fratelli. Pensava tra sé: "Chi sa che virtù ha questa bella mazza?... Se prendo anche questa posso chiudere l'osteria e andarmene alla città a vivere di rendita e scrivermi nel libro dei signori!... Già gli affari mi vanno a gonfie vele col tovagliolo e l'asino; ora chi sa che farò con questa mazza?..."

E intanto che tornava all'osteria con un bastone che pareva il gemello dell'altro, si fregava le mani e ridacchiava di quanto era furbo.

Aspettò che venisse mezzanotte e, assicuratosi che il ragazzo dormisse della grossa, andò vicino al letto cercando di sfilare delicatamente la mazza di sotto il guanciale. C'era quasi riuscito che quello, avendo fatto finta di dormire, fece finta di svegliarsi e disse al bastone:

Mazza di bosso,
bastona a più non posso!

Siccome non l'aveva mai provata si meravigliò di come funzionava bene: bastonava fitto e preciso da tutte le parti tanto che nemmeno si vedeva volare nell'aria; se l'oste si parava a destra, la mazza bastonava a sinistra, e se si parava a sinistra, invece bastonava a destra; dove l'oste ne scansava una, gliene arrivavano subito due, e se disgraziatamente ne parava due, gliene arrivavano quattro. Venne giù una pioggia di randellate che dopo le prime vennero subito le seconde; e dopo le seconde le terze, e poi le quarte... e così via; ma fitte, tanto fitte che non si distinguevano le prime dalle seconde, né queste dalle terze, e queste a malapena dalle prime.

L'oste saltava, ballava, gridava, si cacciava negli angoli e sotto il letto, si riparava con le braccia e con le coperte: ma eran sempre bastonate dove meno se l'aspettava. Alla fine dovette chiedere pietà al ragazzo, ma non l'ebbe finché non gli restituì il tovagliolo e il ciuchino. E allora ebbero termine le bastonate e il ragazzo se n'andò verso casa a mostrare le grandi meraviglie di quelle tre cose fatate.

Non vi dico se gli fecero festa: il tovagliolo fu subito messo al lavoro, dato che non mancava certo l'appetito. Anche il ciuchino fu messo all'opera per pagare subito i debiti. E così il tovagliolo apparecchiava, il ciuchino scalciava e faceva zecchini; solo la mazza non la volle provare nessuno.

Tovagliolino apparecchia apparecchia è stata raccolta dal vivo a Montepulciano di Siena. L'ossatura narrativa (strumenti musicali che obbligano a danzare con la loro musica, cassettini che si riempiono di monete, tavole che si apparecchiano da sole) costituisce lo schema di molte favole europee e orientali. Anche in Italia, e perfino in Toscana, esistono diverse varianti. Nella raccolta del Nerucci (*Sessanta novelle*) nel Pistoiese il tema risulta presente in ben tre fiabe: *La scatola che bastona* (XXXIV) in cui si narra di due scatole magiche: una apparecchia, una bastona; *Il ciuchino caca-zecchini* (XLIII) con l'asino, il tovagliolo e il bastone. Mentre queste due sono di ambiente contadino, la terza, *Il figlio del pecoraio* (VII), narra del povero che va alla corte del re con una complicazione narrativa di sapore e tradizione borghese. Gustosa e genuina la versione raccolta nel Mugello dal Comparetti (*Novelline p. i.*, VII), che ha per titolo *Geppone.*

Nel Pitrè (*Novelle p. t.*) si trova una versione raccolta in Siena, *La fava* (XXIX), in cui la storia degli oggetti fatati è unita a un altro elemento magico, proprio d'un altro ciclo narrativo: una fava piantata cresce smisuratamente portando in cielo il protagonista, e là S. Pietro gli dona i tre oggetti. Il tema si trova anche nelle *Fiabe e leggende popolari siciliane*, Palermo, 1888, del Pitrè: *'U scarpareddu mortu di fami* (XXIX) e *La munachedda* (XXX).

Il De Gubernatis (*Le tradizioni*, XXI, *Baston crocchia*) riferisce la versione intesa nei dintorni di Firenze presso Signa. La presente versione attribuisce il rinvenimento degli oggetti a tre personaggi (come anche in De Gubernatis), mentre più spesso si tratta di uno solo, e talvolta di uno sciocco. Questa versione acquista in logica narrativa e concatenazione, perde forse nella caratterizzazione del personaggio principale, che risulta sfumato.

Presente in pressoché tutte le tradizioni dialettali italiane, la favola deve la sua diffusione anche all'essere il primo de *Lo cunto de li cunti* di G.B. Basile (*Lo cunto dell'Huerco*) e a far parte della raccolta dei Grimm: *Il tavolino magico, l'asino d'oro e il randello castigamatti* (*Le fiabe del focolare*, XXXVI).

I due gobbi

C'erano in un paese due gobbi: uno buono e uno cattivo; quello buono era sempre gentile con tutti e scherzava coi ragazzi, quello cattivo ringhiava a ogni passante e prendeva a sassate i ragazzi inseguendoli col bastone. Avvenne che una volta il gobbo gentile tornò da uno dei suoi viaggi di questua ben in quattrini e bello dritto come se mai avesse avuto la gobba. Tutti gli chiesero come gli fosse capitato, ma non lo volle dire a nessuno; solo al suo amico gobbo raccontò che, essendo capitato a elemosinare nei pressi di Benevento, si era smarrito una notte senza poter ritrovare la strada e s'era messo a dormire sotto un noce. Era stato svegliato nella notte dall'avvicinarsi d'una folla di persone vestite stranamente e che cantavano canzoni ancora più strane. Salito rapidamente sulla pianta aveva assistito a un sabba dove streghe, stregoni e diavoli danzavano e mangiavano. Era infatti sabato e s'accorse d'essere capitato al Noce di Benevento, convegno di creature infernali.

Non era passato molto tempo che parecchie streghe avevano fatto un girotondo e avevano cominciato una nenia:

Sabato e domenica
sabato e domenica...

Lui, dall'alto, non aveva potuto far a meno di partecipare, cantando:

... e lunedìi...

Le streghe, che da tanto tempo cantavano la stessa canzone, rimasero meravigliate e furono felici di poter cambiare un po' musica: provarono l'arietta e cantarono felici:

Sabato e domenica,
sabato e domenica,
e lunedìi...

La cosa piacque moltissimo e il gobbo fu fatto scendere dall'albero e invitato alla danza dove si comportò con tanta discrezione e gentilezza che le streghe fecero portare una sega di burro e gli tagliarono la gobba, rimandandolo a casa con un bel po' di monete d'oro.

Il gobbaccio volle anche lui tentare la sorte: si fece dare tutte le indicazioni dal collega e partì subito per Benevento. Il sabato successivo era già sopra il noce ad aspettare. E le streghe arrivarono, cantarono le loro canzoni, poi incominciarono il girotondo con la strofetta:

Sabato e domenica,
sabato e domenica,
e lunedìi...

Il gobbo dai rami cantò subito con una voce sgraziata:

... e martedìi...

A questo punto le streghe saltarono su inviperite: provarono a cantare ma la musica non tornava per nulla. Fecero allora scendere il gobbo e l'invitarono a ballare, ma fu un disastro: a questa pestò i piedi, a quella dette un calcio, a un'altra rispose male; non andava a tempo, sbagliava i passi, rideva come uno scemo.

Alla fine del sabba le streghe fecero portare la gobba del suo predecessore: senza tanti complimenti gliel'attaccarono davanti, gli presero tutti i soldi e lo rimandarono a casa con una gobba davanti e una di dietro.

I due gobbi è una fiaba con qualche tono di leggenda diffusa in tutta la Toscana e altrove per merito anche della celebre lettera di Francesco Redi a Lorenzo Bellini del 25 gennaio 1639 in cui la storia viene narrata con gusto e grazia: il testo, riprodotto in antologie e letture scolastiche, appartiene ormai alla letteratura. Questa versione è stata raccolta dal vivo a Firenze. Quanto sia legata alla tradizione toscana lo mostra il titolo con cui spesso è trascritta: *Il gobbo di Peretola* (v. *Rivista delle tradizioni popolari italiane*, anno I, 1893-1894, sotto il titolo di *Novelline*, la segnalazione di B. Fontana). Peretola è un paese ormai congiunto con la periferia di Firenze. Non solo, ma il De Gubernatis segnala e riferisce una versione dal titolo *Il masso delle fate* (*Le tradizioni*), secondo la quale il ballo delle streghe si sarebbe svolto presso il masso della Gonfolina, presso Brucianesi (Lastra a Signa), che qualcuno chiama ancora *delle fate*, ma non ha altra stranezza che quella di stare un po' in bilico sulla strada. Corre voce che non possa essere toccato, dal momento che ogni mazza o scalpello cerchi di scalfirlo, si spezza immediatamente.

V. anche la versione raccolta a Firenze dal Pitrè (*Novelle p. t.*, XXII); quella raccolta nei dintorni di Fiesole (G.A. Testa, *La novellina dei due gobbi*, *Rivista delle tradizioni popolari italiane*, anno I, 1893-1894); quella senese (T. Gradi, *Saggio di letture varie per giovani*, Torino, 1865); quella lucchese (G. Giannini, *I giorni della settimana nella letteratura popolare*, in *Niccolò Tommaseo*, anno I, n. 7-8, 1904); quella fiorentina dell'Imbriani e una pisana (v. *Indice delle fiabe toscane* di G. D'Aronco, Firenze, 1953, al n. 503).

La noce a tre canti

In un paese lontano lontano c'era una volta una fata che aveva per aiutante una bella ragazza giudiziosa e di modi gentili. Era stata accolta in quella casa quando era ancora in fasce, essendo stata trovata abbandonata in un bosco da alcuni carbonai che l'avevano affidata a quella donna ricca e generosa. Così era passato il tempo e la bambina era cresciuta e fatta grande e bella tanto che intorno non c'era nessuna che le si potesse paragonare.

Venne un giorno che la fata ebbe bisogno di partire per un lungo viaggio e dovette lasciare la ragazza sola, a guardia della casa. Prima d'andarsene però volle lasciarle un modo di difendersi da chiunque volesse farle del male e le dette una noce magica a tre canti insegnandole anche come doveva usarla.

« Quando tornerò saprò se sarai stata giudiziosa e da questo dipenderà il tuo avvenire. »

Così, senza dire altro, partì.

Passava il tempo e la ragazza viveva sola nel grande palazzo della fata che era in un luogo solitario, vicino a una strada dove raramente passava qualche viandante, e lei, per svagarsi, stava a volte alla finestra, chiedendo notizie ai viaggiatori, senza uscire mai dalla casa, secondo gli ordini della sua padrona: era infatti servita e riverita da gente misteriosa e invisibile che provvedeva a ogni sua necessità.

Un giorno per la strada passarono tre giovani mercanti: uno commerciava in stoffe, uno faceva il cambiavalute e un altro era gioielliere. Quando videro la donna affacciata alla finestra si fermarono a guardarla ammirati e cominciarono a chiedere chi fosse, che facesse e con chi viveva. Sentendo che era sola si misero a parlare del più e del meno, e raccontarono da dove venivano e quanto avevano camminato e navigato, e chiesero quant'era lontana la prima locanda. La ragazza rispose gentilmente e se ne stette a parlare dalla finestra per quanto consentiva la modestia, quindi li salutò e richiuse le imposte.

I mercanti se ne andarono e, quando le loro strade si divisero, si accorsero di avere sempre in mente l'immagine di quella ragazza. Il primo che commerciava in stoffe, pensò ben presto di tornare sui suoi passi e, fatto un carico dei tessuti più preziosi che aveva in magazzino, andò a passare per quella strada e alla stessa finestra trovò affacciata la ragazza che lo salutò gentilmente. Da una parola all'altra il mercante cominciò ad aprire le casse che aveva sul suo carro e a mostrarle tutti quei meravigliosi tessuti che aveva.

« Perdete il vostro tempo » disse allora la ragazza « perché i vostri teli sono preziosissimi e io non ho soldi per poterveli pagare. »

« Non voglio soldi » disse il mercante che era un po' rozzo « non voglio affatto soldi... »

« E per cosa vendete la vostra merce? »

« Tutto io cedo per una notte a dormire con voi! »

« Quand'è così sono d'accordo » disse la ragazza « entrate pure e sappiate che io sarò per voi fino all'alba; dopo di che ve ne andrete senza la vostra roba. »

« Sono d'accordo » disse il mercante che non si reggeva più dalla gioia, e, per paura che la ragazza ci ripensasse, scaricò subito la merce, alloggiò la cavalcatura ed entrò nel palazzo.

Si sedettero allora davanti a una tavola piena di cibi delicati e di bevande squisite e il mercante, che non aveva visto mai tanta roba buona, si mise a mangiare come un affamato leccandosi i baffi e a bere facendo schioccare la lingua, senza dire altro che:

« Buono questo, meglio quest'altro... Accidenti che salsa... E che mi lascio scappare quest'intingolo?... »

Per tutta la cena questa fu la sua conversazione, e quando ebbe finito era anche un po' alticcio... Ma non aveva inghiottito l'ultimo boccone che disse di volersene andare a letto.

« Aspettate un po' che chiacchieriamo insieme » suggerì la ragazza.

Ma quello non ne volle sapere e disse:

« Sapete, tutta quella roba mi è costata un occhio della testa e farei un cattivo affare se non ci ricavassi da levarmi tutto il mio capriccio, per cui andiamocene subito nella vostra stanza. »

« Come volete » disse la ragazza.

Salirono in una bellissima camera con un gran letto sovrastato da un bel baldacchino rosa. Il mercante prese a spogliarsi dei suoi panni grossi e quando fu rimasto in brache la donna era già nel suo letto e gli disse:

« Guardate là, che avete lasciato la porta aperta: non vi dispiacerebbe mica chiuderla? »

« Servo vostro » disse il mercante e si avviò per chiuderla. Ma, mentre dava una manata all'uscio, la ragazza prese la noce e disse:

Noce a tre canti,
che fai uno e mille incanti:
faccelo restare
e quel che fa continui a fare!

Non appena ebbe detto questo la porta si rispalancò e la mano che si avvicinò per richiuderla ci rimase attaccata. Il mercante cercò di dare una spinta più forte all'uscio, ma quello ritornò indietro con più forza battendogli nel naso, senza che il poveretto riuscisse a staccarne le mani. E come la porta si apriva e lui la richiudeva, la porta si spalancava e lui gli andava addosso con una spallata.

« Che non siete buono neppure a chiudere una porta? » chiedeva ridacchiando la ragazza.

« Per mille diavoli dell'inferno, che possa sprofondare... » imprecava il mercante « questa non è una porta, è l'animaccia d'un demonio... »

E intanto sbuffava, imprecava, sudava dando alla porta di quelle spallate che non avrebbe dato un toro infuriato. Ma era fatica del tutto inutile perché la porta continuava a riaprirsi e lui non riusciva a staccarne le mani.

E così continuò tutta la notte. Quando venne l'alba e

il sole filtrò dalle imposte e gli uccelli cominciarono a cantare, la ragazza riprese la noce e disse:

Noce a tre canti,
che fai uno e mille incanti:
fallo staccare
e quel che fa riesca a fare!

Non appena ebbe detto queste parole la porta si chiuse e il mercante riuscì a staccarne finalmente le mani: era lacero, pesto, stanco, sudato come un animale.

« Vi ce n'è voluto per chiudere una porta!... » disse canzonandolo la ragazza.

Il mercante s'accorse d'essere stato burlato e avrebbe voluto finalmente realizzare il suo desiderio; ma la donna disse:

« Ma non lo vedete come siete ridotto: in una notte non siete stato buono di chiudere una porta e non m'avete fatto dormire con tutto quel vostro tramestio... cosa volete farmi credere d'esser capace di fare? Andate come siete venuto, secondo i patti! »

Così, fattolo rivestire, lo mise alla porta con tanti saluti.

Anche il secondo mercante, che faceva il cambiavalute, per quanto andasse a giro per il mondo e si distraesse, aveva sempre nella testa quella ragazza e alla fine si decise di tornare a trovarla. Raccolse le più belle e preziose monete che aveva cambiato nella sua vita e aveva conservato gelosamente, e s'avviò verso quella casa.

Anche lui trovò la ragazza alla solita finestra e, da un saluto a una parola, le mostrò le splendide monete che aveva.

« Caro mercante » disse allora la donna « vi ringrazio d'avermi mostrato un tesoro che non avevo mai visto in vita mia, ma, dal momento che non ho niente da darvi in cambio e barattare, state perdendo il vostro tempo. Andate altrove, nelle piazze e nei mercati, dove potrete fare con profitto, i vostri affari. »

« Eh, » rispose il mercante sospirando « ben altri affari vorrei fare con voi... »

« E che affari intendete?... »

« Voi forse m'avete già capito... Da quando vi ho visto

la prima volta ho perduto il sonno e son disposto a darvi questo tesoro per stare una notte con voi! »

« Se è questo che volete, entrate pure. Io sarò a vostra disposizione fino all'alba, dopo di che ve ne andrete come siete venuto, ma senza il vostro tesoro. Intesi bene? fino all'alba. »

Si sedettero a tavola: il mercante mangiò con una certa educazione raccontando delle curiose avventure che gli erano capitate nei suoi commerci; bevve con moderazione e, finita la cena, rimase in conversazione con la ragazza, finché anche lui volle salire in camera.

S'era appena messo un gran camicione da notte che la ragazza, già sotto le coperte, gli chiese:

« Vi dispiacerebbe chiudere quella imposta che è rimasta accostata? »

« Con piacere » disse il mercante avviandosi alla finestra. A quel punto la ragazza trasse fuori la noce e disse:

Noce a tre canti,
che fai uno e mille incanti:
faccelo restare
e quel che fa continui a fare!

E lì, chiudi la finestra, si apre la finestra; richiudi la finestra, si riapre la finestra... Dagli uno spintone, e si spalanca di nuovo.

Il mercante la prese prima a ridere e cominciò a guardare se c'era un congegno nascosto; poi, visto che non poteva staccarne le mani, guardò se c'era la colla. Ma non venne a capo di nulla: spingeva piano piano, all'improvviso cercava di mettere il paletto... ma la finestra si riapriva inesorabilmente. Aspettò un poco, poi ricominciò... si spazientì, prese a soffiare, imprecare... e intanto il tempo passava.

E passò così il tempo e venne l'alba. Il mercante era stanco, deluso.

Quando la ragazza sciolse l'incantesimo dicendo alla noce:

Noce a tre canti,
che fai uno e mille incanti:

fallo staccare
e quel che fa riesca a fare!

il poveretto chiuse la finestra e si avviò nello spogliatoio per vestirsi. Salutò gentilmente e se ne andò per i suoi fatti.

Anche il terzo mercante andando per il mondo pensava sempre a quella bella fanciulla che aveva incontrato, e avendo trovato un gioiello che aveva una pietra della quale non aveva mai visto l'uguale, lo volle acquistare spendendoci tutte le sue sostanze, e con quello tornò verso la casa della ragazza.

E il destino la fece trovare anche a lui alla finestra: si salutarono e parlarono; poi, quando fu il momento che la ragazza voleva ritirarsi, il giovane le mostrò il gioiello con la pietra meravigliosa che aveva acquistato. La donna lo ammirò molto e se ne invaghì, ma disse:

« Caro il mio mercante, siete stato molto gentile a farmi vedere queste cose che conoscono solo le regine, ma se state a parlare con me perdete il vostro tempo, dal momento che io non sono così ricca da acquistare simili cose. »

« Queste cose sono degne d'esser portate solo da voi, e io sono venuto appunto a portarvele. »

« E cosa posso darvi in cambio? »

« Voglio soltanto la vostra compagnia. »

« Quand'è così, entrate pure e sarò a vostra disposizione fino a che non apparirà l'alba; allora dovrete ripartire come siete venuto, senza il vostro gioiello. »

Allora si sedettero a tavola e il mercante si comportò come un perfetto cavaliere: seppe apprezzare le portate e se ne servì con moderazione; parlò di cose elevate e raccontò storie interessanti, fissando spesso negli occhi la ragazza che non osava fare altrettanto. Venne la fine della cena e lui volle sedersi nella sala a parlare ancora con la donna guardandola ormai estasiato: le raccontò la sua storia, d'essere appunto venuto al mondo senza sapere da chi, essendo stato trovato in un bosco da certa buona gente che l'aveva allevato. Poi si era messo a girare il mondo cercando di fare fortuna, e tutta quella che era riuscito a fare l'aveva messa in quel gioiello.

La ragazza raccontò che anche lei s'era trovata al mondo

nelle stesse condizioni, e raccontò della fata e del suo viaggio; ma non disse nulla della noce.

Quando si fu fatto tardi la fanciulla, che ormai s'era innamorata, gli chiese se non voleva salire a letto, ma il giovane disse che, se era stanca, se ne andasse pure a riposare. Tutta la sua fortuna era valsa bene lo stare anche quelle poche ore con lei. Avrebbe riposato un poco sopra il divano e poi, all'alba, come convenuto, sarebbe ripartito.

La ragazza salì nella sua stanza e il giovane rimase da basso; e così venne l'alba. Il giovane non dormì e quando venne il momento stava per andarsene senza svegliare nessuno. Si sentì chiamare dalla cima delle scale: era la ragazza. Anche lei non aveva dormito e all'ora stabilita era venuta per salutarlo.

Ormai stavano per dirsi l'un l'altro il loro amore quando sentirono bussare alla porta. La ragazza sbiancò in viso, pensando cosa avrebbe potuto pensare la fata se fosse stata di ritorno. Con le mani tremanti aprì la porta e apparve proprio la fata di ritorno dal suo viaggio. Ma invece di arrabbiarsi, volle che il giovane si sedesse a parlare con lei, perché doveva dirgli alcune cose che lo riguardavano. Raccontò che durante il suo viaggio era andata a visitare due regni lontàni dove in circostanze misteriose erano scomparsi, qualche tempo prima, il figlio e la figlia di due re, ai quali un vaticinio aveva predetto che si sarebbero dovuti sposare. Un sovrano invidioso, pensando che i due regni uniti sarebbero divenuti più potenti del suo, aveva fatto rubare i bambini e li aveva fatti abbandonare in un bosco. Ora da notizie certe aveva conosciuto che si trattava proprio di loro due, e per informazioni sicure aveva riconosciuto nel comportamento della ragazza durante la sua assenza quello di una donna onesta e giudiziosa.

Ormai la ragazza aveva il corredo, la dote e il diadema, non restava che allestire una carrozza e raggiungere le proprie regge, cosa che fu fatta senza indugio.

E ci furon lacrime e ci furon pianti di consolazione, e feste per i principi ritrovati; e poi finalmente ci furono le nozze, e i regni furono uniti e tutti vissero felici e contenti, tanto che morivano di rado e quasi sempre a malincuore.

Raccolta dal vivo a Montepulciano di Siena, *La noce a tre canti* è una di quelle novelle che si affida molto alla gestualità e si raccomanda perciò alle doti mimiche del narratore. soprattutto nel passaggio dell'incantesimo della porta e della finestra.

Una versione mugellana inedita si distacca da questo schema narrativo avvicinandosi di più alla novella riferita dal Pitrè: *I tre cacciatori fidi*, raccolta nel Valdarno superiore (*Novelle p. t.*, II, 24).

La favola non è molto diffusa nella redazione completa, mentre è conosciutissimo in contesti diversi, anche un po' meno edificanti, il sortilegio della finestra e della porta, che è anche la parte più viva del racconto ed è conosciuta anche come storiella popolare.

Conosciuta anche nel resto d'Italia, la favola è documentata in Liguria e Sicilia.

La novella di Fidati e Non-ti-fidare

Allora si racconta che ai tempi dei tempi, lontano da questi paesi, c'erano due fratelli che avevano nome uno Fidati, ed era la migliore persona di questo mondo, e l'altro Non-ti-fidare, che era malvagio per quanto il fratello era buono e gentile. Fidati voleva stare sempre vicino al fratello cercando di farlo ravvedere e di portarlo sulla retta via, ma era fatica sprecata perché Non-ti-fidare faceva di tutto per levarsi dai piedi quel noioso e aspettava a gloria il giorno dal quale non l'avrebbe più rivisto.

Capitò una volta che i fratelli dovettero fare un lungo viaggio e nel fare le provviste Non-ti-fidare mise nella bisaccia due bei pani grossi, e Fidati invece solo uno e mezzo, e piccolino. Quando furono nel bosco Non-ti-fidare cominciò a camminare di passo svelto lasciandosi indietro il fratello che arrancava faticosamente, ora correndo, ora ansimando e per la fatica gli venne una tal fame che, in poco tempo finì tutto il poco pane che s'era portato.

Venuta la sera si fermarono e Fidati aveva una gran fame, e nulla da mangiare; Non-ti-fidare invece aveva il solito appetito e tanto pane che cominciò a trangugiare davanti al fratello che soffriva i morsi della fame. Alla fine il poveretto s'arrischiò a chiedergliene un boccone.

« Sì » rispose il fratello « ti darò il pane, a patto però che tu ti cavi un occhio. »

Fidati, che nonostante tutto aveva fiducia, rimase un po' incerto, ma poi, dietro le promesse del fratello che l'avrebbe tenuto sempre vicino, si rassegnò a cavarsi un occhio. In cambio però n'ebbe ben poco pane, tanto da levarsi appena la fame per quel giorno.

Quando al mattino dopo ripresero il cammino, Fidati aveva di nuovo una fame che non ci vedeva e dovette camminare fino a sera dietro al fratello che si comportò come il giorno prima, tanto che quando, verso sera, si sedettero sotto una quercia per riposarsi, e Non-ti-fidare si mise a mangiare di gusto il suo pane, a Fidati non rimase altro che chiederglielo per carità; e se lo volle, anche questa volta dovette subire il ricatto e cavarsi l'altro occhio. Disse infatti Non-ti-fidare:

« Se vuoi il pane mio, devi darmi anche quell'altro occhio, altrimenti me lo mangio tutto per me... »

« No: tu poi mi lasci cieco in questo bosco e non ti fai più rivedere! »

« Non hai capito la mia idea? Quando tu sarai cieco allora sì che noi ce ne staremo sempre insieme! Ti prenderò per la mano e andremo girando il mondo chiedendo l'elemosina: la gente, vedendoti cieco, si moverà a compassione e non ci negherà mai il suo aiuto. »

« Dici davvero? »

« Certo che dico davvero; sbrigati ora se vuoi il pane! »

Fidati, che era buono, pur di restare col fratello e levarsi la fame, si cavò anche l'altro occhio; ma non aveva nemmeno finito che Non-ti-fidare se ne fuggì a gambe ridendo, lasciandolo solo, affamato in mezzo a quel bosco e per di più cieco del tutto e per sempre.

Il disgraziato se ne rimase seduto sotto la quercia a lamentare le sue disgrazie e aspettando di morire meno dolorosamente possibile; e ormai erano già passate alcune ore, e aveva tirato fuori tutti i sospiri che aveva dentro, quando verso mezzanotte sentì qualcuno sfrascare tra i cespugli e delle persone che avanzavano parlando, e quando furono arrivate vicino alla quercia, capì che si trattava di due streghe che se ne andavano nella notte per i loro malefici. Diceva una:

« Dimmi un po': saresti capace tu di far rinascere gli occhi a uno che li ha persi? »

« Come no? Che strega sarei se non sapessi far questo? Guarda, giusto sotto questa quercia ci nasce un'erba grassa: basta raccoglierla e metterla nei buchi degli occhi, perché ritorni tutto a posto; anzi, chi era cieco torna a vederci meglio di qualunque altro. »

« Questa io non la sapevo. Tu sì che le sai tutte... Allora dimmi un po' di quella principessa d'Ungheria che noi stregammo tempo fa e ora avrà appena quindici anni, chi la potrà mai guarire? Ormai è quasi al lumicino e non si è trovato nessun medico capace di guarirla, tanto che presto la porteranno al camposanto. »

« Eh sì, il rimedio lo sappiamo solo noi che abbiamo fatto la malia! Nessuno riuscirà mai a indovinare che l'unico medicamento è quell'uva salamanna che cresce nel giardino della reggia. Bisogna cogliere l'uva, togliere i pampani alla vite, tagliare il ceppo, sbarbarlo, friggere le radici in un tegame d'olio e con questo ungere a dovere, parecchie volte tutto il corpo della principessa. Solo così la ragazza riacquisterà la salute, altrimenti presto sarà morta: ma chi l'indovina tutti questi rimedi, se non siamo noi a dirlo? »

« Ho capito » disse l'altra strega « ho capito bene; ma mi pare che cominci già ad albeggiare e sarà meglio riprendere la strada per tempo, e essere di ritorno prima che canti il gallo. »

Quando le due donne si furono allontanate, Fidati, brancolando intorno alla quercia cominciò a cercare per terra palmo a palmo ogni erba che gli veniva sotto le mani e, foglia dopo foglia, se l'accostava agli occhi per provarne la virtù, e tanto cercò che finalmente sentì sotto le dita certe foglie tonde e spesse che, appena si fu avvicinato agli occhi gli dettero subito la vista, perché aveva trovato proprio la miracolosa erba grassa.

« Ah, finalmente torno a vederci » disse Fidati « e posso andarmene per il mondo anche senza la compagnia di quello sciagurato fratello. Intanto metterò subito a frutto quello che ho imparato stanotte, e parto subito per andare a guarire la figlia del re d'Ungheria. »

Senza perdere altro tempo Fidati prese la strada d'Ungheria che era lunga e difficile, per cui ci vollero diverse settimane prima d'arrivare nella capitale dove sorgeva la reggia. Girando per la città cercò un buon rigattiere e si fece dare subito a nolo dei vestiti da gran signore e con questi si presentò al palazzo del re e chiese udienza al sovrano.

Come fu davanti al re seduto in trono, con una gran riverenza si presentò dicendo:

« Maestà, sono un medico di valore e vengo qua da molto lontano per dirvi che al mondo non esiste persona, all'infuori di me, che conosca il rimedio per guarire la principessa. »

Rispose il re:

« Volesse il cielo! Voi sapete che ho promesso a chi sarà capace di fare questo miracolo o una somma immensa di monete d'oro o la stessa mia figlia in sposa, se lei ne sarà contenta; ma se disgraziatamente si dovesse trattare d'un tentativo inutile, come tanti ne sono stati fatti fino ad oggi, sappiate, caro amico, che me la pagherete con la testa! »

« Siamo d'accordo, maestà; chiedo soltanto che ognuno ubbidisca agli ordini che io darò per eseguire la cura. »

« Bene, » rispose il re « cosa volete che si faccia? »

« Ho bisogno che si colga l'uva e si tolgano le foglie a quella pianta d'uva salamanna che si trova nel vostro giardino; dopodiché sia sradicato il ceppo e mi sia portato. »

« Quella pianta è una grande rarità ed è l'orgoglio dei miei giardini; poi non vedo come possa essere curata mia figlia con certe cose... »

« Questo, maestà, è affar mio: o mi consegnate subito quello che chiedo, o me ne torno via immediatamente. »

Il sovrano pensò subito che si trattava d'un altro di quei medicastri che avevano già tentato e ci avevano rimesso la testa; ma si sa che la speranza è sempre l'ultima a morire, e per l'ultima volta il re volle tentare e tentò, dando a Fidati il permesso di fare quello che voleva.

Per non andare troppo per le lunghe si dirà che le radici della pianta d'uva salamanna, cotte a dovere nell'olio fecero il loro effetto e ogni volta che la principessa era unta con quell'unguento era come rimettere olio nella lucerna, perché la ragazza ritornava in carne, ritrovava i colori, riprendeva a sorridere, s'accendeva negli occhi, migliorava d'umore, tanto che in poco tempo fu vispa e sana del tutto.

A corte fu tutta una festa; e siccome Fidati era anche un bel giovane la principessa se ne innamorò al punto che il padre dovette darla in sposa a chi gliel'aveva guarita, e il giovane alla morte del suocero ereditò tutto il regno trovandosi in poco tempo sposo felice e sovrano.

In tutto questo tempo Non-ti-fidare aveva girato il mondo facendo più strada d'un lupo a digiuno, ma con scarso frutto perché fortuna non n'aveva trovata e anzi era rimasto più povero di prima, dovendo ringraziare il cielo a cento mani tutte le volte che qualcuno, per carità di Dio, gli dava un tozzo di pane per sfamarsi. E così capitò anche lui nella capitale dell'Ungheria, e un giorno che se ne stava seduto lungo una strada chiedendo l'elemosina, vide venire il fratello a passeggio su una carrozza tirata da quattro cavalli. Il re che a tutti usava fare la carità, senza aver riconosciuto il fratello, gli gettò dentro il cappello una moneta d'oro e continuò il cammino senza dire una parola.

Non-ti-fidare era rimasto di sasso a vedere la fortuna che aveva fatto quello che aveva lasciato cieco e disperato e, non credendo ancora ai propri occhi, il giorno seguente tornò al solito posto ed ebbe la solita moneta, senza che Fidati si accorgesse di lui. Il terzo giorno però, avendolo riconosciuto, Fidati, che aveva buon cuore, non poté sopportare che uno del suo sangue fosse ridotto in quella miseria, e sebbene il fratello meritasse ogni male possibile, disse tra sé:

"Voglio rendere bene per male!"

Così quando Non-ti-fidare porse il cappello per avere la moneta, gli domandò:

« Ti chiami forse Non-ti-fidare? »

Gli rispose quello:

« Sì, maestà, ma voi come mi conoscete, se io non sono di queste parti? »

Rispose il re:

« Mi meraviglio io che tu non mi riconosca, perché sono Fidati, quello che tu lasciasti cieco sotto la quercia. »

« E come è possibile? Come hai fatto allora a recuperare la vista, che non c'è medico in terra che possa rendere gli occhi a chi li ha perduti? »

Fidati allora gli raccontò per filo e per segno com'erano andate le cose dal momento che era rimasto solo nel bosco, e come da là era arrivato a sposare la principessa e a diventare sovrano. E disse anche che il tempo ormai era passato e, con questo, era meglio seppellire ciò che era stato in un abbraccio fraterno e tornare a vivere insieme; e gli offrì un posto di grande onore a corte. Ma come Non-ti-fidare venne a sapere com'erano andate le cose, decise di correre subito sotto quella quercia del bosco per vedere se le streghe gl'insegnavano il modo d'arricchire e di non restare servo del proprio fratello.

Non-ti-fidare non aveva pensato che tutti i nodi vengono prima o poi al pettine, e ci dovette pensare poi. Infatti si mise subito in cammino e presto si ritrovò ai piedi di quella quercia dove aveva abbandonato il fratello cieco. Venne la notte, s'avvicinò la mezzanotte e, tra i rumori del bosco ecco arrivare uno scalpiccìo, uno sfrascare e un parlottamento di donne, che poi erano le solite due streghe. Diceva la prima:

« Te lo ricordi di quella notte che si capitò qui parlando su come ritrovare la vista e come guarire la principessa d'Ungheria? »

« E come, cara mia, se me lo ricordo! Ma mi pare che qualcuno deve averci sentito e si è subito approfittato dei nostri insegnamenti. »

« E come se se n'è approfittato e ci ha anche preso in giro andandosene zitto zitto a coglier l'erba grassa e a guarire la principessa d'Ungheria, poi l'ha sposata ed è diventato re. E noi abbiamo lavorato tanto per nulla!... »

« Guarda che la colpa fu tutta nostra: si sapeva che nel bosco anche le siepi hanno orecchi, e ci si mise qui senza precauzioni a chiacchierare dei nostri segreti. Ma ora dobbiamo aver imparato la lezione e cominciamo subito: prima di discutere delle nostre faccende rastrelliamo bene questi dintorni e chi ci capiterà nelle grinfie la pagherà per tutti. »

Detto fatto, le streghe si misero a cercare e trovarono subito Non-ti-fidare sotto la quercia. Non lo fecero neanche fiatare e gli si buttarono addosso come cani rabbiosi, urlando:

« Eccolo qua il maledetto spione che ci scopre tutti i segreti, eccola la carogna che ci voleva rovinare. »

E nel dir questo lo sbranarono e lo fecero a pezzi ponendo la parola fine su quella vita scellerata.

Ed è proprio la fine della gente cattiva, avida e che non ama il prossimo suo e un castigo non gli mancherà mai in questo mondo o nell'altro, come dicono tutti quelli che ci sono stati a vedere.

La novella di Fidati e Non-ti-fidare è tolta dalle *Sessanta novelle* del Nerucci raccolte a Montale Pistoiese; una fiaba simile si trova nelle *Novelle p. t.* del Pitrè (XXIII, *Fa-bene e Fa-male*), proveniente da Terrine (Arezzo), mentre il Nerucci nel vol. cit. riferisce un'altra fiaba: *Cicerchia* o *I ventidue ladri* (LIV), che ha con queste solo qualche elemento di analogia.

Fiaba non molto diffusa, tra le poche che finisca, nelle due redazioni indicate, con un'uscita di moralismo pratico, sta qui proprio a rappresentare questo tipo di novella. Restando un po' enigmatica nel significato, va inquadrata brevemente nel contesto della cultura popolare.

Mentre in *Fa-bene e Fa-male* del Pitrè i nomi dei due protagonisti scoprono decisamente un gioco fin troppo scontato, qui Fidati e Non-ti-fidare sono i corni d'un dilemma più sottile e complesso che riporta al mondo non solo morale, ma di quell'ingegneria mentale con cui sono costruiti certi indovinelli, i dubbi, i problemi di coscienza su cui ama lavorare la filosofia popolare.

I nomi, a prima vista curiosi, sono da ricollegare al proverbio: *Fidati era un buon uomo, ma Non-ti-fidare era meglio*, più conosciuto nella versione: *Fidarsi è bene, ma non fidarsi è meglio.* Il detto, un po' sibillino, si complica ancora se si avvicina all'altro: *Il meglio è nemico del bene*: i due fratelli che inizialmente vivono insieme, avendo bisogno l'uno dell'altro, sono nemici; con la separazione si prepara la glorificazione del primo e la rovina del secondo.

Il problema può essere non lontano dalla frase evangelica: « Siate dunque prudenti come serpenti e semplici come colombe » (*Matteo* X, 16), detto noto al popolo attraverso la predicazione. Tradotto in termini pratici qui suona: se non ti fidi, non sbagli mai; ma senza sbagliare (fidarsi) non potrai vivere: il meglio uccide il bene. Alla lunga è migliore una fiducia nel prossimo, anche assurda, a una sfiducia logica e assoluta che risulta disumana; se la vita non insegna a tenere in equilibrio, sia pure precario, i due principi.

Mastro Prospero e i tre doni del Signore

Nel tempo che il Signore andava per il mondo con San Pietro a benedire la terra e a dare il nome alle cose, accadeva che, non esistendo né locande né taverne, dovevano chiedere ospitalità alla gente che li mandava via assai spesso in malo modo, vedendoli a piedi scalzi e vestiti poveramente.

Capitò una volta che si trovavano sul far della notte nei pressi di poche case dove nessuno li aveva voluti ospitare e, venuti fuori del borghetto, videro un'ultima casa tra gli alberi e lì andarono a chiedere asilo.

Trovarono in una bottega di fabbro un tale di nome Prospero che appena li vide li accolse benevolmente in nome della carità: li fece mangiare alla sua tavola, la sera li fece sedere nell'orticello che coltivava e li alloggiò nella povera casa per la notte.

Per premiare quella generosità e quella vita operosa, San Pietro al mattino gli disse:

« Voi non sapete chi avete ospitato sotto il vostro tetto: quello è il Signore e io sono Pietro; e il Signore è tanto contento della vostra carità che vi concederebbe qualunque cosa. Andateglielo a chiedere. »

Mastro Prospero non volle approfittare troppo degli ospiti. Pensò che aveva nell'orto un pero dal quale rubavano ogni anno i frutti ancora acerbi per cui non era riuscito neppure ad assaggiarli; chiese dunque al Signore che chiunque fosse salito su quella pianta non ne potesse scendere senza il suo ordine.

« Ti sia concesso » disse il Signore.

Quando San Pietro seppe che cosa aveva chiesto e ottenuto, quasi quasi s'arrabbiava perché avendo una fortuna così grande non aveva chiesto la salvezza eterna.

« Andate a chiedere qualcos'altro di più consistente, e ricordatevi con chi avete a che fare! » gli disse brusco.

Mastro Prospero tornò un po' contrito dal Signore e gli chiese:

« Per seconda cosa vi chiederei, Signore, che, siccome alla sera ho tanta voglia di giocare e i miei amici se ne vanno sempre quando comincio a vincere, vorrei che chi si siede sopra a quella panca che ho nel canto del fuoco non possa alzarsi altro che se io lo voglio. »

« E ti sia concesso anche questo » rispose benevolmente il Signore.

A San Pietro, se la prima richiesta non era piaciuta, questa lo fece andare quasi in bestia:

« Ma all'anima vostra non ci pensate, semplicione che non siete altro? Avete davanti il Signore in persona e andate a chiedere queste bazzecole. Tornate, tornate da lui a nome mio e chiedete qualcosa di più importante per la vostra salute eterna. »

Mastro Prospero rifece ancora la stessa strada e domandò:

« Signore, Pietro mi dice di chiedervi una grazia per la salute dell'anima, bene: siccome quando perdo a carte io qualche volta mando qualche imprecazione, fate che quando gioco con quel mazzo di carte che vedete sulla panca io possa sempre vincere. »

« Anche questo sia come tu vuoi » disse il Signore. E così fu.

San Pietro andò su tutte le furie:

« Sentite che razza di grazie si deve chiedere all'Onnipotente! Ma dell'eternità e del Giudizio e dell'inferno, non ve ne ricordate?... Ma ve ne ricorderete... oh, se ve ne ricorderete! E vi tornerà alla memoria quando avrete da passare dalla porta del paradiso, perché di lì avrete da passare; e lì ci sono io! »

I due pellegrini se n'andarono e Mastro Prospero restò nella sua casa a fare quello che aveva sempre fatto: acchiappò i ladroncelli, mangiò finalmente le sue pere, giocò a carte quanto gli piaceva e ebbe anche la soddisfazione di vincere quando voleva senza arrabbiarsi.

Poi venne il tempo che s'avvicinava la morte e Mastro

Prospero l'aspettava tranquillamente l'estate in giardino e l'inverno nel canto del fuoco. E proprio una sera di settembre venne a prenderlo la Morte e lo trovò al fresco sotto il suo pero. Gli disse:

« Alzati, fabbro ferraio, è venuta l'ora d'andare. »

« T'aspettavo appunto, ma dove vai sempre di fretta? Guarda, non mi farai mica partire senza avermi fatto assaggiare quelle pere che cominciano proprio ora a maturare? »

« E mica aspetterò che maturino? »

« Non dico questo, ma almeno fammele assaggiare! Prendi la scala tu che sei svelta e snella, sali sopra e cogline qualcuna. Anzi mangia anche tu che n'hai bisogno. »

La Morte, per far prima, spiccò un salto e salì sul pero mettendosi a cogliere le più mature, passandole a Prospero che ripuliva i torsoli che era una meraviglia. Quando fu il momento di scendere però quella che è il terrore di tutti gli uomini, fece una figura da burattino perché spiccava un salto e restava attaccata per i piedi, si spenzolava giù e rimaneva appesa per le mani. Stette un pezzo a girarsi e rigirarsi come un uccello nelle panie. Quando vide Prospero che se la rideva beato, capì che sotto c'era un trucco e chiese come stavano le cose. Mastro Prospero gli disse che per concessione divina non sarebbe più scesa di là sopra senza il suo ordine, chiedendo altri quattrocento anni di vita per dare il consenso. Siccome la Morte non ne volle sapere, la lasciò sopra il pero e andò a dormire.

Passarono quasi tre giorni e Prospero se n'andava a prendere il fresco sotto il pero con la Morte che sopra si agitava come una scimmia in gabbia, cercando di convincerlo in ogni modo; ma il vecchio teneva duro.

Intanto all'inferno non arrivavano più anime, e nemmeno in paradiso; i moribondi non si decidevano ad andar di là né a restare di qua e arrivarono messi da ogni parte a dire alla Morte di risolvere comunque la faccenda e riprendere regolarmente il suo lavoro che altrimenti sarebbe andato a catafascio non solo il mondo, ma anche l'altro mondo.

La Morte si dovette rassegnare e firmò a Mastro Prospero un impegno che non si sarebbe fatta vedere per almeno quattrocento anni. E così fu.

Infatti, siccome il tempo delle favole passa presto, passarono anche quei quattrocento anni e anche più perché la Morte nemmeno si ricordava dov'era Mastro Prospero. Ma un giorno il Diavolo, facendo per benino i conti dei dannati, s'accorse che gliene mancava uno, e questo era proprio il vecchio fabbro ferraio. Perciò mandò di filato la Morte a prenderlo.

Era un inverno freddo che ai cani dal gelo cascava la coda e Mastro Prospero se ne stava sonnecchiando nel canto del fuoco quando arrivò la Morte.

« Guarda » disse Mastro Prospero quando la vide « stavo proprio cuocendo due castagne sotto la cenere: dovrebbero essere già a puntino. Siediti e, se vuoi, mangiale con me, che ce n'andiamo subito. »

Che volete? Con un vecchio di quasi cinquecento anni ci vuole un po' di pazienza e la Morte si sedette e fu la sua disgrazia, perché Mastro Prospero cominciò ad aggiungere legna al fuoco, e poi altra legna, e ancora legna fino a fare un fuoco che rombava, mugghiava dentro la cappa del camino e cominciò a bruciare gli stinchi alla Morte che, volendosi alzare, dovette accorgersi d'essere presa un'altra volta in trappola.

Questa volta bastò aggiungere ancora legna e aspettare poco tempo perché la Morte, già quasi arrostita, si decidesse a concedere a Mastro Prospero altri quattrocento anni di vita tranquilla e senza acciacchi.

Siccome nelle favole quattrocento anni passano in meno d'un giorno, venne anche l'ora che il Diavolo, facendo i suoi soliti conti, s'accorse che mancava qualcuno e la Morte dovette andare a prendere Mastro Prospero il quale se ne stava ancora nella sua casetta, dietro alla quale aveva fatto crescere una pergola dove stava aspettando la sua vecchia amica giocando a carte con un compare. Questo, appena vide chi arrivava in visita, non ci stette neanche a pensar sopra: sbatté le carte sul tavolo e, nonostante fosse già vecchio, fece un salto sul panchetto e se la dette a gambe come un leprotto.

« Questa è la volta buona » disse Prospero « e ce la possiamo prendere calma: prendi le carte del compagno, fammi finire questa partita e andiamo! »

La Morte prese le carte, vide che erano particolarmente buone e fu d'accordo di giocarci qualcosa.

Vinse Mastro Prospero che disse:

« Ci vuole una rivincita: mica la Morte se ne può andare sconfitta. Giochiamo qualcosa... un giorno della mia vita, e ti concedo la rivincita! »

Vinse ancora Mastro Prospero e la Morte, seccata di perdere quel giorno e di dover fare un altro viaggio, accettò di raddoppiare la posta.

Vinse di nuovo il fabbro, e non poteva essere che così; e così per parecchie volte, perché la Morte, pur di vincere almeno una partita alzò le poste a anni, a secoli, finché si fu al momento che Mastro Prospero vinse la cifra tonda di quattrocento anni e fecero punto.

La Morte se n'andò con la coda tra le gambe maledicendo il giorno che non aveva preso quell'uomo quand'era ancora in fasce, e dovette girare a largo da quella casa ancora per quattro secoli.

Quando finalmente venne di nuovo l'ora giusta, che nelle favole si fa buio in un momento, Mastro Prospero ormai s'era levato la voglia di vivere e non stette neanche ad aspettare la Morte, che aveva cancellato quella casa dai suoi viaggi: prese poca roba che gli serviva, si mise in tasca il mazzo delle carte, e se n'andò via, camminando verso dove finisce il mondo. E cammina cammina arrivò finalmente davanti alle porte del paradiso: non aveva ancora finito di sonare il campanello che s'affacciò San Pietro con una faccia rabbuiata che diventava sempre più nera, via via che si ricordava quella visita sulla terra:

« Ah, eccolo » disse facendogli una specie di riverenza « eccolo quello che si preoccupa più delle pere, della compagnia e delle carte che della salvezza dell'anima sua! Guardatelo: finalmente s'è stancato della terra e viene a godersi un po' il cielo! E tu non ti ricordi che t'avevo promesso? Da qui dovevi passare! E ora che fai? Mi fai salire sul pero? Mi metti sulla panca? Mi vinci a carte?... »

« Ma io... »

« Niente ma e niente io: fuori! Fuori di qui e per sempre, che quanto è vero il Signore, finché resto guardiano di questa porta in cielo non ci metterai piede! »

E gli sbatté la porta sul viso. Mastro Prospero scampanellò ancora, chiese a qualche anima di passaggio di rabbonirgli il guardiano, ma fu tutto inutile.

Prese allora la strada del purgatorio, e anche lì trovò ordini severissimi di non accoglierlo; perciò non gli rimase che presentarsi alle porte dell'inferno dove il Diavolo gli chiese subito ragione del tempo che s'era fatto aspettare.

« Oh, bella! » rispose Mastro Prospero « son riuscito a gabbare la Morte! »

« C'è da crederci » rispose il Diavolo.

« E mica una volta sola. »

« Sì, sì... lo sanno tutti. »

« Figurati che l'ho vinta anche a carte. »

« Lo credo, che ci vuole? »

« E son capace di battere anche te. »

« Son qui a posta. »

« Facciamo la prova... »

Insomma, Mastro Prospero convinse anche il Diavolo a sedersi a giocare con le sue carte, e ci vuol poco a immaginarlo: vinse sempre. Prima vinse la propria anima e la salvò dall'inferno, poi cominciò a giocare le anime dei suoi amici che aveva conosciuto nella sua lunga vita, e erano tanti. Il Diavolo ci prendeva passione, sapendosi giocatore di vaglia,[1] e non poteva ammettere di non vincere almeno una partita, tanto che volle continuare a giocare per giorni e notti, sempre più invelenito, sempre più furibondo.

Mastro Prospero avrebbe voluto smettere perché ormai era costretto a vincere anime di persone che non aveva mai visto né conosciuto; ma il Diavolo ghignava:

« Eh, no: troppo facile alzarsi appena uno ha vinto: ora facciamo la rivincita... ora facciamo la bella. »

« Ma sono giorni e giorni che vinco! »

« La prima è de' ragazzi, e l'altre di chi sa giocare » borbottava il Diavolo succhiellando le carte « gioca, gioca, che ora viene il bello. »

Intanto il piazzale davanti all'inferno s'era riempito d'anime dannate uscite dai gironi delle pene, e sempre più la folla s'infittiva.

[1] A Firenze si usa l'espressione *di vaglia* in senso ironico essendo Vaglia un piccolo paese sulla via di Bologna – Così: medico di vaglia... industriale di vaglia...

Tutte le autorità dell'altro mondo cominciarono a preoccuparsi perché stava accadendo qualcosa che non era mai avvenuta e s'erano rotte le leggi dell'eternità. L'inferno s'andava vuotando a vista d'occhio, dato che le poste s'erano fatte alte e Mastro Prospero, che ci aveva preso la mano, andava ripulendo il Diavolo alla spiccia.

Poi arrivarono messi dal cielo che ordinarono a Satana di smettere il gioco, dato che lassù si sapeva con che razza di carte si stava rovinando; Mastro Prospero e tutti coloro che aveva vinto al gioco dovevano entrare subito in paradiso.

Di fronte a questi ordini Satana scornato si mangiò per la rabbia quelle carte e si rituffò nel profondo del suo regno; anche San Pietro si dovette sottomettere ai sommi voleri spalancando le porte a una folla di persone con facce per la verità poco raccomandabili in mezzo alle quali stava Mastro Prospero quasi in trionfo. E passando non volle essere scortese col portinaio del paradiso, al quale disse:

« Andiamo, io non feci così, quando veniste in casa mia. »

« Ma io non mi presentai con tutta questa gente » rispose San Pietro.

« Questo è perché non mi voleste quando venni da solo. »

« Sia comunque come volle il Signore. »

« E così sia » disse Mastro Prospero. Ed entrò per sempre in paradiso.

Mastro Prospero e i tre doni del Signore è stata raccolta dal vivo a Firenze; con lo stesso nome di *Mastro Prospero*, con elementi analoghi ma strutture narrative un po' diverse, la novella è riferita dal De Gubernatis in *Novelline*: *Mastro Prospero*, e quindi documentata nei pressi di Signa (S. Stefano a Calcinaia) e nella *Storia universale della letteratura*: *Mastro Prospero, il diavolo e i fichi*. Sempre nelle *Novelline* il protagonista appare con il nome di *Compar Miseria*: tale è il titolo della novella che vorrebbe spiegare, attraverso la sopravvivenza di questo compare che sfugge alla morte con due di questi espedienti, il permanere della miseria nel mondo.

Coincide un po' con questa figura quella di Pipetta che riceve i soliti tre doni; si ha una favola raccolta dal Giannini a Tereglio (Lucca) e riportata ne *I viaggi di N.S. Gesù Cristo*, in *N. Tommaseo*, I, 1904.

Con il titolo di *Pierone* compare una fiaba con l'omonimo protagonista nelle *Novelle p.t.* (XXVIII) del Pitrè. In Toscana era nota anche la novella in versi: *La storia di Prete Ulivo*, una tra le più felici delle *Novelle piacevoli* di Domenico Batacchi, che certo sarà rientrata a sua volta nella tradizione popolare (qui ne sono presenti alcuni elementi) o avrà comunque contribuito alla diffusione della fiaba che, a dire il vero, ha anche certi connotati della leggenda.

La religiosità toscana vi compare con un ironico atteggiamento di fronte alla devozione interessata di S. Pietro, quasi a rappresentare un tipico scetticismo sulle pratiche devote atte a garantire la beatitudine eterna, mettendo invece l'accento sulla rettitudine della vita, la generosità, la bontà, le doti umane che hanno corrispettivo, nella trascendenza, con la giustizia e la bontà di Dio.

Seguendo questa traccia la figura di Mastro Prospero sembra, più che il prete rinascimentale del Batacchi, una figura con contorni pagani, che va avvicinandosi con modi propri ai valori del cristianesimo, vivendone la trascendenza ancorata saldamente alle virtù umane. In alcune tradizioni, infatti, questa figura passa, con la sua lunga vita, dal mondo precedente al cristianesimo al trapianto in quello cristiano, come ne *El maniscalco de Gerusalemme*, versione veneta della favola (v. D. Coltro, *Paese perduto - Eto-beeto*, Bertani, Verona, 1978).

La fiaba è diffusa anche altrove, Comparetti, ad esempio, ne riferisce una versione assai succinta del Monferrato: *La morte burlata*, *Novelline p.i.* (XXXV).

FIABE D'AMORE

Re Porco

C'era una volta, ma chi sa se c'è ancora, un regno dove tutti erano felici e contenti e mentre conducevano questa vita beata e senza pensieri, al re venne l'idea di prender moglie e ci fu il fidanzamento e ci furono le nozze. Passò del tempo e la regina non riusciva ad avere figli: tutta la corte e i sudditi pregarono perché al re potesse nascere un erede e finalmente la sposa concepì.

La regina fu circondata di ogni cura e una sera, mentre stava prendendo aria nel giardino, si avvicinò all'inferriata uno sconosciuto che le chiese l'elemosina. Vedendolo tutto sporco e malconcio la regina gli disse:

« Andatevene via brutto porco! »

« E tu partorisca un porco » rispose il vecchio; e sparì.

Quando venne il tempo del parto la regina non si ricordava più di quella storia, ma non si sa come venne al mondo un porcellino, grazioso da far innamorare, ma sempre un porcello. La regina cominciò a piangere e non smise più, il re si strappò tutti i capelli e la felicità sparì dal regno a pensare che un giorno sarebbe salito sul trono un porco. Intanto che potevano fare? Misero il porchetto nel giardino e lo lasciavano scorrazzare per tutta la reggia, dato che capiva e parlava come un essere umano, ma per tutto il resto era un porco, anzi un bel porco.

E come vien di fretta il tempo nelle favole, il porco crebbe e si fece grande: girava da solo per il palazzo, parlava coi dignitari e andava sempre a pascolare in un suo angolo del giardino reale che confinava con l'orto d'un pover'uomo che aveva avuto, circa al tempo che era nato il porco, tre figlie, che con gli anni s'erano fatte tre belle ragazze.

Il porco, che s'era innamorato della maggiore, si presentò davanti al trono chiedendo al padre d'averla in sposa. Il povero re si strappò anche quei pochi capelli che gli erano rimasti e poi, per il gran bene che voleva al figlio, si decise ad andare a parlare con il suo suddito. Il quale ci si può immaginare cosa gli rispose... ma il re tanto disse, tanto insistette, tanto pregò e tanto promise che il padre si rassegnò a convincere la figlia a sposarsi col porco. D'altra parte la miseria era tanta, le proposte del re così vantaggiose che la famiglia sarebbe uscita dall'indigenza.

Venne così il giorno delle nozze e la gente piangeva di pena, ma si fecero ugualmente grandi feste: il porco si divertì alla sua maniera a guazzare nelle pozze e tra il sudiciume, e alla sera si ritirò in camera con la sposa. Questa andò a rincantucciarsi in un angolo del letto dando dei gran calci a quella bestia che le girava intorno, e dicendo tra sé:

"Aspetta aspetta, porcaccio, che venga buio e che tu ti addormenti e vedrai dove ti metterò questo stiletto che ho nascosto sotto la veste!"

Ma non poté mettere in opera il suo disegno perché fu lei la prima ad addormentarsi e il porco in men che non si dica, l'azzannò nel collo e l'ammazzò.

Al mattino, quando la cosa fu scoperta, la reggia era tutta sottosopra, ma si scoprì che la donna voleva ammazzare quella bestia, che poi era bene o male progenie di re. Ma non passò molto tempo che il porco ne pensò una migliore, perché cominciò a grugnire e a rugliare e a stridere che pareva un dannato, dicendo di volere in moglie la sorella mezzana, con le buone o con le cattive. Il re e la regina gliene dissero e gliene ridissero, lo scongiurarono e lo minacciarono... Niente da fare: il porco era diventato così furioso che la reggia era diventata un manicomio. Sudicio e grasso com'era si rotolava nei saloni, azzannava i polpacci dei servi, addentava arazzi, tappeti e poltrone e si fogava addosso a quanti incontrava, ministri e ambasciatori, tanto che la vita a corte era diventata un fuggi fuggi e nessuno s'azzardava a mettere il naso fuori della sua stanza.

Allora il re si rassegnò ad andare a chiedere la mano dell'altra figlia a quel povero padre che piangeva ancora la morte della maggiore. Ne corsero di parole e di promesse, e poi da quelle si passò alle minacce, e poi venne la regina a implorare... insomma il re era il re, il suddito era il suddito, e le promesse, e le minacce... un insieme di ragioni per cui il padre si rassegnò a concedere anche la seconda figlia.

La ragazza però non la prese per niente bene e fece buon viso a cattiva sorte, decisa a vendicare la sorella: si mise perciò del veleno dentro la manica e andò alle nozze.

Come fu finita la festa e si ritirarono in camera, anche lei si rincantucciò nel letto dicendo:

"Aspetta aspetta, brutta bestia, che venga buio e ti addormenti, e vedrai cosa ti verserò in bocca!"

Ma il porco, chi sa come, indovinò anche le sue intenzioni e fece finta d'addormentarsi. Quando la ragazza si avvicinò per ucciderlo l'azzannò e l'uccise come la prima.

Alla reggia ci furono lacrime e disperazione, ma non c'era nulla da fare perché quello era il figlio del re e per di più una bestia: lo minacciarono, lo maledissero, lo chiusero in uno stabbiolo, e poi l'amore dei genitori capì e perdonò.

Passò qualche tempo e il porco se ne andava sempre a pascolare vicino all'orto dove vide anche la sorella minore che nel frattempo s'era fatta più grande e più bella. Insomma, per dirla breve, s'innamorò anche di quella, e ricominciò a fare peggio di prima per la reggia. Il re ormai non sapeva neanche più quello che faceva, e andò a chiedere la mano anche della terza figlia. Il padre ne fu più sbalordito che indignato:

« Due me ne ha ammazzate » disse « lasciatemi almeno questa... »

Il re non poteva dargli torto: aggiungeva promesse a promesse, implorazioni a implorazioni... Finché arrivò la figlia che disse:

« Io sono contenta, maestà, di sposare vostro figlio: non c'è bisogno di promettere e d'implorare. Fissate la data e faremo le nozze. »

E anche il terzo matrimonio fu celebrato tra i risolini

delle dame, i musi lunghi dei dignitari e i sospiri del re e della regina.

Quando si celebrarono i festeggiamenti, la sposa si tenne sempre vicino al porco e non lo spinse mai via: lo carezzava parlandoci amichevolmente tanto che tutti se ne meravigliavano. E quando fu l'ora di ritirarsi in camera andò a rincantucciarsi nel letto e attese senza parlare lo sposo.

Il porco le si avvicinò e cominciando a contorcersi si sfilò la pelle setolosa e sporca sotto la quale apparve un bellissimo giovane. La ragazza non credeva ai propri occhi e allora il giovane le raccontò che per la cattiveria di sua madre era stato condannato a nascere porco, ma che era un essere umano come tutti gli altri e lo sarebbe divenuto definitivamente quando si sarebbe dissolto il maleficio. Il giovane era così gentile e bello che la ragazza subito se ne innamorò e la notte passò dolcemente. Quando venne l'aurora il principe dovette riprendere la sua pelle di porco e disse alla sposa:

« Bada di non dire mai nulla a nessuno di quello che hai visto e udito questa notte, altrimenti sarà peggio per te e per me. »

La ragazza promise e giurò, ma furono solamente parole perché, passati pochi giorni non poté fare a meno d'andare a raccontare tutto alla regina, la quale, non potendo credere alle parole, volle andare a spiare di persona la notte stessa nella camera degli sposi ed è inutile dire quanto fu felice di vedere il proprio figlio. Ma al mattino, salutando la sposa il principe le disse:

« Hai parlato, e ormai è troppo tardi: io devo andarmene e non posso dirti dove. Se mi vorrai ritrovare dovrai camminare per sette anni, dovrai riempire sette fiasche di lacrime del tuo pianto, dovrai logorare sette paia di scarpe di ferro e consumare nel tuo cammino sette mazze di ferro. »

Detto questo il giovane scomparve e non se ne seppe più nulla. Inutilmente lo cercarono in tutto il regno; il padre, la madre e la sposa piansero fino a seccarsi gli occhi finché quest'ultima si decise a partire. Si fece preparare quanto era necessario e si mise in cammino, e camminando pensava alla felicità perduta e piangeva ancora a dirotto tanto che piangeva e camminava, camminava e piangeva.

Cammina cammina, mangiando quel che trovava e dormendo sotto le stelle, una notte ebbe bisogno di ripararsi dal freddo e vide un lumicino lontano lontano in mezzo a un bosco. Passando tra la sterpaglia e i rovi arrivò a una capanna e bussò: tun tun...

Venne ad aprirle una vecchia stracciata e sdentata che le disse:

« Per carità, che fate in questo posto? »

« Sono una povera viandante e chiedo un po' d'alloggio: ho fame, ho freddo e sono stanca, se mi lasciate fuori morirò. »

« E se entrate morrete lo stesso, povera cristiana! Non sapete chi abita in questo luogo? Questa è la casa del Vento Tramontano che tra poco tornerà e se vi trova vi mangerà come ha fatto a tutti quelli che ci sono venuti. »

« Ma io morirò ugualmente e tanto vale che mi facciate entrare... »

Insomma tanto disse e tanto pregò che la vecchia la fece entrare, e quando l'ebbe scaldata e ristorata le propose:

« Aiutatemi a preparare una bella cena, perché quando il Vento Tramontano arriva ha sempre una gran sete e una gran fame: mangia subito quello che trova e abbondantemente se trova la roba di suo gusto, tanto che dopo non ha più fame e può darsi che non vi mangi. »

E così fecero: prepararono tanti di quei maccheroni, e arrosto, e patate e fagioli da sfamare una compagnia e quando la vecchia sentì che s'avvicinava il Vento Tramontano, nascose la viandante sotto una conca.

Quando entrò il Vento cominciò a tremare tutta la capanna: i tegami tintinnavano, le travi scricchiolavano e i travicelli cigolavano. Il Vento Tramontano aveva un naso che raramente s'ingannava e sentì subito al fiuto l'odore di cristiano, e cominciò a dire come usano gli orchi:

Ucci, ucci,
sento puzzo di cristianucci:
o ce n'è, o ce n'è stato,
o ce n'è di rimpiattato!

« Oh bella, anche stasera sentite odore di cristiano » gli disse la moglie « ve ne siete fatto una fissazione. »

« Mogliera, lo sapete che io non mi sbaglio mai... »

« Ma che sentite solo odore di cristiano? E di questa bella roba non sentite niente? »

Quando il Vento Tramontano vide tutta quella bella roba non pensò più ai cristiani e si mise a mangiare a quattro palmenti e quando ebbe finito l'ultimo boccone, bevuto un gotto e laccatosi i baffi, disse:

« Eppure io sento proprio odore di cristiano! »

« E infatti il vostro odorato non ha fallito: c'è qui una povera donna così e così, sapete... è una povera regina in cerca del marito, per un sortilegio. Volete vederla? Ma mi raccomando, non la mangiate. »

« E che io sono uno che mangia le regine?... »

La donna fece uscire la viandante da sotto la conca, e questa tremando si presentò e disse:

« Oh grande Vento Tramontano, voi che girate per ogni parte del mondo, sapreste dirmi se avete visto in qualche luogo il mio sposo? »

E il Vento Tramontano che si stava stuzzicando i denti, le rispose:

« Certo che l'ho visto, è in una reggia, ma non vi saprei dire di più... ora è passato del tempo. Mi pare però che mio fratello, il Vento di Ponente, deve saperne qualcosa di più. »

« E non potete far nulla per me? »

« Io nulla, ma il fratello forse sì. Andate dunque verso ponente e altro non posso fare che darvi questa nocciola: schiacciatela quando sarete nel bisogno e ne avrete aiuto. »

La principessa ringraziò e se ne andò a dormire. La mattina seguente riprese la strada e andò verso ponente alla ricerca della casa del Vento.

Cammina, cammina, chiedi, domanda, cerca, arrivò in cima a un monte dove c'era un freddo da morire, e sotto una faggeta trovò una stamberga e bussò: tun tun...

Venne ad aprire una vecchia ancora più stracciata e sdentata dell'altra alla quale la principessa chiese:

« Abita qui il Vento di Ponente? »

« Sì, per tua disgrazia, perché ora sarà certo di ritorno

e, con la fame che si ritrova quando è sulla strada di casa, appena ti vede ti mangia! »

La donna pregò e ripregò, e la vecchia la fece entrare... Insomma si vede che i Venti, o per esser fratelli, o per il lavoro che facevano, si somigliavano tanto, perché le cose andarono come la prima volta: le donne prepararono, il Vento mangiò, e quando venne il momento che la principessa gli chiese notizie del suo sposo, rispose:

« L'ho visto, l'ho visto... ma ora non mi ricordo bene dove: è in una reggia e per vostra disgrazia si è anche risposato. Mio fratello, il Vento di Levante, saprà certamente dove si trova perché me ne parlò tempo addietro. Non vi resta che andare da lui. »

« E non potete fare nulla per me? »

« Cosa vuoi che faccia, figliola? Con tutto quello che ho da fare non mi posso occupare di certe cose. Comunque ti regalo questa mandorla: quando sarai nel momento del bisogno, schiacciala e ne riceverai un grande aiuto. E domani prendi la strada di levante e buona fortuna! »

L'indomani la principessa partì e intanto nel cammino erano passati diversi anni, e le lacrime versate erano state molte, e le paia di scarpe e le verghe di ferro erano consumate e logore.

Anche il cammino e la ricerca della casa del Vento di Levante furono lunghi e difficili e quando finalmente la trovò, sulla riva del mare, era stanca e sfinita, tanto che la moglie del Vento la raccolse per pietà.

Il Vento di Levante fu contento che gliel'avessero mandata i fratelli e, siccome era più tranquillo e gioviale di loro, cercò di aiutare la principessa e le disse:

« Il vostro sposo si trova in una reggia, perché è diventato sovrano d'un regno lontano, tanto lontano che voi non raggiungereste mai... ma siete fortunata, perché proprio domani devo andare da quelle parti ad asciugare un bucato. Se vi alzerete presto domattina potrete partire con me! Intanto prendete questa noce: la schiaccerete quando sarete in condizioni di non saper che fare, e ne avrete soccorso. »

Quando venne il mattino il Vento di Levante la prese sulle spalle e, sollevatosi in aria, cominciò a volare con la velocità del lampo, ma intanto diceva alla donna:

« Dovete sapere che queste che fanno oggi il bucato sono le donne della reggia: farete bene a mettervi con loro e quando si raduneranno a stendere la biancheria schiacciate la nocciola che vi ha dato il Vento Tramontano. »

In un momento arrivarono e il Vento la posò dolcemente a terra; la principessa ebbe appena il tempo di salutarlo che quello era già sparito per cominciare il suo lavoro.

Le lavandaie erano al fosso che lavavano e sciacquavano cantando, e quando salirono al prato per stendere i panni, la principessa si avvicinò e cominciò ad aiutarle, tanto che ci fece amicizia e quelle le chiesero cosa facesse. La principessa schiacciò la nocciola e apparvero stesi sul prato i capi di biancheria più fini e più belli che mai si fossero visti. Era una tela che non pareva tessuta da esseri umani e ricami d'una perfezione che toglieva il fiato. Le donne rimasero così ammirate che una corse a chiamare la sua padrona.

Quando arrivò anche la regina rimase stupefatta e subito volle quella biancheria per sé.

« Quanto volete di questa roba? » le chiese.

« Sappiate, regina, che io non vendo per danaro. »

« E allora cosa volete. »

« Passare una notte col vostro sposo. »

« Ah, vi contentate di poco! Chi vi ha insegnato a essere così sfrontata?... Ma la vostra roba mi piace e la voglio: venite pure alla reggia questa sera e sarete soddisfatta. »

La regina prese la biancheria e andò alle cucine dove volle preparare personalmente la cena per il sovrano: gli cucinò delle pietanze piccanti e ci nascose dentro tanto sonnifero che avrebbe addormentato un bove, e poi se ne andò a tavola.

Il re mangiò con appetito e in men che non si dica ebbe sonno e volle andare subito a letto. Quando si fu coricato e ebbe cominciato a dormire della grossa, la regina fece entrare nella camera la donna e con un risolino appena percettibile sulle labbra le disse:

« Buona notte! » E se ne andò.

La principessa si avvicinò al letto e riconobbe subito il

suo sposo: lo chiamò, lo baciò, lo abbracciò e lo scosse, ma non riuscì a svegliarlo; e allora cominciò a dire:

Sette paia di scarpe ho consumato,
sette fiasche di lacrime ho colmato,
sette mazze e sett'anni di dolore
per ritrovare l'unico mio amore.

E nel dire questo piangeva e piangeva, ma il suo principe non si svegliava e la notte se ne stava andando portandosi via il frutto di tante pene. Non ci fu nulla da fare: la notte passò e venne l'alba e con questa arrivò la regina con un sorriso beffardo che le disse:

« Avete passato una bella nottata; ora è tempo che ve ne andiate e non vi facciate vedere mai più da queste parti! »

Disperata la principessa se ne andò per la città e, siccome era giorno di mercato, anche nel dolore le donne non si smentiscono, e si mise a guardare quanta bella roba era esposta sulle bancherelle. In quel mentre le venne l'idea di schiacciare la mandorla e, come l'ebbe fatto, le apparvero davanti una gran quantità di vestiti, belli, ma così belli che intorno a lei cominciò a farsi subito capannello, e il capannello diventò una ressa, e la ressa diventò un tumulto per vedere i vestiti che nessuno aveva mai visto.

La notizia corse per la città ed entrò anche nella reggia finché arrivò alle orecchie della regina; e questa, quando seppe che erano in vendita al mercato dei vestiti mai visti, volle andare a vedere di che si trattava. Arrivata al mercato e fattasi fare largo passò in mezzo alla folla e quando si trovò davanti a quella roba rimase a bocca aperta, ma non sapeva se per la bellezza di quello che vedeva, o dalla sorpresa di ritrovarsi davanti quella donna. Tuttavia, presa dalla bellezza di quegli abiti, camicie, gonne e cappe, chiese cosa volesse la venditrice:

« Regina, ormai sapete che io non vendo per denaro. »

« E voi sapete che io pago in qualunque modo. Cosa volete? »

« Passare una notte col vostro sposo. »

« Non è questo che mi sgomenta: passate stasera dalla reggia. »

E dicendo così prese tutti gl'indumenti preziosi e se ne andò.

Quando fu venuta la sera la regina si regolò nella stessa maniera del giorno prima: preparò una cena ancora più piccante e aumentò per sicurezza la dose del sonnifero. La principessa cercò di svegliare lo sposo, ma inutilmente: gli parlò del bene che gli voleva, di quanto erano stati felici; l'abbracciò, lo scosse; ma quello non si destava. E allora cominciò a ripetere:

Sette paia di scarpe ho consumato,
sette fiasche di lacrime ho colmato,
sette mazze e sett'anni di dolore
per ritrovare l'unico mio amore.

E continuò piangendo nella disperazione:

« Perché non mi rispondi? Tutto quello che avevi detto, io ho fatto. Dimmi di fare ancora e farò, ma dimmi qualcosa perché l'alba s'avvicina e le stelle se ne vanno, e arriva il canto del gallo e con quello la regina... »

Infatti con quelle parole arrivò proprio lei che, viste com'erano andate le cose, rise questa volta sfacciatamente e disse:

« Fuori, ora, brutta svergognata, e non mi ricapitate più tra i piedi, altrimenti mi ricorderò d'avere al mio servizio anche un boia! »

La principessa piangendo uscì dalla reggia e andò vagando per la città senza sapere che fare. Era nella piazza principale quando vide passare un corteo con un codazzo di gente che gridava e correva. S'informò di cosa stesse succedendo e gli fu detto che erano arrivati i mercanti dalle terre lontane riportando ricchezze e gioielli favolosi ed erano diretti alla reggia per offrire ai sovrani i più bei monili.

Senza chieder altro la donna si tirò sulla testa il suo mantello e, infilandosi nel corteo varcò di nuovo la porta della reggia. Quando furono nella sala destinata all'esposizione schiacciò la noce del Vento di Levante e subito comparve un grande fardello, pieno dei gioielli più belli che si fossero mai visti: brillanti grossi come uova di piccione, oro in filigrane finissime, diademi, ciondoli, collane, orecchini, corone, una delle quali valeva da sola tutta la reggia. Quando i mercanti videro quel tesoro, loro che erano abituati a vedere tante gioie, trasecolarono e si misero a guardare quello che non avevano mai visto, lasciando da parte la loro mercanzia.

Inutile dire che la regina si diresse subito verso quel tesoro e non si decideva a chiedere al mercante quanto ne volesse, dato che il tesoro reale non aveva nemmeno da comprarne una parte. Ma poi si fece forza, avida e vanitosa com'era, e chiese al mercante quanto voleva, dato che era disposta a dargli ducati e contee, quanti ne volesse.

La principessa a questo punto si scoprì il capo e disse:

« Ormai voi sapete regina che io non vendo per danaro, né per terre, né per castelli. »

« Ho capito cosa volete: voi vendete e io pago. Passate, come al solito, appena sarà venuta la sera. » Fece raccogliere tutti quei tesori e se ne andò.

Ora bisogna sapere che quel giorno il re si alzò molto tardi, perché il sonnifero era stato veramente troppo e, non avendo voglia di scendere nella sala del trono, rimase a letto e qui si mise a parlare con la cameriera che nelle notti trascorse aveva visto uscire dalla camera la regina ed entrare quella donna. Incuriosita aveva guardato dall'usciolino di servizio e, coperta dalle cortine, aveva visto quello spettacolo pietoso e la disperazione di quella donna. Allora disse al re:

« Sapete maestà che son già due notti che la vostra sposa lascia entrare una donna che rimane sola in questa stanza e cerca di svegliarvi, ma voi continuate a dormire come alloppiato. Per tutta la notte vi dice parole dolci che solo una sposa innamorata saprebbe dire; e quando viene il momento che s'approssima l'aurora ripete questa poesia:

Sette paia di scarpe ho consumato,
sette fiasche di lacrime ho colmato,
sette mazze e sett'anni di dolore
per ritrovare l'unico mio amore.

Il re capì subito di cosa si trattava e la sera, quando la regina gli fece portare una cena con una dose di sonnifero che avrebbe steso un branco di lupi, fece soltanto finta di mangiare e intanto passava ai cani le vivande, e quelle povere bestie, finito che ebbero i bocconi, si addormentarono una dopo l'altra come tassi.

Il re come al solito disse d'avere sonno e si ritirò in camera facendo finta d'addormentarsi profondamente. E le cose andarono come le altre notti, tranne che il re fingeva di dormire per assicurarsi veramente di quello che stava succedendo e per riconoscere la sposa la quale, per le pene e i disagi, era magra e sofferente. Quando alla fine la sentì ripetere:

Sette paia di scarpe ho consumato,
sette fiasche di lacrime ho colmato,
sette mazze e sett'anni di dolore
per ritrovare l'unico mio amore.

il re si alzò sul letto e l'abbracciò. E lì singhiozzarono e piansero, ma di consolazione e di gioia, anche perché ormai era finito l'incantesimo e potevano tornare nel loro regno. E così fecero senza attendere neppure il mattino e senza salutare nessuno.

Nel frattempo erano morti i genitori dello sposo e la terra era caduta nel disordine, come una nave senza capitano. Il ritorno di Re Porco, perché ormai così si chiamava e così per sempre si chiamò senza che fosse offesa, fu salutato come l'arrivo del bene e del buon governo. E furono incoronati subito re e regina e governarono saggiamente, ed ebbero tanti figli buoni e belli e furono benedetti dai poveri e dai ricchi, e vissero tanto finché non morirono... e così è finita anche questa novella.

Re Porco è una delle più note novelle italiane e toscane, quella che narrava la nonna al piccolo Giosuè Carducci con il « mesto accento de la Versilia » e che il poeta ha ricordato in *Davanti S. Guido.*

Questa versione raccolta dal vivo a Montepulciano segue, pressoché parallelamente, le due redazioni toscane più complete: quella riferita dal Pitrè raccolta a Pratovecchio (*Novelle p. t.*, II, 15) con due varianti, una derivante da Siena e una dalla Garfagnana; e quella dell'Imbriani (*La novellaia fiorentina*, XII), ambedue con il nostro titolo. Se ne discosta per maggiore abbondanza di particolari, il nome dei venti e la quartina vicina ai versi parafrasati dal Carducci. L'altro brano in versi: *Ucci ucci...* mi pare un'impropria derivazione da altri filoni narrativi, ma l'ho lasciato per rispetto alla versione reperita, per averlo riscontrato anche nel Pitrè e per essere divenuto un po' il tipico intercalare non solo degli orchi, ma anche di ogni onesto mangiacristiani delle favole.

Lo Straparola ne ha tratto una scolorita novella de *Le piacevoli notti* (II, 1) ed è facile ritrovarne versioni mutile o scheletriche che non restituiscono neppure l'ombra del grande fascino che ha questa novella (v. nelle *Novelline popolari italiane* del Comparetti, Firenze 1875, la favola *Il figliuolo del re maiale* (IX), infelice già nel titolo, e l'altra, *Il principe stregato* che vagamente la ricorda, ambedue del Monferrato).

Altre testimonianze di diffusione in Toscana con travestimenti in altri animali (orso, serpente): presso Signa (*Novelline di S. Stefano*, XIV: *Ser Fiorante mago*); presso Livorno (*Quattro novelline popolari livornesi* a cura di S. Prato, Spoleto 1880, IV: *Il re Serpente*); Fucecchio (De Gubernatis, *Zoologycal Mythology*, I).

Per quanto riguarda altre varianti e versioni v. G. D'Aronco, *Indice delle fiabe toscane*, Firenze Olschki, 1953, e dello stesso autore: *Le fiabe di magia in Italia*, A.G.F., Udine, 1957, *Lo sposo scomparso*, XI.

Altrettanto consistente è la diffusione in Italia, da poter dire che probabilmente non manca, sia pure in diverse forme, in nessuna tradizione. A titolo esemplificativo: Milano (Imbriani, *La novellaia fiorentina*, in *Nota* alla favola cit.: *El corbattin*); Piemonte (Arietti, *Novelle popolari piemontesi*, in *Archivio per lo studio delle tradizioni popolari*, 1882, *Re Crin*); Iesi (Gianandrea, *Novelline e fiabe popolari marchigiane*, Iesi 1878, *Er fijo de' re puorco*); Campania (Basile, *Il Pentamerone*, II, 5, *Il Serpente*); Sicilia (Pitrè, *Fiabe, novelle e racconti p. s.*, IV, 56, *Lu sirpenti*).

Certamente la suggestione di questa favola viene da una profonda parentela con i miti, anche se occorre essere cauti nello stabilire connessioni. La crudeltà abbondante e assurda, la metamorfosi, la spoglia grezza che avvolge la bellezza, le prove, i numeri (3 e 7), il viaggio e la definitiva conquista ne fanno un testo esoterico leggibile in chiavi diverse, e nondimeno sempre nuovo e ricco di una suggestione inafferrabile.

È d'obbligo ripetere, valga quel che valga, il riferimento che si usa fare al mito di Amore e Psiche, per quanto riguarda la scomparsa dello sposo; ma il tessuto simbolico ci pare, a dire il vero, più articolato e complesso, tanto che per tutta la novella ci sembrerebbe più giusto vedere la traccia del mito di Iside, sia per la complessità dei fatti attraverso cui la donna trova e perde lo sposo, sia per la ricerca lunga e disperata contrassegnata dal pianto e dalle lacrime. Qui la sposa visita tutto il mondo, se si esclude il sud, che evidentemente è il suo luogo di provenienza, come Iside percorre l'Egitto per riportare nel suo regno lo scomparso.

Se si prescinde dai particolari (il contrasto, ad esempio, tra il povero e il re, che pare una gara tra contadino e padrone) l'ambiente risulta quello rarefatto della fiaba. Connotato toscano è la personificazione del Vento, indaffarato e vagabondo come un mercante di pollame e uova, lo scomparso *treccone*; ma soprattutto quanto ne ha colto il Carducci: la malattia d'amore disperato.

Rana Rana

In una terra lontana lontana di là dal mare, c'era un regno che stava tutto sul cucuzzolo d'una montagna: in cima c'era il palazzo reale e giù per le pendici le terre, le case, i campi dei sudditi. Non c'era una strada che non fosse in discesa o in salita; la gente era povera e forestieri non ne capitavano mai, perché arrivarci era faticoso e, arrivati lassù, non c'era nulla da fare.

Il re era il migliore dei sovrani e aveva un solo cruccio: essendo già vecchio e avendo tre figli avrebbe desiderato che si sposassero garantendo una discendenza: ma i figli non si sposavano perché non c'erano principesse.

Allora il re un giorno chiamò i tre figli e disse:

« Prendete queste tre palle d'oro, andate nel punto più alto del mondo e ognuno tiri la propria nella direzione che vuole: dove si fermerà la sua palla là troverà la sua sposa! »

I figli presero ciascuno la propria palla e fecero quello che aveva detto il padre. Le palle d'oro ruzzolarono a lungo perché non trovarono altro che scese; quella del figlio maggiore andò a fermarsi davanti alla cascina d'un contadino; quella del figlio mezzano davanti alla bottega d'un fornaio e quella del minore andò a finire in un fosso.

I due fratelli maggiori entrarono nelle botteghe e videro che c'erano due belle ragazze da marito, per cui tutti contenti si dichiararono e le portarono al palazzo per presentarle al re; e quando seppero che la palla di Federico, che così si chiamava il fratello minore, era finita in un fosso, cominciarono a ridere a crepapelle dicendo che avrebbe sposato una rana.

Federico intanto se ne stava in ginocchio davanti alla

pozza melmosa per vedere dove era finita la palla, ma non riuscì a ritrovarla e, vedendo una rana che guazzava nel fango, la chiamò:

« Rana, Rana! »
« Chi mi chiama? »
« Federico tuo che poco t'ama! »
« Se non m'ama, m'amerà
quando bella mi vedrà! »

« Siccome la palla che ho tirato è caduta in questo stagno, tu dovresti essere la mia sposa. »

« Sono contenta: vienimi a prendere la mattina delle nozze! »

Federico se ne tornò triste al palazzo e trovò i fratelli e le fidanzate che già si preparavano per le nozze e sogghignavano per la sua sfortuna. Il re li chiamò allora nella sala del trono e disse loro:

« Ora che ognuno si è trovato la sposa, dobbiamo decidere chi sarà il re e la regina. Ecco, queste sono due libbre di lino per uno: prendetele e portatele alle vostre promesse spose che le dovranno filare. Chi farà la filatura più fina sarà regina e lo sposo sarà re. »

Ciascuno prese il suo lino e lo portò alla fidanzata, meno Federico che andò alla sua pozza nel fosso e disse:

« Rana, Rana! »
« Chi mi chiama? »
« Federico tuo che poco t'ama! »
« Se non m'ama, m'amerà
quando bella mi vedrà! »

« Sono venuto a portarti il lino da filare, e chi lo farà più fino sarà regina. »

« Dallo al mio servo e torna a prenderlo tra una settimana. »

Uscì fuori dalla pozza un pesce così grosso che prese in bocca le cocche del panno in cui era involto il lino e sparì sott'acqua.

Passò la settimana e già i fratelli erano tornati con le matasse di lino filato, quando Federico, ancora più triste e dubbioso, tornò al fosso a chiamare:

« Rana, Rana! »
« Chi mi chiama? »
« Federico tuo che poco t'ama! »
« Se non m'ama, m'amerà
quando bella mi vedrà! »

« Sono venuto a prendere il lino filato! »

« Va bene, ecco che te lo mando per il mio servo. » Dalla pozza uscì fuori di nuovo il grande pesce portando in bocca le cocche del telo dov'era il lino, filato così fino che non pareva l'avessero fatto delle mani di donna.

Infatti quando il re li ebbe esaminati tutti, sentenziò: « Quello filato dalla contadina è fatto bene; meglio ancora quello filato dalla fornaia; ma quello lavorato dalla ranocchia non ha paragone! »

« Possibile » dissero allora i fratelli e le loro fidanzate « che il nostro regno abbia una rana per regina? »

« Anche voi avete ragione » rispose il re « e dobbiamo fare un'altra prova: date alle vostre fidanzate questo lino filato: quella che lo tesserà meglio sarà regina e il suo sposo il re! »

Così disse il re e così fecero i figli.

Federico di malavoglia tornò al bastione del fosso e chiamò:

« Rana, Rana! »
« Chi mi chiama? »
« Federico tuo che poco t'ama! »
« Se non m'ama, m'amerà
quando bella mi vedrà! »

Federico spiegò tutto quello che era successo, e rivenne fuori il solito pesce che si portò sott'acqua il lino da riprendersi nel tempo stabilito di otto giorni.

In quella settimana le due ragazze si misero a tessere notte e giorno per vincersi tra loro, ma soprattutto per non farsi superare da una rana, che per loro era una cosa insopportabile. E finalmente, fai e disfai, tessi e ritessi, venne il giorno stabilito e Federico sconsolato tornò alla pozza:

« Rana, Rana! »
« Chi mi chiama? »

« *Federico tuo che poco t'ama!* »
« *Se non m'ama, m'amerà*
quando bella mi vedrà! »

Il grosso pesce uscì fuori col fagotto in bocca e tutto andò come al solito, tanto che il re dovette ammettere che la tela della rana non aveva paragoni per la sua finezza e la perfezione.

Ma i fratelli con le fidanzate dissero:

« Noi non ci rassegneremo mai ad avere per regina una rana! »

« Bene » disse il re « non voglio che tra voi ci sia mai invidia: ora facciamo l'ultima prova e chi sarà migliore, sarà la regina, rana o non rana: parola di re! Prendete queste tele e portatele a cucire alle vostre donne: quella che farà il vestito più bello sarà regina: riparola di re! »

Federico intanto che tornava al fosso pensava: "Filare va bene; tessere anche; ma cucire sarà difficile... ma altro non posso fare e vediamo un po' ". S'accostò alla pozza e disse:

« *Rana, Rana!* »
« *Chi mi chiama?* »
« *Federico tuo che poco t'ama!* »
« *Se non m'ama, m'amerà*
quando bella mi vedrà! »

Le parole furon meno del solito, che già il pesce nuotava con la bocca aperta a prender le cocche del panno che doveva esser restituito entro due settimane.

Le ragazze si misero a tagliare e a cucire: le mamme le aiutavano, le zie le assistevano, le nonne pregavano: notte e giorno, giorno e notte in quelle case parevano tutti impazziti. E così venne il giorno che i vestiti, messi sui manichini, stirati e infiocchettati erano pronti e Federico andò alla pozza:

« *Rana, Rana!* »
« *Chi mi chiama?* »
« *Federico tuo che poco t'ama!* »
« *Se non m'ama, m'amerà*
quando bella mi vedrà! »

Il pesce portò un fagotto enorme che fu aperto insieme agli altri nella stanza del trono alla presenza di tutti i dignitari del regno. E anche quella volta il re sentenziò:

« Bello il vestito della contadina; più bello ancora quello della fornaia; ma quello della rana non ha paragoni. Andate a prendere le vostre spose che si celebrino le nozze e rana o non rana sia la regina. Parola di re! »

Ognuno prese la sua carrozza e andò a prendere la sposa. Federico felice d'essere il re, andò alla pozza pieno di riconoscenza verso quella ranocchia che l'aveva fatto salire sul trono, e disse:

> « *Rana, Rana!* »
> « *Chi mi chiama?* »
> « *Federico tuo che tanto t'ama!* »
> « *E più ancora m'amerai*
> *quando bella mi vedrai!* »

Uscì dall'acqua una meravigliosa fanciulla con un velo di raggi di sole e con un vestito color di luna, che mai s'era vista una ragazza più bella. Federico era rimasto sbalordito, ma la ragazza disse:

« Ecco la tua sposa! »

« Ma chi sei tu? » chiese Federico.

« Io sono una principessa che nacque da un grande re, ma per invidia mi fu fatto da una maga un sortilegio, per cui fui condannata qui, chi sa per quanti anni a vivere nella pelle d'una ranocchia, fino a quando non fossi stata amata da un principe! »

Federico la portò al palazzo e quando la videro, se le donne l'ammirarono, gli uomini s'innamorarono; i preti la benedissero; il re l'abbracciò; i poeti la cantarono; i bambini le buttarono baci; i vecchi le buttarono fiori; i soldati le presentarono le armi; il resto del popolo le batté le mani... ma Federico la sposò.

E si fecero di quelle feste così lunghe in quel paese che, si dice, non si ricordarono più che c'erano anche i giorni di lavoro.

Rana Rana è una tipica fiaba del "rovesciamento dei valori": il fratello più piccolo (in talune versioni il più ingenuo) diviene erede al regno per la sua candida disponibilità al caso e la bontà. Questo tema, che ha implicita l'identificazione dell'umile e trascurato ascoltatore della favola con il protagonista di questa, con il conseguente riconoscimento dei meriti da tutti disprezzati, ha forse contribuito alla sua fortuna. La fiaba è infatti presente in Europa in centinaia di versioni: valga per tutte *Le tre piume* dei Grimm (*Le fiabe del focolare*, LXIII), dove il caso si affida a tre piume che volano, con particolari diversi, ma con sostanza narrativa identica al nostro testo. Non è estraneo neppure il fatto di saper parlare con gli animali (qui, rana; altrove, gatta), cosa che nel codice popolare destina l'interessato al regno o al papato.

Questa versione è stata raccolta dal vivo in Mugello, con tutte le ripetizioni del "ritornello", particolarmente gradite ai più piccoli. È diffusa in tutta la Toscana e se ne hanno numerose attestazioni: a Firenze trascritta da V. Imbriani, *I tre fratelli* (*La novellaia fiorentina*, XX); a Siena raccolta da Ciro Marzocchi nel manoscritto, cit. del Museo delle arti e tradizioni popolari di Roma, II; a Pratovecchio riferita dal Pitrè, *La ranocchiella*, II variante dell'VIII novella, *Capo di becco* (*Novelle p. t.*, II); a Livorno (S. Prato, *Quattro novelline*).

Notevole la diffusione in Italia e valga la consueta campionatura: Mantova (I. Visentini, *Fiabe mantovane*, XLVIII, Torino, 1879); Roma, con il titolo *Rana Rana*, come si è trovato in Mugello (G. Zanazzo, *Novelle, favole e leggende romanesche*, Torino, 1907-1910); Benevento (F. Corazzini, *I componimenti minori della letteratura popolare italiana...*, XVIII, Benevento, 1877); Sicilia (Borghetto) nella raccolta del Pitrè (*Fiabe, novelle e racconti p. s.*, XLVI, *La jimmuruta*).

Le tre piume è la novella fatta oggetto d'interpretazione psicanalitica secondo le teorie jungiane nel volume di Marie-Louise von Franz: *Le fiabe interpretate*, Torino, 1980.

Le tre mele

C'era una volta, forse in Spagna, un gran principe, che aveva un figlio bello e gentile al quale venne in mente, quando fu il suo tempo, d'andare in cerca della più bella ragazza del mondo per farne la sua sposa. Così un giorno abbandonò la casa paterna e si mise in cammino per il mondo. Cerca cerca e cammina cammina, aveva già frugato nelle quattro parti del mondo quando incontrò una vecchietta con la quale si comportò in modo garbato e gentile, per cui la donna, andandole molto a genio questo ragazzo, volle dargli questo consiglio:

« Caro giovane che siete così cortese » gli disse « se volete incontrare la vostra fortuna prendete per questa parte e andatevene sempre dritto: troverete un monte altissimo: scalatelo. In cima vedrete un grande melo carico di frutti, ma fate attenzione perché a guardia di quest'albero ci stanno tre cani feroci capaci ognuno di divorare un cristiano. Date a uno il pane all'altro il prosciutto e al terzo il salame e allora vedrete che queste bestie vi faranno passare senza farvi nulla. Ai piedi del melo sta sempre sdraiato un orco terribile; fate ben attenzione: se l'orco ha gli occhi aperti vuol dire che dorme, ma se li ha chiusi vuol dire che è sveglio, perché questa è l'usanza che tengono gli orchi per dormire... Voi aspettate che tenga bene aperti gli occhi e, senza paura, cogliete una mela: in ognuna di quelle mele sta chiusa una bella fanciulla... voi coglierete il frutto più bello e avrete quello che andate cercando! »

Il ragazzo ringraziò la vecchia e, tenendo a mente tutti i suoi consigli, si mise per la strada che gli aveva indicato.

Non passò molto tempo che arrivò al monte e sulla cima trovò l'albero, e sull'albero le mele e l'orco coi cani come gli aveva detto la vecchietta. In quel momento l'orco aveva due occhiacci terribili spalancati: segno che dormiva, e i cani che gli si fecero incontro per sbranarlo, ebbero subito pane, prosciutto e salame, tanto che si calmarono immediatamente.

Per essere sicuro il giovane colse dall'albero le tre più belle mele che vide e con quelle fuggì via come il vento.

Quando l'orco si svegliò vide subito che dall'albero gli mancavano le tre mele più belle, poi vide i cani che se ne stavano tranquilli e capì subito di cosa si trattava; perciò si mise a correre dietro al ladro, ma ormai era tardi perché il principe aveva un cavallo del quale nessuno correva più forte.

A un certo punto del cammino, per la corsa e la fatica, il ragazzo ebbe sete e volle spaccare una mela. L'aveva appena tratta dalla bisaccia che sentì il frutto parlare:

« Fai piano che mi fai male! »

Il principe l'aprì delicatamente, ma come l'ebbe divisa, sentì la stessa voce che diceva:

« C'è da bere? »

Il principe che non aveva nulla per levarsi la sete dovette rispondere:

« Io non ho nulla. »

Allora la mela, divenuta una bella ragazza, disse con una voce triste e lamentosa:

« Allora sopra il mio melo ritornerò! »

E volò via perdendosi nell'aria.

Il principe continuò rattristato per la sua strada finché raggiunse una fontana e qui volle aprire la seconda mela. Come l'ebbe presa in mano sentì di nuovo una voce:

« Fai piano che mi fai male! »

Il principe fece ancora più delicatamente della prima volta e come ebbe aperto il frutto sentì ripetere:

« C'è da bere? »

« L'acqua di questa fontana. »

« C'è da mangiare? » continuò la voce.

« Io non ho nulla. »

E di nuovo la mela divenne una ragazza ancora più bella e una voce più triste e lamentosa ripeté:

« Allora sopra il mio melo ritornerò! »

Il principe riprese la sua strada sempre più rattristato finché giunse presso una fontana vicino alla quale sorgeva un meraviglioso albero carico di frutta. Qui volle aprire la terza mela e le cose andarono come altre volte:

« C'è da bere? »

« L'acqua di questa fontana. »

« C'è da mangiare? »

« La frutta di quest'albero. »

A questo punto la mela si fece una fanciulla più bella delle altre e disse con un grido di gioia:

« Allora con voi io voglio restare! »

La ragazza era talmente bella che il principe subito se ne innamorò e volle correre a prendere per lei abiti degni d'una principessa. Nel tempo che attendeva, fece entrare nel tronco cavo d'una quercia che era vicino alla fonte la fanciulla e le disse d'attendere il suo ritorno; e così s'allontanò.

Mentre il giovane galoppava verso la città ecco che venne ad attingere l'acqua la serva d'un prete che stava nella parrocchia vicina: prima di attingere si volle ammirare dentro lo specchio calmo dell'acqua e invece di vedere la sua immagine, scorse quella della ragazza che guardava dall'albero vicino, e disse:

« Come fanno a dirmi che sono brutta, se sono così bella? Guarda che capelli, che occhi... »

Stava rimirandosi compiaciuta quando sentì uno scoppio di risa che veniva dall'alto: era la fanciulla del principe che, accortasi di come s'era ingannata la serva, la derideva.

Le donne, come accade, da una parola all'altra cominciarono a discorrere e la serva di lì a poco seppe tutto: del principe, dell'orco, delle mele, dei vestiti da principessa e dell'avvenire che attendeva quella che stava nell'albero. Allora ebbe un'idea maligna: sorridendo e mostrandosi gentile convinse la fanciulla a scendere dall'albero e, quando fu presso la fontana, in un amen la spinse nell'acqua e andò a prendere il suo posto nel cavo della pianta.

Non era caduta nell'acqua che dalla fonte uscì un'enorme anguilla che divorò la poveretta e scomparve.

Ecco che poco dopo appare all'orizzonte un lungo

corteo che avanzando alzava una polvere grande come una nuvola: in testa cavalcavano il principe, la regina sua madre e tutti i dignitari del regno; dietro venivano guardie e staffieri, coi servi che portavano gli abiti principeschi.

Arrivato alla fontana il principe s'accorse subito che la fidanzata s'era fatta più brutta e più villana e non ne voleva far più nulla di nozze né di fidanzamento. Ma la regina, che tanto aveva aspettato una nuora e che aveva scomodato tutta la corte per questa cerimonia, non volle che il figlio si rimangiasse la parola e l'obbligò a offrire la sua mano alla vecchia serva sguaiata e a portarsela al palazzo.

Così si celebrarono le nozze nel dispetto e nel disgusto del principe che non si dava pace di quel prodigioso mutamento.

Non passò molto tempo che alcuni pescatori presero nel fiume un'anguilla di smisurate dimensioni e, pensando che non altrove che alla reggia si potesse cucinare una simile vivanda, la portarono al palazzo facendone dono al re. Il principe accolse l'omaggio molto volentieri facendo compensare lautamente i pescatori e ordinando che s'imbandisse un gran festino per sé e i suoi amici.

Quando la perfida serva ebbe visto l'anguilla ebbe un presentimento: con un moto di stizza ordinò all'insaputa del principe che l'anguilla fosse subito ammazzata e gettata nel mezzo d'un canneto. Così fu fatto.

Ora, passato qualche tempo, l'anguilla si era tramutata in una canna e, mettendo radici, s'era fatta la canna più bella di tutto il canneto; tanto che non s'era mai vista pianta di quella specie che fosse più alta e frondosa.

Di nuovo dei buoni lavoranti che andavano a far canne per orti, vedendo quella canna di straordinaria bellezza, pensarono di farne dono alla reggia e la portarono al principe, che ne fu lieto, consolandosi un po' della sua sventura con la vista di quella canna.

La moglie, indispettita e sospettosa, alla vista della canna la volle fare in pezzi e si fece avanti minacciosa brandendo un'ascia affilata. Ma non s'era neanche accostata che la canna disse:

« Fai piano che mi fai male! »

Per il principe sentire quelle parole, quella voce e capire l'incantesimo fu tutt'uno. Delicatamente allora volle aprire con una lama il fusto della canna e da quella apparve finalmente la fanciulla scomparsa che gli si gettò tra le braccia.

Importa dire cosa avvenne dopo? Avvenne quello che avviene sempre nelle favole: la falsa donna autrice dell'inganno fu messa sulla piazza e fatta ardere, che di meglio certo non si meritava, e i due giovani intrafinefatta si sposarono e vissero lungamente così come avevano voluto felici e contenti, e si godettero tanta di quella felicità che chi sa se n'hanno lasciata un poco anche per noi!

Le tre mele è ripresa dal De Gubernatis, *Le tradizioni*, ed è stata raccolta quindi a S. Stefano a Calcinaia, nei pressi di Signa (Firenze).

La fiaba è diffusa e presente in forme diverse nelle maggiori raccolte. Con il titolo *Le tre melarance* si trova ne *La novellaia fiorentina* dell'Imbriani; Stanislao Prato l'ha documentata a Livorno con titolo *La bella dei sette cedri*; in due versioni il Marzocchi la documenta per Siena: *La sposa latte e sangue* e *L'Amore-di-tre-limoni*. Con il titolo *Le tre melàngole d'amore* si trova nelle *Sessanta novelle* del Nerucci, e quindi se ne ha anche una versione pistoiese.

Diffusa anche nel resto d'Italia, ha trovato fortunate trascrizioni letterarie. Questa versione pare la più schiettamente toscana: elementare nella struttura (mentre altre hanno sofisticatissime complicazioni), ha un che di magia rustica e indulge assai poco agli spunti fantastici, di cui abbonda la struttura; anzi, tanto è calata nell'ambiente rurale toscano che la principessa viene insidiata dalla serva del prete, che entra nella favola secondo la sorprendente commistione di realismo e fiaba, tipica delle pagine di *Pinocchio*.

Il mortaio d'oro

Viveva un tempo in una terra un contadino che aveva solo una piccola vigna dalla quale traeva da vivere, ed era ogni giorno a zappare, vangare, potare secondo le stagioni. Un giorno, facendo uno scasso, urtò col ferro del badile in qualcosa di duro che, quando fu venuto fuori e liberato dalla terra, vide essere un bellissimo mortaio tutto d'oro con certe figure antiche che erano una meraviglia. Senza farlo vedere a nessuno lo portò a casa dove aveva una figlia di nome Caterina alla quale soleva sempre chiedere consiglio, dato che era di testa fina.

Quando la ragazza l'ebbe visto chiese subito:

« E ora che ne facciamo? »

« Voglio andare a portarlo in regalo al re che per questa rarità mi farà certamente ricco. »

« E invece sapete che cosa dirà il re quando l'avrà visto? »

« Dirà: "Tu sì che sei un suddito fedele e affezionato!" e poi ordinerà al tesoriere di darmi una borsa di monete, con le quali comprerò altre vigne e vivrò il resto della mia vita da signore. »

« E invece » disse Caterina « il re dirà:

"Il mortaio è grande e bello,
ma ci manca il suo pestello!" »

« Non è possibile, non è possibile che il re dica in questo modo » rispose il contadino, e se ne andò a portare il mortaio al re.

Arrivato che fu davanti al palazzo reale il pover'uomo ebbe un bel da fare per convincere le guardie a portarlo alla presenza del re, e quando finalmente poté parlare con il sovrano, disse:

« Sacra corona, lavorando nella mia vigna ho trovato questo mortaio d'oro con belle figure e ho pensato che non poteva servire ad altro che ad ornare il vostro palazzo; così sono venuto a farvene omaggio, sempre che vi degnaste di accettare il dono del vostro umile suddito. »

Il re esaminò il dono con cura e ammirazione e alla fine disse:

"Il mortaio è grande e bello,
ma ci manca il suo pestello!" »

« Proprio come aveva detto la Caterina » non poté fare a meno di ribattere il contadino.

« Come sarebbe a dire? » chiese il re meravigliato.

« Sacra corona, mia figlia Caterina aveva detto che avreste risposto proprio così, e così è stato. »

« Avete dunque una figlia di talento: guardiamo se lo è davvero! Questa dunque è una libbra di lino: portatela alla vostra figliola e ditele che la fili e poi ne tessa cento braccia di tela. »

Il contadino, visto che non aveva avuto nulla in compenso e gli era stato dato poco lino per troppa tela, rimase tutto confuso; ma che si può obiettare a un ordine del re? Prese il lino e, fatta la debita riverenza, se ne tornò a casa dove la Caterina, appena lo vide, gli disse:

« E ben vi sta: non v'ha dato nulla! Non dite che non vi avevo avvertito. »

« Zitta, Caterina, zitta per carità: non solo voleva anche il pestello, ma quando ha saputo che me l'avevi detto, mi ha dato anche una libbra di lino per filarci cento braccia di tela... Ma dico io, che avranno nella testa i sovrani?... »

« Eh, ma vi sgomentate di poco, voi! Date qua: guardate come si fa! »

Caterina prese il lino e cominciò a scuoterlo. Si sa che nel lino, anche quando sia scardassato da un maestro di quest'arte, rimangono sempre delle reste, e la ragazza, scuotendolo ne fece cascare tre, ma piccolissime e, raccoltele, le dette al padre dicendo:

« Tornate dal re e ditegli che non ho nessuna difficoltà a far la tela, ma siccome non ho telaio, mi basta che me lo faccia lui con queste tre reste. Vedrete che non avrà bisogno d'altre parole! »

Il contadino non aveva poi tanta voglia di tornare alla reggia, ma poi, visto che il guaio l'aveva combinato lui, si rassegnò a portare l'ambasciata e si presentò al sovrano il quale, quando ebbe conosciuto la risposta, disse:

« Avete ragione: è proprio furba questa ragazza! Vale la pena conoscerla un po' meglio. Ditele che voglio esaminarla e che si presenti qui né digiuna, né sazia, né nuda, né vestita, né di giorno, né di notte, né a piedi, né a cavallo e, se viene meno a una di queste cose, sarà tagliata subito la testa a voi e a lei. Andate pure! »

Il contadino, che sperava d'aver rimediato il guaio, a quelle parole si sentì morire e maledisse il giorno e l'ora che non aveva seguito il consiglio della sua Caterina. Con il coraggio della disperazione avrebbe voluto ribattere qualcosa, ma vide dalla faccia del re che non era il caso e riprese la strada di casa dove arrivò più morto che vivo.

Quando ebbe saputo di che si trattava, la ragazza disse:

« Vi sgomentate per poco: non dovete preoccuparvi. Pensate solo a trovare una bella rete da pescatori e mettetemela stasera in camera. »

Ormai il contadino non sapeva che fare e decise di rimettersi alla sua Caterina, e fece come gli aveva detto.

Non era ancora l'alba che la ragazza si alzò: andò in cucina, cosse un uovo e se lo mangiò, poi si tolse la camicia e si involse tutta nella rete, quindi scese nella stalla e si mise a cavalcioni a una capra, e partì facendosi un po' portare dalla bestia, e un po' camminando, dato che arrivava in terra coi piedi. Fece in modo da arrivare alla reggia sul fare dell'alba e chiese d'essere portata al cospetto del re.

Inutile dire che la presero per matta e non la volevano far entrare, ma ne nacque una tal confusione che il re fu destato e accorse a vedere quello che succedeva. Quando vide quella donna così conciata, il re si mise a ridere, e Caterina disse:

« Maestà, sono qui per ordine vostro: se l'ora è sconveniente, m'avete detto d'arrivare né di giorno né di notte, e questa è appunto l'ora; dovevo venire né digiuna né sazia, e lo sono appunto perché ho mangiato solo un uovo;

e così non sono né nuda né vestita, perché ho addosso una rete e non vado né a piedi né a cavallo, perché siedo sulla capra e al tempo stesso cammino.

« Ah » disse il re « questa è proprio la ragazza che andavo cercando da tanto tempo! Brava Caterina, io ti sposerò e ti farò regina! »

Anche alla ragazza andò bene la proposta e quindi si sposarono dopo pochi giorni con grandi festeggiamenti e celebrazioni solenni per tutto il regno.

Siccome la felicità e la salute nelle favole non mancano mai, i sovrani vivevano contenti e beati regnando sopra i sudditi che mai erano stati così contenti d'un re e d'una regina.

Ora accadde un caso insolito. Durante una fiera che durava più giorni la capitale si riempì di mercanti, trafficanti e contadini tanto che non c'erano più posti e, siccome faceva caldo, la gente dormiva all'aperto. Capitò là anche un contadino che aveva una vacca gravida da vendere al mercato: non avendo trovato un compratore nella giornata, venuta la sera, legò la cavezza della bestia al carro d'un altro contadino e si mise a dormire. Durante la notte la vacca partorì e fece un bel vitellino che, venuta la mattina, il contadino andò per prendere tutto contento insieme alla madre. Quando si fu avvicinato si sentì dire dal padrone del carro:

« Un momento: la vacca prendetela pure perché è vostra, ma il vitello no, perché è mio. »

« Come vostro se è mia la madre? »

« La madre era legata al carro e il carro è mio: quindi il vitello è figlio del carro e il vitello è mio! »

E qui cominciò una lite tanto lunga e contorta che dalle parole si passò alle parole grosse, da queste alle ingiurie e dalle ingiurie alle botte che cominciarono a volare sempre più fitte. Ne nacque una confusione tale che dovettero accorrere le guardie, le quali, non sapendo che cosa decidere portarono i due contendenti davanti al re.

Il re allora sedette in giudizio, ascoltò le ragioni delle parti: pensò, considerò, ponderò e poi decise che il padrone del carro era anche il padrone del vitello.

Il povero contadino, vedendo di dover perdere il suo vitello per una sentenza così balorda, non si dava pace:

obiettò qualcosa, ma la sentenza del re era definitiva e inappellabile e la sua parola era e doveva essere legge per tutti. Così se ne andava per la strada dandosi grandi manate nella testa e strappandosi i capelli, mentre parlava da solo come un ubriaco. In quel momento che passava a prendere la sua vacca lo vide un oste e, saputo com'era andata la cosa, gli disse:

« Non vi resta che andare dalla regina: quella è una testa fina e saprà certamente come cavarvi da quest'imbroglio. »

E così il contadino fece: con le lacrime agli occhi andò a raccontare alla regina cos'era avvenuto, e quella, senza perdersi d'animo, gli disse:

« Vi do un consiglio: andate nel giardino reale, mettetevi vicino al laghetto e cominciate a far finta di volerlo vuotare con un mestolo bucato. Quando il re uscirà per la sua passeggiata vi domanderà che cosa state facendo; e voi glielo direte; quando poi vi dirà che gli pare una cosa da pazzo, gli risponderete che vi pare più facile vuotare un lago con un mestolo bucato che far figliare un vitello a un carro. »

Il contadino fece come aveva detto la regina e, quando il re arrivò si sentì chiedere subito:

« Buon uomo, che lavoro state facendo nel mio giardino? »

« Devo vuotare il lago con questo mestolo sfondato » rispose il contadino.

« E non vi pare impossibile vuotare un lago con un mestolo e per di più bucato? »

« Molto meno di far figliare un vitello a un carro, sacra corona! »

« Questa non è farina del tuo sacco » disse il re restandoci male « questa è roba che viene certamente dalla testa della regina. »

Il contadino dovette ammetterlo e il re dovette rendergli il vitello, riformando la sentenza. Ma la cosa al sovrano non era piaciuta e andò subito dalla regina dicendo:

« Tu hai messo il naso nelle mie faccende, ti sei occupata delle cose del regno che non ti dovevano riguardare e quindi, siccome io nella reggia e nella famiglia non voglio ficcanaso, domani prenderai dal palazzo quello che ti è più caro e tornerai in campagna nella casa da dove sei venuta. »

« Farò come volete » rispose Caterina « basta che mi concediate di stare con voi l'ultima volta. »

« Questo lo posso accordare » rispose il re che in fondo era dispiaciuto di doversi separare dalla moglie.

La furba Caterina andò subito in cucina e ordinò ai cuochi di preparare una cena fatta di cibi molto saporiti in modo da far venire una gran sete; poi disse ai cantinieri di far servire il migliore e più forte aleatico che si trovasse nelle riserve reali, quindi a cena, con la scusa di stare insieme allegri per l'ultima volta, fece mangiare e bere il re tanto che si ubriacò e s'addormentò così profondamente da non essere svegliato nemmeno con le cannonate.

Caterina, quando fu sicura che lo sposo dormiva, lo fece adagiare su una portantina e lo fece portare in campagna nella sua vecchia casa, dove lo fece mettere a letto e poi si coricò accanto a lui.

Quando venne il mattino il re cominciò a svegliarsi e, sentendo le lenzuola ruvide, i materassi duri; vedendo la stanza piccola, la finestra senza tende e per mobili solo una cassapanca, disse a Caterina:

« Ma che diavolo succede: t'avevo ordinato di tornartene a casa tua e ti ritrovo qui; invece di dormire nella solita camera da letto, mi sono andato a cacciare nella peggiore stanza della reggia... »

« Ho solo fatto quello che mi avete comandato, maestà! Avevate detto che tornassi nella mia casa, e ci sono; avevate detto di prendere quello che avevo di più caro nel palazzo e ce l'ho, perché non avevo nulla di più caro che voi e vi ho portato qui con me; e ci resterete se non volete mancare alla vostra parola. »

Al re era ormai passata la rabbia e non parve vero che Caterina gli avesse fatto quello scherzo; per cui l'abbracciò teneramente e decise di riportarsela al palazzo e d'ascoltarla meglio in seguito, dato che la sua testa poteva dare consigli anche ai re.

E così tornarono alla reggia dove vissero felici e contenti... e io dico che sicuramente ci saranno ancora, contenti e felici come sono sempre stati. E chi non ci vuol credere vada pure a vedere...

Il tema della ragazza onesta e astuta, presente in *Il mortaio d'oro*, è comunissimo nel mondo della favola, e la destinazione della donna è, immancabilmente, quella della reggia; per contrasto il re vi compare nella parte del tonto, che alla fine si rassegna alla superiorità intellettuale della donna, insostituibile sostegno della sua traballante intelligenza.

Nella raccolta del Nerucci (*Sessanta novelle*), da cui deriva la presente trascrizione che porta lo stesso titolo (III), si trova, con il titolo di *Griselda* (XV), una narrazione quasi simile.

Simile schema narrativo si trova nel testo raccolto a Barga dal Comparetti (*Novelline*, XLIII: *La ragazza astuta*) e, nella stessa raccolta, in un'altra versione di *Griselda* (LXIX) proveniente da Montale Pistoiese.

La versione del Pitrè si differenzia per pochi particolari, soprattutto per la sostituzione del pestello con una grossa rapa (*Novelle p. t.*, XV, *Il rapo*).

Talvolta si riferisce più correttamente che la vacca era stata posta per la notte accanto a un bove, per cui nasce la discussione sulla proprietà del vitello: nel caso del carro solo un re delle favole poteva sentenziare in quel modo. Ma evidentemente la favola deve rifarsi a versioni e usanze più antiche, forse barbariche, per cui la mucca, che partorisce accanto a un maschio di proprietario diverso, figlia un vitello su cui il padrone del maschio può accampare diritti.

Nei rapporti tra il re e la ragazza, così come sono esposti, s'intravede la vita familiare della cascina toscana in cui l'autorità compete esclusivamente al capo di casa, ma dove la donna, provando ripetutamente la sua scaltrezza, si sostituisce di fatto alla guida della vita domestica, soprattutto quando al capoccia manca quello che mancava anche a questo re. Peraltro la massaia (detta semplicemente *sposa*) aveva zone di propria competenza quasi esclusiva, come poteva essere la scelta del marito per le figlie.

L'ASTUZIA DEGLI UMILI

Campriano

C'era una volta da queste parti, tanto, ma tanto tempo fa che neppure l'anime del purgatorio se lo ricordano, un tale di nome Campriano che stava sulla montagna, ma, come tutti quelli che stanno in alto, pareva rozzo e era furbo come una volpe. Siccome era povero e negli anni di carestia affettava miseria e mangiava stento, se gli capitava per caso gente della piana che veniva per gabbarlo, trovava mille modi per rimandarli a casa peggio di com'erano venuti. Ma poi questo diventò per lui una maniera di tirare avanti, tanto che quando ebbe qualche filo bianco nella barba gabbava tutti gli sciocchi che gli capitavano.

Faceva il contadino in un podere dalla terra magra e stenta, faticosa da lavorare per essere i campi lungo le pendici scoscese della montagna e le bestie spesso non ce la facevano a tirare l'aratro. Viveva con la moglie, brava massaia, e sei figliole che il cielo gli aveva mandato, senza l'aiuto d'un maschio per i lavori del podere. Le brave ragazze filavano, tessevano, facevano tutti quei lavoretti di stagione, ma per fare a tutte la dote ci voleva altro...

Alla stagione della raccolta salivano dalle piane e dalla città i mercanti a fare gli acquisti, ed erano sempre magri affari per i contadini che una volta per una ragione, una volta per un'altra, finiva che dovevano cedere la loro roba per pochi soldi.

Campriano una volta, stanco d'essere imbrogliato, quando venne la raccolta del miele, preparò il doppio dei vasi di coccio e li riempì per metà di sterco e sopra ci mise il suo miele profumato di fiori di castagno.

Quando arrivarono gli speziali che venivano a fare la

raccolta, il primo gli dava poco, il secondo meno e il terzo quasi nulla. Campriano allora vendette tutto al primo, senza stare tanto a discutere, e quello se ne andò via tutto contento e felice d'aver fatto un buon affare.

Quando venne l'inverno e lo speziale cominciò a vendere il miele, non ci volle molto perché venisse fuori la fondata... Lo speziale si infuriò, ma, per quanto cercasse di ricordare, non riusciva a stabilire da dove venivano quei vasi.

L'anno seguente lo speziale ebbe cura di segnarsi da chi aveva comprato ogni vaso; ma anche Campriano ebbe l'accortezza di vendere il miele a un altro. E così, di anno in anno furono tutti gabbati, finché venne la buona volta che si misero d'accordo e lo scoprirono, promettendo tra loro di dargli una buona bastonata quando sarebbero tornati in montagna alla prossima stagione del miele.

Campriano, che stava sempre a orecchie ritte, specialmente quando andava in città, venne a sapere da un ragazzo di bottega cosa l'aspettava e preparò le sue difese. Infatti, quando seppe che stavano per arrivare gli speziali andò nella stalla e prese due conigli proprio uguali tra loro con una stellina bianca sulla testa; poi ne dette uno alla moglie: le disse cosa doveva dire e fare e, con l'altro coniglio, andò a nascondersi in una siepe dietro la casa e aspettò.

Non passò molto tempo che arrivarono gli speziali con dei grossi bastoni e chiesero alla donna notizie del marito.

« Se sapeste, se sapeste » cominciò a lamentarsi la donna « se sapeste che razza di mascalzone avevamo preso per farci da garzone... Di certo avrà imbrogliato anche voi! Pensate che metteva l'acqua nel latte che vendevamo, la semola nella farina di castagne, allungava il vino... insomma dopo aver imbrogliato tutti i mercanti che venivano da noi l'altro giorno è scappato lasciandoci nella disperazione... Ma voi volevate Campriano! È nei campi, e ora ve lo mando subito a chiamare... »

Alzò una cesta e prese il coniglio dicendo:

« Vai, corri Stellino, vai a cercare Campriano e digli che venga subito che c'è gente che lo aspetta! »

Detto questo lasciò andare il coniglio nell'aia e la bestia, sentendosi libera, prese la corsa a rotta di collo giù per i campi. Non era passato molto tempo che arrivò Campriano tenendo in braccio l'altro coniglio e carezzandolo, disse alla moglie:

« M'avevi mandato a chiamare? »

« Non te l'ha detto Stellino che c'erano questi signori? »

Gli speziali, quando sentirono che quel coniglio capiva e parlava, lasciarono da parte ogni rancore e cominciarono a informarsi della cosa, e capito che si trattava d'una bestia intelligente cominciarono a chiedere a Campriano che la vendesse. E Campriano a dire di no per tutto l'oro del mondo e loro a dire di sì per tutto quello che avevano. Finì che il coniglio fu venduto per cinquecento scudi e gli speziali se ne andarono soddisfatti facendo discorsi su discorsi nelle orecchie del coniglio.

Anche in questo caso non dovette passare molto tempo perché la verità venisse fuori; e qui gli speziali che s'erano indebitati per avere quell'animale, decisero d'andare subito in montagna a fare i conti con Campriano che anche questa volta seppe tutto per tempo e corse subito ai ripari.

Andato nella stalla prese una decina di quegli scudi che aveva avuto in pagamento del coniglio e li mise uno a uno nel di dietro del somaro. Quando arrivarono gli speziali infuriati e gli gettarono ai piedi il coniglio richiedendo indietro i soldi, Campriano non se la prese; disse che avessero pazienza qualche giorno e avrebbe restituito tutto con l'interesse, dato che con quel danaro aveva fatto un acquisto che gli avrebbe reso in breve una fortuna.

« E che sarebbe? » chiesero incuriositi gli speziali.

« Una cosa che non vi riguarda... »

« Lo vogliamo sapere... vogliamo vedere come farai a restituirci cinquecento scudi in pochi giorni! »

« Allora se proprio ci tenete e volete essere sicuri venite a vedere nella stalla. »

Arrivati davanti al somaro Campriano cominciò a frugare negli escrementi della bestia con un bastoncello e ne vennero fuori alcune monete d'oro, poi, siccome i ciuchi son portati a vuotarsi il corpo appena vedono gente, il somaro fece i suoi bisogni e ne vennero fuori altre monete.

Gli speziali non credevano ai loro occhi e, quando seppero che si trattava d'una bestia portentosa che avrebbe fatto così finché campava, la vollero comprare, costasse quel che costasse. E ci vollero loro altri mille scudi per avere quel povero somaro che si portarono in città con tutte le cure possibili, perché Campriano, consegnandolo, si raccomandò:

« E state attenti a non fargli fare la fine del mio povero coniglio che per averlo tenuto male gli avete guastato tutta la virtù! »

Non ci volle molto agli speziali per capire che quel somaro faceva soltanto quello che fanno tutti gli altri somari, e questa volta, che avevano dovuto vendere i beni per fare l'acquisto, arrivarono presto in montagna alla casa di Campriano, il quale però aveva preso le sue precauzioni. Siccome aveva una bella pentola di coccio spesso che manteneva a lungo il calore e quando si toglieva dal fuoco continuava a far bollire l'acqua per un bel pezzo, disse alla moglie di tenerla sempre sul fornello piena d'acqua e di metterla sul tavolo di cucina prima che entrassero gli speziali.

Così fu fatto. Campriano accolse sull'aia quella gente infuriata e li calmò dicendo che forse l'aria della città non si confaceva all'asino, che però aveva sempre fatto monete d'oro e quindi avrebbe continuato a farne; ragion per cui era dispostissimo a riprenderselo e a restituire quello che avevano speso non appena avesse controllato che all'asino non era stato fatto niente di male. E dato che erano arrivati nell'ora del pranzo, perché non passavano a mangiare con loro un boccone alla buona come si fa tra gente semplice?

Entrati dentro la cucina gli speziali videro che la pentola stava bollendo sulla tavola e si meravigliarono, per cui chiesero che strana pentola fosse quella.

« È una cosa di famiglia che ho avuto da un mio zio » rispose Campriano senza farci troppo caso, « basta metterla sulla tavola con l'acqua e quella bolle da sé, senza bisogno d'accendere mai il fuoco. »

« Ma è mai possibile? » chiese uno della compagnia.

« Guardate da voi: il fuoco è spento – la moglie infatti aveva tolto la brace dai fornelli – e la pentola bolle. Credete che per me questa pentola è stata sempre un gran risparmio... Ora basta aspettare un momento che la minestra sia cotta e ci mettiamo a sedere. »

La pentola sulla tavola fumava e bolliva, bolliva e

fumava; e intorno gli speziali la guardavano a bocca aperta. Quando fu il momento la massaia prese un ramaiolo e cominciò a mettere nelle scodelle la minestra ancora bollente che nessuno riusciva ad accostarla alla bocca.

Gli speziali cominciarono a scambiarsi occhiate e prima che il desinare finisse, uno di loro disse:

« Sentite, Campriano, noi metteremo da parte ogni nostra pretesa, ma voi ci dovete vendere questa pentola per un prezzo ragionevole. »

« Oh, questa poi no: vi ho già detto che è un oggetto di famiglia che mi ha consentito di fare un gran risparmio... e poi se la vendessi mi parrebbe d'offendere la memoria del mio povero zio... Che Dio l'abbia nella gloria dei santi!... Vada per il coniglio, vada per l'asino che erano cose comprate, ma la pentola deve restare alla nostra famiglia! »

Ma quelli non gli dettero pace: e ce la dovete dare, dal momento che per colpa vostra abbiamo già fatto due brutti affari; e dovete capire che per il nostro lavoro c'è di grande aiuto; e noi siamo disposti anche a pagare un prezzo ragionevole... Insomma a mezzo pomeriggio l'affare fu fatto per altri duemila scudi.

Tornati alle loro case gli speziali tutti contenti dissero alle loro mogli che bell'affare avevano combinato. E queste, che sapevano come erano andati gli altri, cominciarono ad andare su tutte le furie, dato che per quegli acquisti erano andate quasi in rovina le famiglie. Ma i mariti le zittirono dicendo di aspettare a giudicare quel portento che avevano portato. L'indomani si trovarono tutti a mangiare insieme dicendo alle mogli di non portare e non preparare nulla. Quando cominciò ad avvicinarsi mezzogiorno riempirono la pentola d'acqua e, facendo mille attenzioni perché non si rompesse, la misero in mezzo alla tavola apparecchiata aspettando che bollisse. E venne mezzogiorno, venne l'una e vennero le due: la pentola non bolliva. La girarono, la rigirarono; cambiarono l'acqua, la misero in terra, su una sedia: la pentola non bolliva e la fame e la rabbia aumentavano.

Alla fine le mogli infuriate presero i poveretti a scopate e li cacciarono fuori, cercando qualche tozzo di pane nella dispensa.

Gli speziali corsero con la pentola da Campriano che già li aspettava e aveva detto alla moglie di nascondersi in seno una vescica di porco piena di salsa di pomodoro e, quando lui l'avesse percossa con un bastone, dopo aver urlato un po', si doveva gettare in terra come morta rompendo la vescica piena di salsa imbrattandosi quanto più poteva.

Gli speziali non stettero nemmeno a bussare ed entrarono in casa di Campriano urlando:

« Ah, maledetto serpente! Questa è l'ultima che ci fai: ci hai ridotto nella miseria, ci hai fatto diventare ridicoli tanto che le nostre mogli ci hanno cacciato a suon di scopate! Dove sei? Vieni fuori, scorpione velenoso, che ti vogliamo mandare subito all'altro mondo. »

Campriano con le sue solite maniere cercò di calmarli e, data un'occhiata alla pentola, disse subito:

« Avete ragione! Questa non è la pentola che mi ha dato mio zio. Chi l'ha cambiata?... Ah, sei stata tu » urlò rivolgendosi alla moglie « sei stata tu che l'hai sostituita con quella che comprammo al mercato... Non te ne volevi disfare, eh?... Ti faceva comodo brutta sfaticata, avere sempre l'acqua calda a disposizione... Guarda che figura mi hai fatto fare con questa gente! Ma non la passerai liscia, non la passerai... »

Così, preso un bastone che aveva a portata di mano, cominciò a far finta di bastonare quella poveretta che urlava e si lamentava, tanto che gli speziali dicevano:

« Lasciatela, lasciatela, che l'ammazzate! »

Ma Campriano giù legnate senza misericordia urlando:

« Fuori la pentola, brutta vipera... »

A quel punto la donna si lasciò cadere in terra impiastrandosi con il pomodoro.

« L'avete ammazzata! » disse uno degli speziali inorridito.

« Avete ammazzato la moglie per questa storia? » chiese un altro.

« Non vi preoccupate, » disse Campriano « lo faccio tante volte. »

« Lo fate tante volte? »

« Sì, tutte le volte che ce n'è bisogno l'ammazzo. »

« Voi siete impazzito? »

« No, no, state a vedere e non è nulla. Aspettate un momento che vado a prendere la trombetta del giudizio. »

Gli speziali rimasero sbalorditi, e più lo furono quando Campriano tornò, di lì a poco, con una trombetta dicendo:

« Questa è una delle trombette del giudizio universale che furono preparate già dall'origine del mondo e messe in serbo. Se non che un mercante che conosco ha potuto averne una e me l'ha data a un prezzo onesto. Ha la proprietà che quando si suona resuscita anche un morto stecchito: state a vedere! »

Andò alle orecchie della moglie e sonando la trombetta ora nel destro ora nel sinistro, tanto fece che la donna cominciò a battere gli occhi, poi ad aprirli, e infine a riaversi come se si fosse svegliata da un sonno. Poi si sollevò e disse:

« Oh, Campriano, m'avevi ammazzato un'altra volta! Ma ce ne hai messo del tempo a resuscitarmi oggi! Sai che ero quasi arrivata in purgatorio? »

Gli speziali li guardavano trasecolati e non riuscivano a dire una parola. E quando la donna se ne fu andata a lavarsi, come si riprendevano dallo sbalordimento, andavano uno dopo l'altro dal contadino a dire:

« Campriano, vi do tutto quello che volete, ma questa trombetta me la dovete vendere a tutti i costi. »

Campriano non la voleva cedere a nessun prezzo, ma poi, dato che come sempre quegli sciocchi si associarono pur di portarsela via, la dette per tremila scudi sonanti e ballanti, e rimase ricco con la sua sposa a vederli tornare di corsa verso la città, che non vedevano l'ora di provare quell'arnese.

E l'occasione si presentò prima di quello che pensassero, perché le mogli, insospettite del ritardo, s'erano riunite ad aspettarli, dicendosi di tanto in tanto una con l'altra:

« Vuoi vedere che questi scemi si son fatti gabbare un'altra volta? »

Infatti quando i mariti arrivarono trionfanti mostrando quella trombetta come se fosse il gioiello più prezioso del mondo, le donne non ebbero dubbi e misero subito mano alle scope. Ma questa volta i mariti, sicuri di poterle poi resuscitare, si levarono dalle mani quelle che ci avevano tenute da troppo tempo, e giù botte da orbi su quelle poverette che urlavano:

« Ma ci ammazzate! »

E quelli rispondevano:

« Niente paura, che dopo vi resuscitiamo! »

E tante ne dettero che bastarono in poco tempo a spedire quelle disgraziate all'altro mondo in un baleno. Ma non si persero d'animo che, presa la trombetta il primo cominciò a zufolare negli orecchi della propria moglie: prima nel destro, poi nel sinistro e poi ancora nel destro, poi nel sinistro; ma la morta era morta e morta restava.

Allora provò il secondo, poi il terzo, poi gli altri, finché arrivarono gli sbirri e li trovarono in mezzo a quei cadaveri a suonare la trombetta. Pensarono che fossero tutti impazziti e non stettero ad ascoltare la storia di Campriano, e se dicevano d'una pentola che bolliva da sola, li credevano ancora più pazzi; e se dicevano d'un ciuco che cacava denari, li legavano con la camicia di forza; e se dicevano d'un coniglio che capiva e parlava, li mettevano dentro l'acqua ghiaccia. Alla fine il giudice li condannò a remare a vita sulle galere; e lì rimasero.

Campriano fece la dote alle figlie e le accasò tutte bene in un solo giorno, e fecero una festa che da quelle parti nessuno aveva mai visto; e mangiarono, mangiarono, che se sono ancora vivi saranno ancora là tutti beati e contenti.

La storia di *Campriano* è una di quelle narrazioni in cui non interviene minimamente l'elemento fantastico; si avvicina perciò al racconto breve e realistico, e da una serie di queste narrazioni appunto risulta costituita. Narrata in vari modi è notissima in Toscana dove sono ancora vive nell'uso alcune espressioni come "La pentola di Campriano" detto di cosa portentosa o di un recipiente che continua a scottare o bollire lontano dal fuoco; "La trombetta di Campriano" come strumento adatto a resuscitare un morto o a svegliare chi dorme profondamente; "L'asino di Campriano" indica infine una fonte inesauribile di danaro.

La grande diffusione ha comportato anche un gran numero

di contaminazioni della storia che appare anche con protagonisti dai nomi diversi (v. le varianti a *Lo speziale* del Pitrè, nelle *Novelle p. t.*, II, 12, che risultano raccolte a Firenze e a Pratovecchio). La redazione scelta dal Pitrè, come riconosce il raccoglitore nella nota bibliografica, porta nel finale la storia dell'uomo chiuso nel sacco in sostituzione del protagonista che, essendo identica a quella che si trova verso la fine delle *Sottilissime astuzie di Bertoldo* e in altre piccole narrazioni popolari, ha tutta l'aria di non appartenere al filone narrativo di Campriano. Anche I. Calvino è di questo avviso (v. *Fiabe italiane*, LXXXII).

Si è preferito quindi riferire una versione raccolta dal vivo nel Mugello con una struttura narrativa più complessa e organica e un finale "fiabescamente" crudele, ma coerente. Vi è riflesso un ambiente tipicamente toscano con la tradizionale contrapposizione montagna-pianura e campagna-città, riassunta nel detto ancora vivo: « Montanini (o contadini), scarpe grosse e cervelli fini ». Nel finale la condanna alle galere dove gli speziali dovranno remare a vita riporta a una Toscana medicea, mentre il gruppo degli speziali ha sapore di corporazione medievale.

La storia di Campriano compare in una edizione a stampa già dal 1518, ma è attendibile anche una sua origine medievale. Seguirono altre edizioni (v. *Storia del Campriano contadino*, Bologna, 1884, a cura di A. Zenatti) che ne documentano la grande popolarità. A questa figura si è rifatto evidentemente lo Straparola per la novella di Pre' Scarpacifico (*Le piacevoli notti*, I, 3). Citata dallo Zipoli nel *Malmantile racquistato* (XI, 28), venne riassunta nelle celebri *Annotazioni* (v. anche le note alla *Verdea*, V. Imbriani, *La novellaia fiorentina*, III).

Come si è detto la favola è diffusa in tutta la Toscana: G. Giannini ne raccolse una versione nel suo paese natale di Tereglio (Coreglia Antelminelli, Lucca, v. *Novelline lucchesi* in nozze Zenatti-Covacich, 1888) e il De Gubernatis la documenta per la sua raccolta nel territorio di Signa presso Firenze. Allo stesso modo si trova documentata in redazioni diverse in tutta l'area italiana.

I tre consigli

C'era una volta un ciabattino che si alzava sempre prima dell'alba per andare alla sua botteguccia, dove restava al lavoro fino a notte inoltrata per poter provvedere alla sua casa che era povera e malandata. Lavora lavora, riuscì a liberarsi dall'indigenza, comprò una casa più grande e prese moglie: una brava donna che in capo a pochi mesi era già in attesa d'un figlio.

Il calzolaio, pensando di dover provvedere alle spese del parto e al mantenimento del figlio, cominciò ad alzarsi ancora più presto e a lavorare ancora di più. Una mattina giunse alla bottega che c'era appena un filo di luce e così, tra il lusco e il brusco, vide un'ombra davanti alla porta. Avvicinatosi, si accorse che si trattava d'un morto ammazzato con un coltello nella schiena che aveva insanguinato l'uscio, la soglia e anche le sue mani. Vedendosi perduto non pensò che a fuggire, dato che ormai non sapeva come discolparsi e sarebbe certamente stato preso, processato e condannato.

Infatti fuggì in Maremma dove nessuno sarebbe mai andato a cercarlo, e qui trovò servizio presso il palazzo d'un gran signore, mezzo sapiente e mezzo mago, che da ogni parte della terra venivano a visitare principi e ambasciatori per avere i suoi consigli. Ben vestito, nutrito e alloggiato servì nella sua casa per ben venticinque anni, durante i quali si dimenticò perfino che aveva avuto una casa, una moglie e forse anche un bambino.

Da certe voci venne però a sapere che nella sua terra era cambiato sovrano, e il nuovo regnante, salendo al trono aveva concesso perdono per ogni misfatto commesso.

Gli venne così nostalgia dei suoi posti e dei suoi parenti, e volle andare a vedere se erano ancora vivi.

Prese allora congedo dal suo padrone che, siccome l'aveva servito alla perfezione, volle dargli in premio cinquanta scudi d'oro. Il ciabattino ringraziò e, fatto fagotto della sua roba, stava per lasciare la casa quando gli venne da pensare:

"Guarda guarda: sono stato tanti anni con quest'uomo che da tutto il mondo vengono a consultare per consiglio, e io non gli ho chiesto neanche un parere. Ne voglio avere almeno uno..." e tornò dal padrone a chiederglielo.

« Ti costerà ben sette scudi d'oro » gli disse il sapiente.

« Non m'importa, lo voglio lo stesso » rispose il servo posando sul tavolo i sette scudi.

« Bene, ecco il mio consiglio: In qualunque occasione non impicciarti mai dei fatti degli altri. »

« Caro per sette scudi » disse il ciabattino.

« Ma vedrai che è un buon consiglio; comunque ne ho anche di più cari e migliori. »

« Me ne dia uno da quattordici scudi! »

« Eccolo: Non lasciare mai la strada vecchia per la nuova. »

L'uomo pagò e ringraziò, ma andandosene gli venne voglia di prendere un altro consiglio, e il padrone gliene dette uno per ventotto scudi:

« La rabbia della sera lasciala sempre alla mattina. »

Non gli era rimasto che uno scudo per il viaggio e il ciabattino dovette partire, ma salutandolo di nuovo il padrone gli disse:

« Vedrai che non hai speso male il tuo capitale: i consigli che ti ho dato avrai modo di benedirli. Prendi anche questa pagnotta e mettila dentro il tuo sacco, ma ricordati di mangiarla solo durante un pranzo di letizia e risparmiala anche se tu dovessi morire di fame. »

L'uomo prese finalmente la strada e col suo fardello camminò tutto il giorno fino a buio quando si trovò in una valle deserta dove brillava un lumicino lontano lontano. Era appunto un'osteria dove non c'era altro cliente che lui, e l'oste aveva una faccia da brigante più che da uno di quel mestiere.

Come si fu seduto al tavolo e ebbe chiesto la cena,

ecco che gli venne servita la minestra in un teschio di morto che faceva spavento. Prendendo il cucchiaio in mano si accorse che il manico era fatto con un osso umano, e così le altre posate.

Come gli si rizzarono i capelli sulla testa, gli venne da urlare e chiedere ragione all'oste di quelle cose, ma gli venne subito in mente il primo consiglio del padrone: "In qualunque occasione non impicciarti mai dei fatti degli altri". Allora disse di non aver fame e salì in camera a dormire; ma come mise la mano sotto il letto per cercare il vaso da notte, ecco che sentì qualcosa di strano; guardò meglio e vide che c'era un morto. Corse subito alla finestra per urlare aiuto, ma si ricordò ancora del consiglio e rimase là fino al mattino senza fare una parola.

Quando fu per andarsene chiese quanto doveva per l'ospitalità, l'oste rispose:

« Nulla, perché non avete mangiato nulla e non avete dormito nel letto. Ma avete notato qualcosa di strano? »

« Io no. »

« Meno male, perché questo è un posto dove s'ammazzano e si spogliano i ricchi di passaggio e si fanno fuori quelli che non si fanno i fatti loro! »

« Ecco sette scudi spesi bene » disse il ciabattino andandosene e, prendendo la strada, benedisse il suo padrone che gli aveva dato un buon consiglio.

Camminò ancora tutto il giorno e alla sera trovò un'osteria un po' meglio della prima. Si mise a cena con altri che tornavano dalla Maremma come lui: dissero che eran gente che aveva fatto fortuna e se ne tornava a casa a star bene; se lui voleva accompagnarsi con loro l'avrebbero preso volentieri, anche perché sapevano una strada nuova, più corta che quasi dimezzava la strada...

Il ciabattino si ricordò del consiglio del padrone che diceva: "Non lasciare mai la strada vecchia per la nuova", e cortesemente rifiutò di far la strada con loro. E fu la sua fortuna, perché arrivando la sera all'osteria dove s'erano dati appuntamento, seppe che sulla strada nuova i briganti avevano assaltato una comitiva di gente che tornava dalla Maremma e li avevano uccisi tutti per derubarli.

"Ora sì" pensò dentro di sé il ciabattino "che m'accorgo

quanto erano saggi i consigli del padrone, e a ragion veduta non paiono più nemmeno tanto cari..."

Al mattino riprese la sua strada e non si fermò che al suo paese, dove, arrivando tardi, prese alloggio in una locanda aspettando il mattino. Ma c'era aria di festa e le campane non facevano che suonare a distesa; così, volendo vedere che succedeva, si affacciò alla finestra e, guardando verso le case di fronte, vide una donna che riconobbe per la moglie: questa stava abbracciata a un prete giovane che le faceva tante carezze, né più né meno di quante gliene faceva la donna. Furibondo stava per metter mano alla pistola per ammazzare gli amanti, quando si ricordò del terzo consiglio del padrone: "La rabbia della sera lasciala sempre alla mattina". Solo perché s'era sempre trovato bene a dargli ascolto, seguì il parere e si chiuse in camera a dormire.

La mattina presto fu svegliato dalle campane e, uscito fuori, vide la gente che correva verso la chiesa e domandò cosa stava succedendo.

« La vedova del ciabattino » gli dissero « quello che scappò innocente e morì in Maremma, ha un figliolo che oggi canta messa. »

« Ma chi è il marito di questa donna? »

« Non ha più preso marito: il figlio è quello del ciabattino che la lasciò incinta... Povera donna, quanti sacrifici ha dovuto fare per quella creatura: ma oggi è gran festa e avrà una gran consolazione! »

"Povero me, che stavo per fare!" pensò l'uomo tra sé "se non era per il consiglio di quel sapiente che mi costò più caro di tutti, ma era anche il più prezioso!..."

E come andò poi si può anche immaginare: che tutti piansero perché erano stati lontani e poi anche perché s'erano ritrovati; poi piano piano si consolavano e s'abbracciavano, e quando ci ripensavano ripiangevano più di prima... Perché si seppe subito chi aveva ammazzato quello che il ciabattino aveva trovato sulla porta di bottega... e l'avevano cercato tanto senza mai poterlo ritrovare...

Postisi a tavola non mancarono gli argomenti di conversazione, e il ciabattino ebbe a ripetere chi sa quante volte la storia di quei consigli, che la gente non ci voleva credere. Finché gli tornò in mente di quella pagnotta da mangiare solo durante un pranzo di letizia e la tirò fuori dalla bisaccia. Appena la spezzò tra la meraviglia di tutti vennero fuori i suoi quarantanove scudi che il padrone aveva nascosto dentro.

Allora tutti credettero a quelle storie e le vollero sentire e risentire, e raccontando mangiavano e mangiando raccontavano, tanto che forse saranno ancora a tavola a raccontare e a mangiare.

Raccolta dal vivo a Firenze, *I tre consigli* ha una struttura ben definita che si ripete pressoché identica nelle varie tradizioni. Così si trovano solo particolari diversi nella versione raccolta a Montale Pistoiese (Nerucci, *Sessanta novelle*, LIII: *I tre consigli*) e in quella raccolta a Pratovecchio d'Arezzo (Pitrè, *Novelle p. t.*, II, 7: *I tre pareri*). Ne esiste anche una versione senese di C. Marzocchi (*Manoscritto*). Qui si parla di un ciabattino, particolare che manca in altre redazioni dove il protagonista lascia per ragioni diverse la casa.

La versione sarda, preferita da Calvino per la sua raccolta, attribuisce al padrone sapiente il nome di Salomone, il che fa pensare a illustri provenienze.

La favola è diffusa in diverse parti d'Italia (v. ad es.: Pitrè, *Fiabe, novelle e racconti p. s.*, III, 197: *Li tri rigordi*, con il breve apparato critico).

A chi prima s'adira

Dove ora non c'è più, c'era una volta una casa in cui viveva un padre con tre figli. Giunto in punto di morte, l'uomo chiamò i tre fratelli e disse loro:

« Ragazzi, nella vita ho accumulato dei bei quattrini: vi lascio a ciascuno uno staio di monete d'oro perché possiate andare nel mondo a fare fortuna. » Rimasti soli, disse allora il maggiore:

« Voglio prendere il mio staio e andarmene a tentare il destino. »

Così partì il giorno dopo e camminò non si sa quanto finché alla fine, in un paese lontano, incontrò un prete che gli disse:

« Dove andate, bravo giovane? »

« In questa bisaccia porto uno staio di quattrini e vo per il mondo a tentare la fortuna. »

« Fate bene; e se volete cominciare subito, perché non venite con me: ne ho uno staio anch'io: si mettono insieme e facciamo un patto che chi prima s'adira li perde e l'altro li piglia tutti e due. »

« La cosa mi piace » disse il ragazzo e, messi i suoi quattrini insieme a quelli del prete, rimase alla canonica a fare da garzone.

Il giorno seguente, di buon mattino, il prete andò a svegliarlo e gli disse:

« Oggi, caro giovanotto, come prima cosa dovete andare al prato a badare le pecore: tenetele bene e restate là che a mezzogiorno vi manderò da mangiare. »

Il ragazzo partì e fece il suo lavoro, ma il tempo passò e,

aspetta mezzogiorno, aspetta il tocco,[1] aspetta le due, il mangiare non arrivò. Quando fu sera fece rientrare le pecore e affamato come un lupo andò a protestare dal prete che era una vergogna far morire di fame uno che lavorava e tradire i patti. Il prete lo lasciò dire e poi senza perdere la pazienza lo andava calmando:

« Non liticate, amico mio, non ve la prendete, per così poco: vi ci farete il sangue cattivo! »

« Ma sì che litico, ma sì che me la prendo: vi pare una bella cosa... »

« Ma per tanto poco, vale poi la pena? »

« E come poco?... »

« Allora vi adirate? »

« Sì che mi adiro, eccome! »

« Allora ricordatevi il patto: vi siete adirato e i quattrini son miei. Andate pure in pace che la vostra fortuna l'avete già fatta. »

« Ah, no... »

« Ah, sì! Ve lo dicevo di non adirarvi per tanto poco. »

Il ragazzo perse lo staio di quattrini e il prete raddoppiò il capitale.

Quando il maggiore ritornò a casa e raccontò ai fratelli com'era andata, se ne sentì dire di tutti i colori, finché non sbottò:

« Provate voi ad andare a far fortuna! »

« Voglio provare proprio io » disse il mezzano « e voglio vedere se fo come hai fatto tu con quel prete! »

Detto fatto partì, ma è inutile dire che trovò lo stesso prete, fecero *a chi prima s'adira*, e il prete ci giocò le due staia: fu mandato al campo, lasciato senza desinare, tornò la sera, s'adirò e perse tutto il suo, lasciando il prete con tre staia di quattrini sonanti e ballanti.

Quando fu tornato a casa disse il minore:

« Caspiterina, voglio provare io e non voglio fare come avete fatto voi due. »

Inutilmente lo scongiurarono i fratelli: il ragazzo volle partire: la mattina prese il suo staio di monete, prese la stessa strada e andò verso il suo destino.

[1] Le tredici. Così si usa dire in Toscana.

Quando ebbe camminato quanto gli altri due incontrò il solito prete che gli domandò:

« Dove andiamo di bello, bravo giovane? »

« Ho avuto in eredità uno staio di quattrini e con questo vado a tentare la fortuna. »

« Io ne ho tre e li metto contro il vostro facendo un patto: voi state al mio servizio e chi di noi due prima s'adira li perde e l'altro se li piglia tutti. »

« Sono d'accordo: questa è una proposta che mi piace. Andiamo! »

La mattina anche lui fu svegliato di buon'ora e mandato ai prati a badare un branco di pecore e pascolare parecchi maiali, con la promessa che sarebbe arrivato a suo tempo il desinare. Ma il ragazzo non stette ad aspettarlo, che se no faceva la fine degli altri due. Se ne andò invece da un macellaio e combinò su due piedi un buon affare: intascò tutti i quattrini, si fece dare i velli delle pecore e le code dei porci; poi andò a farsi un desinare coi fiocchi e con comodo se ne ritornò ai prati.

E che architettò questo furbacchione? Le pelli le stese tutte in alto sui rami degli alberi e le code andò a piantarle in terra nel pantano, poi si mise a urlare:

« Misericordia di Dio! Miracolo... miracolo... tutte le pecore sono volate in paradiso e tutti i maiali sono precipitati nell'inferno... »

La notizia si diffuse in un baleno: il prete dovette correre a precipizio e quando vide quello spettacolo si strappava i capelli dalla disperazione: va per tirare su una coda e gli rimane in mano; chiama in alto le pecore e le pelli dondolano al vento.

« Maledizione, maledizione » andava dicendo il prete tra i denti; e il ragazzo subito a domandargli:

« E ora s'adira, padrone? »

« No che non m'adiro » disse con due occhiacci da demonio « no che non m'adiro... Per tanto poco? Ci mancherebbe altro! »

Siccome la perpetua se n'era andata via, il prete pensò di mettere quel legno torto a far un lavoro dove potesse fare meno danni, perché la perdita delle bestie gli bruciava. La mattina dopo chiamò il ragazzo e gli disse brusco:

« D'ora in avanti mi farete da cuoco e penserete alle

faccende di casa, e guardate di guadagnarvi almeno quello che mangiate! »

« Ai vostri ordini. Dite: che devo fare per desinare? »

« Siccome è vigilia io direi di fare due fagioli e un po' di cavolo strascicato.[1]»

Detto questo il prete se n'andò per certi suoi affari a un paese vicino e il servo si mise a pensare:

"Ha detto due fagioli e due fagioli si hanno da fare, ma la pentola ci vuole quella che ci vuole."

Mise al fuoco un pentolone d'acqua che ci si sarebbero cotti fagioli per un reggimento e andò a fare la spesa. Comprò due fagioli, due di numero, e li ebbe per niente perché costava più la carta per farci il conto; andò poi dall'ortolano e comprò un mazzo di cavolo nero: ma invece di farselo incartare se lo fece legare con uno spago lungo e, tirandolo per terra, come si trascina un balocco, cominciò a strascicarlo per tutta la strada, tra fossetti, fogne e lordure, fino alla porta di casa. L'acqua ormai bolliva e ci mise a cuocere i due fagioli e li fece bollire tutta la mattina.

All'ora del pranzo arrivò il prete con il solito appetito che aveva e che era sempre parecchio. Disse:

« Allora, giovanotto, andiamo a tavola? »

« Ho preparato tutto a puntino... C'è un cavolino strascicato bene bene e dappertutto che di meglio non si poteva fare. Però m'è successo un guaio, reverendo... »

« Vediamo » disse il prete col sudore freddo « mica me n'avrai combinata ora una delle tue? »

« No, ma nello scolare i fagioli nell'acquaio me n'è andato uno giù per il buco, e ora saranno rimasti pochi! »

« Animo, animo, che non è proprio nulla: vedo che tu hai messo al fuoco una caldaia che ce ne sarà dentro mezzo staio: qualcosa ci sarà ben rimasto! »

« Ah, caro padrone, ma le parole sono parole: mi avete detto di metterne sul fuoco due, e due n'ho messi: uno se n'è andato giù per il buco dell'acquaio e n'è rimasto solamente uno. »

[1] Cavolo strascicato: in Toscana si indica per lo più il cavolfiore già bollito, messo in padella e passato ripetutamente sul fondo con poco olio e aglio. Qui per maggior beffa il cavolo è nero.

Il prete si stizzì, ma si guardò bene dall'adirarsi, tanto più che il ragazzo cercò di rabbonirlo:

« Non se la prenda, reverendo, si metta a mangiare il cavolo, che quello sarà certamente saporito! »

« Dimmi, allora me l'hai strascicato tutto per benino in padella? »

« In padella?!... Ma non c'è molto da strascicare in padella: io l'ho strascicato dappertutto: per la strada, lungo i muri, per le scale... »

Nel dire questo gli portò davanti il cavolo tutto pieno di lordura e legato con lo spago. Il prete, furibondo, cominciò a contorcersi che quasi usciva dai panni. Alla fine, dopo che si fu morso la lingua diverse volte, si mise a urlare:

« Ma chi t'avrà mai mandato a farmi disperare? Maledetto sia il giorno che t'ho incontrato! Non ti si può dire di fare una cosa, che subito capita una disgrazia. Ci sono tanti garzoni che senza bisogno di star loro alle costole fanno fuori e in casa e sbrigano faccenda dopo faccenda senza bisogno di aver nulla da ridire. »

« Non ve la prendete troppo reverendo, che domattina farò fuori e in casa come volete voi. »

« E va bene: domani farai un pranzo di testa tua e farai fuori e in casa come tutti i servitori di questo mondo. »

Il giorno dopo il prete aveva da dire una messa nella parrocchia vicina e partì di buon mattino. Quando tornò all'ora di pranzo e suonò alla porta, nessuno venne ad aprirgli, tanto che dovette far scassinare la serratura da un fabbro. Entrato cominciò a cercare il servo, ma in cucina non c'era: il fuoco era spento, da mangiare non c'era nulla e dalle scale veniva una voce che cantava:

« E io so fare fuori e in casa... e io so fare fuori e in casa... »

Il prete salì e su nel palco trovò il ragazzo a cavalcioni a una finestra che, cantando, con una mano passava il cencio sui vetri della finestra, e con l'altra passava un pennello verniciando il muro esterno. Appena si fu avvicinato si sentì salutare:

« Ben tornato, padrone! Avete visto se sono stato buono anch'io di fare fuori e in casa? Ve lo dicevo... e ora avete visto? Solo che per fare questo lavoro mi sono consumato quasi tutto il cavallo dei calzoni. »

Non aveva finito di parlare che già gli stava mostrando il didietro, per cui il prete cominciò a far stridere i denti dalla rabbia, dicendo furibondo:

« Ma quale diavolo t'avrà portato mai in questa casa?... »

« Mica si è adirato, reverendo? »

« No che non m'adiro, ma questa è l'ultima che mi combini; dico: l'ultima! »

Disperato il prete, pur di vincere la scommessa fu costretto a prendere due donne di servizio, perché, se aspettava che il ragazzo gli facesse qualcosa, poteva anche morire di fame; e pensò d'affidargli qualche lavoretto innocuo, in modo da poterlo fare adirare quando meno se lo sarebbe aspettato. Così il servo passava le giornate con le mani alla cintola, mangiando quanto un tribunale alle spalle del prete che moriva di rabbia, ma non si tradiva.

Una bella mattina, che il servitore gli aveva chiesto come sempre:

« Padrone, che ho da fare? » il prete gli disse:

« Attacchiamo il cavallo al calesse: ho da andare per faccende e tu mi farai compagnia. »

Fu attaccato il calesse e i due vi salirono: uno schiocco di frusta e il cavallo trottò via. Non avevano fatto quanto un tiro di schioppo che il prete battendosi il capo fermò il cavallo e disse:

« Mi son dimenticato le scarpe che volevo dare al calzolaio per risolare: vai a prendermele che io t'aspetto qui... non ho voglia di far girare il cavallo. »

Il ragazzo scese dal calesse e salì in casa, andò nella camera dove le serve stavano rifacendo i letti e disse:

« Mi ha ordinato il padrone che vi baci qui subito tutt'e due. »

« Ma tu sarai impazzito » risposero quelle « possibile che il reverendo abbia comandato una cosa simile? »

« E come no? Ha fermato il calesse apposta e m'ha mandato su... »

Insomma tanto disse e tanto fece che una la baciò: ma l'altra non la voleva intendere e si rifiutava d'ammettere che un prete fosse tanto mascalzone. Allora quello si affacciò alla finestra e chiese al prete:

« Padrone, avete detto una o tutt'e due? »

« Tutt'e due, scemo! Cosa vuoi che serva una sola? »

« Hai sentito? » disse il servo all'altra ragazza « avevo ragione o no? »

E nel dir questo baciò anche lei.

Quando tornò al calesse era passato del tempo; il prete era impaziente e lui a mani vuote. Chiese il padrone:

« E le scarpe? »

« Che scarpe? Io sono andato a baciare le serve. »

« E chi te l'aveva detto? »

« Voi. »

« Io?! T'avevo detto d'andare a prendermi le scarpe! »

« E io ho capito che dovevo andarvi a baciare le serve. »

« Ah, maledetto! Questa, se è vera, me la paghi! »

Infuriato salì in casa e domandò alle serve com'era andata, e quelle glielo dissero.

« E voi, stupide, vi siete fatte baciare tutt'e due. »

« Certo, erano i vostri ordini: ve l'ha anche domandato dalla finestra. »

A queste parole il prete perse il lume degli occhi e cominciò a strillare come un'aquila, dicendo:

« Vai via!... Vai via, maledetto che non ti riveda più: queste cose in casa mia non si pensano nemmeno... il buon nome... la reputazione... il sacrilegio... Vai via... vai via e non mi ricomparire mai più davanti! »

« Ma, reverendo, che s'adira? »

« Certo che m'adiro, e fo anche peggio: ti bastono, ti rompo le costole una a una... »

« Allora proprio questo aspettavo: datemi le mie staia di quattrini che ho vinto secondo i patti e non ci vedremo mai più. »

Il prete dovette pagare il dovuto, e se prima era furibondo, dopo diventò furibondo tre volte dalla rabbia, dalla stizza, dal rovello d'essersi fatto menare per il naso da un ragazzo che gli aveva fatto perdere il suo tesoro.

Il ragazzo tornò a casa dai fratelli riportando il capitale e gl'interessi e credo che ancora il prete l'abbia da rivedere.

A chi prima s'adira è desunta dalle *Novelle p. t.* (V, *I tre fratelli*) del Pitrè che non indica né il nome dell'informatore né il luogo di provenienza, riferendo anche una variante di Pratovecchio. Novelle simili, con circostanze e avventure diverse, sono più o meno note in tutta la Toscana: un'altra di Pratovecchio ne riferisce l'Imbriani (*La novellaia fiorentina, Il prete che mangia la paglia*) e il Comparetti ne riferisce una versione pisana.

Qui si nota con evidenza il limite del metodo di raccolta usato dai ricercatori dell'epoca del Pitrè, e il probabile tradimento degl'informatori. Tutte le volte che ho sentito narrare dal vivo questa novella (in Mugello, come a Montepulciano o a Firenze) l'avventura finale era ben diversa e più chiara: il ragazzo non si limitava a baciare le due serve, facendo qualcosa di più, il cui risultato appariva non subito, ma alcuni mesi dopo quando il prete si trovava, in breve giro di tempo, a veder aumentata la famiglia. Allora si spiega più logicamente come il prete possa perdere le staffe, dopo aver dimostrato d'essere così padrone dei suoi nervi; la reazione risulta sproporzionata di fronte a un bacio, che anche il proverbio considera peccato veniale: *Bacio non fa bucio.* Evidentemente ha agito o l'autocensura dell'informatore, o una censura successiva del raccoglitore che doveva veicolare in un contesto borghese una fiaba che risultava cruda, spietata e immorale, soprattutto dal momento che non si trattava più di un mondo fiabesco, ma di un ambiente reale e d'un contesto possibile e riscontrabile.

La "toscanizzazione" della fiaba appare da più elementi: la figura del prete astuto che rimanda in parte alla novella di *Dodicino*, in cui si ritrova anche l'espediente della simulata e beffarda fuga degli animali all'inferno e in paradiso; la vita della canonica; la beffa del cavolo strascicato; la sfida intesa come un gioco di psicologia e d'intelligenza.

L'equivoco sulla parola (due fagioli, cavolo strascicato, far dentro e fuori) è un po' insolito in Italia e rimanda, forse non solo per analogia, all'eroe popolare che ne fece uso e abuso: Till Eulenspiegel.

La fiaba diviene meno paradossale e più comprensibile se viene collegata al noto proverbio: "Chi s'adira ha torto".

Il basilicone

C'era una volta, dove non me lo ricordo, una bella ragazza di nome Caterina che ogni giorno andava da una sarta per imparare a cucire e aveva ricevuto l'ordine dalla maestra d'annaffiare ogni mattina una pianta di basilico che stava sul balcone. Ora bisogna sapere che questo balcone dava sulla strada principale lungo la quale andava a passeggiare ogni mattina il figlio del re.

Il principe, passa oggi passa domani, notò quella straordinaria pianta di basilico mai vista, tanto era cresciuta per essere ben curata e annaffiata da quella bella ragazza, alla quale non mancava mai di rivolgere la parola dicendo:

Bella ragazza di sul balcone,
quante foglie ha il vostro basilicone?

La Caterina non gli rispondeva, ma si rodeva dentro, per cui un giorno disse tutto alla sua maestra che, essendo una donna vecchia e scaltra, le suggerì come rispondere per le rime.

Quando venne la mattina, infatti, attese che il figlio del re passasse e, quando tornò a ripetere la solita domanda:

Bella ragazza di sul balcone,
quante foglie ha il vostro basilicone?

prontissima gli rispose rivolgendogli un'occhiata di sfida:

E voi, figliolo del re imperiale,
quante stelle ci sono in cielo e pesci in mare?

Il principe s'accorse d'avere a che fare con chi gli sapeva rispondere e pensò subito di giocarle un altro tiro.

Il giorno dopo ecco infatti che si traveste da pescatore, prende sotto il braccio una gran cesta di bellissimi pesci e va a passare sotto il balcone dove Caterina stava annaffiando il suo bel basilico. E come se avesse fatto sempre quel mestiere il figlio del re si mise a gridare:

« Pesci, pesci... guardate stamattina che bei pesci! »

Urlò tanto forte che lo sentì perfino la maestra che era in casa e, siccome era tanto ghiotta del pesce, mandò subito Caterina a informarsi su quanto costava.

Il principe non aspettava altro e, strizzando l'occhio, rispose che il pesce sarebbe stato tutto suo, ma solo al patto che gli desse un bacio, e in caso contrario per nessuna cifra al mondo. Caterina avvampò di rabbia e piantandolo in asso corse a riferire alla maestra quello che aveva risposto il pescatore. Ma la sarta, alla quale il pesce piaceva oltre ogni dire, potendolo avere anche per nulla, le consigliò:

« Ma cosa vuoi che sia un bacio? Ti pare che sia il caso di perdere questa occasione? Bacialo... ma chiamalo dentro al portone, in maniera che nessuno ti veda. Bocca baciata non perde ventura! »

La ragazza obbedì come sempre alla maestra, anche se questa volta lo fece controvoglia e di malanimo. Il pescatore però, dopo averla baciata e ribaciata, in un lampo prese la cesta del pesce e sparì di corsa senza lasciarle neppure un'acciuga. Ma non bastò: la mattina dopo, passando all'ora consueta sotto il balcone, il principe prese a cantare allegramente:

Mi baciasti e mi ribaciasti,
ma del mio pesce non ne assaggiasti!

E furono strilli e pianti di rabbia della povera Caterina che si vide ingannata e presa in giro. E la maestra, che si sentiva un po' in colpa per quanto era successo, le suggerì il modo di rivalersi con quello sfacciato: le fece un bel vestito da mercante turco, le mise un gran turbante e due baffoni neri, la mise poi in groppa ad una mula che caricò di stoffe e cinture preziose e la mandò a esporre la mercanzia sulla piazza principale, dove il principe soleva passare ogni mattina.

Il principe, manco a dirlo, passò e fu attirato da tutta

quella bella merce: soprattutto una cintura era di una bellezza straordinaria e il giovane volle saperne il prezzo, disposto a comprarla costasse quel che costasse:

« Questa non la vendo per danari » rispose Caterina « infatti ho giurato di darla a chi la meriterà »

« E che si deve fare per averla? »

« Soltanto baciare la mia mula sotto la coda. »

Il principe scosse la testa, ci ripensò, guardò la cintura... la mula, poi di nuovo la cintura e, preso il coraggio a due mani, pur di avere quell'oggetto bellissimo, dette un bacio alla mula nel posto indicato, ma quando fece per prendere la cintura, il mercante era già in sella e, spronato l'animale, sparì in un amen.

La mattina la ragazza aspettò a gloria l'ora in cui il principe doveva passare, e quando arrivò tutto giulivo cantando:

Mi baciasti e mi ribaciasti,
ma del mio pesce non ne assaggiasti!

Caterina rispose finalmente dando sfogo a tutta la rabbia:

Baciasti il sottocoda della mula,
ma non avesti la mia bella cintura!

Il principe che era anche molto stizzoso andò su tutte le furie e corse via furibondo almanaccando già sul modo di prendersi una rivincita. Pensa e ripensa, la sera andò ad appostarsi nel sottoscala e, favorito dal buio, quando Caterina scese le scale per tornarsene a casa, allungato un braccio tra gli scalini di legno, le prese un lembo della gonna e lo tirò senza lasciarlo andare. La ragazza tutta spaventata, non vedendo nessuno, pensò che si trattasse di qualche spirito, e si mise a gridare:

Signora maestra, signora maestra,
il babau mi tira la vesta!

Messale addosso una bella paura, il principe lasciò andare la gonna e, non visto, se ne tornò alla reggia; ma la mattina dopo se ne tornò con gran gusto sotto il balcone, dove Caterina annaffiava la pianta di basilico, a cantare a squarciagola:

Signora maestra, signora maestra,
il babau mi tira la vesta!

Visto il dispetto di Caterina e la piega che stava prendendo la cosa, la maestra allora non mandò più Caterina ad annaffiare la pianta sul balcone, e il principe passando cominciò a trovarci la vecchia, per cui gli passò la voglia di cantare... Anche perché nello scherzare non si era accorto d'essersi innamorato di quella Caterina che ora cominciò a mancargli tanto, e sempre più aveva paura che si fosse ammalata, e tanto se la prese che finì per ammalarsi proprio lui.

Per fortuna la sarta era cugina d'un cameriere del re e venne a sapere quello che avveniva nella reggia, e gli ci volle poco, esperta com'era delle cose della vita, a capire cosa stava succedendo. Allora, per mezzo del cugino, fece in modo che Caterina, tutta vestita da morte secca, col viso dipinto di bianco e un moccolino acceso in cima ad ogni dito delle mani, entrasse nella camera dove il principe giaceva a letto malato.

La ragazza salì ritta sul fondo del letto e stando dietro i cortinaggi bianchi, si mostrò al giovane, e fece la sua parte tanto bene che il giovane la credette davvero un'apparizione. Pensando che fosse proprio la morte venuta a prenderlo, cominciò ad implorare:

Morte, bella morte, fammi arrivare a domattina
che possa rivedere la mia cara Caterina!

Ma quella furba della morte scoteva sempre la testa dicendo di no, per quanto il principe la implorasse con quelle parole. Alla fine il moribondo cambiò preghiera e disse:

Morte, bella morte, fammi arrivare a domattina
che possa sposare la mia cara Caterina!

Allora la morte fece di sì con la testa e scomparve: passando da dove era venuta tornò segretamente alla sua casa. Sul principe la visita fece un effetto straordinario, tanto che guarì immediatamente e si sentì meglio di prima. Ma si era appena alzato da letto, che non poté fare a meno d'andare sotto il balcone per vedere se riusciva almeno a sentire la voce della ragazza. E la voce la sentì, bella e squillante che diceva:

Morte, bella morte, fammi arrivare a domattina
che possa sposare la mia cara Caterina!

Questa volta non ce la fece nemmeno ad arrabbiarsi perché s'accorse subito d'essere innamorato morto di quella ragazza, e corse immediatamente dal padre a dirgli che la voleva sposare. Il re disse subito di no perché l'umile condizione della ragazza non lo consentiva, ma poi intervennero la regina... e i cortigiani... e insomma tutti quanti, preoccupati che il principe non cadesse di nuovo ammalato.

Così si fecero le nozze e non ci fu uno che ebbe da ridire sulla scelta di Caterina, perché infatti pareva nata proprio per fare la principessa. E fra feste, suoni e balli andarono avanti un pezzo, tanto che si dimenticarono di smettere, e chi è passato di là dice che ci sono ancora.

Il basilicone riflette un ambiente popolare-borghese legato alla giornata di lavoro di una maestra sarta quale può essere stata in tempi non remoti: anche i riferimenti alla corte lasciano trasparire il mondo di un palazzo granducale, più che quello di una reggia vera e propria o fantastica. Il tema del motteggio, la beffa, il *dispetto* è in chiara trascrizione toscana ed ha infiniti riscontri nei canti e negli stornelli d'amore. Il testo è una versione pisana narrata da Maria Romiti Micheli-Pellegrini.

La narratrice segue parallelamente le narrazioni "classiche" con la sola variante del finale dove non compare l'ultima astuzia della ragazza: infatti il principe, sentendosi scornato, vuole ucciderla la notte delle nozze proprio nel suo letto, ma la ragazza mette al proprio posto una bambola di pasta riempita di rosolio e il giovane sposo, ferendo quella, si accorge di quanto era buona e dolce la sposina, che esce da un nascondiglio e tutto s'accomoda come sempre.

Così ne *La maestra* (G. Pitrè, *Novelle p. t.*, XIII) raccolta a Firenze e ne *La Stella Diana* che ne riferisce una versione milanese (v. Imbriani, *La novellaia fiorentina*, III, in nota).

Non ha invece parentela alcuna, tranne che per il finale che qui manca, con *Caterina furba* (G. Nerucci, *Sessanta novelle*, LVI, nonostante la segnalazione del Pitrè). Allo stesso modo, pur narrando la storia d'una ragazza che con una serie di dispetti si marita a un principe, non ha molto a che fare la novella di *Viola* (Basile, *Pentamerone* II, 3). La novella è stata raccolta anche a Siena (v. LIII, C. Marzocchi, manoscritto del Museo di arti e tradizioni popolari di Roma).

La novella è diffusa in varie parti d'Italia; *Bbétta* (G. Zanazzo, *Tradizioni popolari romane*, XVII, Roma, 1907-1910) ad esempio presenta qualche diversità nei versi (il principe manda la morte dalla madre) ma si accorda con la nostra versione per l'omissione del finale. V. inoltre ad es.: la prima novella delle *Fiabe mantovane* a cura di I. Visentini, Torino, 1979; la XXXV di *Sicilianische Märchen*, Laura Gozenbach, Leipzig, 1870; la VI delle *Fiabe, novelle e racconti popolari siciliani*, G. Pitrè, Palermo, 1913: sempre relativamente al tema della ragazza astuta, ma con diverse situazioni.

Da notare infine il nome *Caterina*, nome con cui si indicava in passato la sartina, la crestaia (caterinetta) o la ragazza da marito in genere: come donna che si manteneva con il proprio lavoro vi era implicito un senso di avvedutezza, se non d'indipendenza; forse è questa la ragione per la quale molte protagoniste delle novelle, in particolare toscane, portano il nome di Caterina: la Santa d'Alessandria è appunto patrona delle sarte e degli studenti.

IL SAVIO E LO STOLTO

La novella di Gianni Stento che non aveva paura né spavento

C'era una volta un ragazzo che si chiamava Giovanni, ma tutti lo chiamavano Gianni Stento perché era nato stento dalla madre che era morta nel metterlo al mondo ed era cresciuto secco come il fusto d'un lampione.

Quando il prete lo battezzò lo vide così stento che pensò di risparmiare il sale e per questo il poveretto non aveva, come si dice, tutti i suoi giorni e, non capendo nulla, non aveva paura di nulla; e se ne vantava.

La gente lo chiamava:

« Gianni Stento, Gianni Stento... »

« Io non ho né paura, né spavento » rispondeva lui facendo le boccacce a tutti, lungo e rifinito come un gambo secco di granoturco.

Viveva con uno zio che ogni tanto lo guardava e diceva:

« Povero Giovannino, tanto è lungo, tanto è scemo! »

Un giorno lo zio dovette partire per un viaggio di parecchi giorni e si raccomandò a Gianni Stento di far la guardia alla casa perché aveva paura che venissero i ladri.

« Ma che sono questi ladri? Ma che è questa guardia? Io non ho paura dei ladri, io non ho paura di niente, perché sono Gianni Stento che non ha né paura né spavento » rispose lo sciocco.

Lo zio partì e arrivarono i ladri che dissero:

« Bada a te, ragazzo, che noi siamo venuti a rubare: se fai anche una parola ti tagliamo la gola! »

« Ma che tagliare » rispose Gianni Stento « ma che gola: se avete da rubare, rubate e levatevi dai piedi prima possibile. A me non fate paura perché sono Gianni Stento che non ha né paura né spavento. »

I ladri, vedendo quello che era, lo lasciarono dire e in un baleno fecero piazza pulita di quello che c'era in casa e sparirono. Quando tornò lo zio e vide la casa si mise le mani nei capelli dalla disperazione, e quando poi seppe com'era andata si strappò tutti quelli che aveva.

Visti i risultati che aveva ottenuto, lo zio pensò di mandarlo da un fratello prete per vedere se poteva lui rimetterlo sulla buona strada.

« Ma che è questo zio prete? Ma che è questa strada? Io non conosco preti e non conosco strade; ma se c'è da andare ci andrò, perché a me non fa paura proprio nulla, perché io sono Gianni Stento... »

E così Gianni Stento si mise in viaggio e arrivò dallo zio che lo mise subito a fare dei lavoretti in chiesa e in canonica: ma si accorse subito d'avere alle mani un legno torto e ci ricavava sempre più danno che utile. Pensa e ripensa, venne alla risoluzione che era meglio che il nipote se ne andasse per il mondo, dal momento che stare insieme non portava profitto né all'uno né all'altro. E così si mise d'accordo con i beccamorti per spaventarlo.

Una sera disse lo zio a Gianni Stento:

« Vai giù in chiesa a spegnere i lumi, che me li sono dimenticati accesi, e guarda se la porta è chiusa bene! »

« E cosa sono questi lumi » rispose lo sciocco « e cos'è questa chiesa? Io non conosco lumi, io non conosco chiesa; ma se c'è da andare io andrò dove volete, perché mi chiamo Gianni Stento... »

Intanto i beccamorti erano saliti sopra il tetto e, tolte alcune tegole, avevano calato un corbello coperto d'alloro, di fiori e di lumi che con una fune scese fino ai piedi di Gianni Stento, mentre tutta la chiesa risplendeva di torce, lumi e candele accese. Il ragazzo si guardò intorno disorientato, mentre dal tetto venne una voce che diceva:

Chi vuol vedere il paradiso quanto è bello
baci la fune e si segga nel corbello!

« Che cos'è questo paradiso? Che cos'è questa fune? Che sono questi baci? Io non conosco paradiso, io non conosco fune, io non conosco baci! Ma se c'è da andare in paradiso, io vado in paradiso, perché io sono Gianni Stento che non ha né paura, né spavento! Però lo voglio vedere bene questo paradiso... e se ci fosse buio? Sarà meglio prendere questa torcia. »

Detto fatto prese una torcia e si sedette nel corbello, ma non si accorse che la fiamma aveva dato fuoco alla fune, tanto che, appena i becchini cominciarono a tirare, la fune si spezzò e il corbello si sfasciò a terra, mentre i becchini rovinarono dal tetto fracassandosi i denti e le costole.

Quando lo zio se lo vide riapparire davanti tranquillo, gli disse:

« Sei stato a spegnere i lumi? »

« Li ho spenti, e come, ma c'erano certi scemi sul tetto che m'avevano promesso un viaggio in paradiso: mi avevano fatto salire su un corbello, e poi s'è rotta la fune. »

« Erano certamente angeli del paradiso: che occasione, che occasione ti sei perso... »

« Che angeli, che paradiso? Hanno perfino le funi marce! Meno male che non ci sono andato, altrimenti m'avrebbero sentito! »

Lo zio ebbe un bel da fare per mettere zitti i becchini che s'erano rovinati venendo giù dal tetto, e quando furono guariti cercò di trovare un'altra maniera meno pericolosa per spaventare il nipote. Si mise d'accordo col più coraggioso e lo convinse di fingersi morto e stendersi in una bara dentro la chiesa e lui avrebbe mandato il nipote a fare la veglia, durante la quale il becchino l'avrebbe spaventato facendogli urli e smorfie.

La sera il prete disse al nipote:

« Gianni Stento, stanotte dovrai vegliare un morto giù nella chiesa: mi raccomando di non combinarmene una delle tue. »

« E che è questo morto? E che è questa veglia? Io non conosco morti, io non conosco veglie; però se c'è da vegliare, veglierò morti e vivi, vivi e morti, perché io sono Gianni Stento che non ha né paura né spavento! »

E così se ne andò in chiesa e cominciò a vegliare al chiarore d'un lumicino fioco che avevano messo a posta per fargli più paura.

Quando sonò la mezzanotte al campanile il "morto" cominciò ad alzare una gamba, poi un braccio, ma Gianni Stento neppure se ne accorgeva, occupato com'era a zufolare e a guardare i farfallini che volavano intorno al lume.

Il becchino fece un urlo, ma Gianni Stento ne fece un altro; il becchino si alzò a sedere nella bara e Gianni Stento gli dette lo smoccolatoio nella testa; il becchino allora fece un urlo terribile e disse:

« Anime dannate, prendiamo quest'animaccia nera! »

« E che son quest'anime? E che è quest'animaccia nera? Io non conosco anime, io non conosco animaccia nera... però questo morto è ancora troppo vivo: sarà meglio aiutarlo a morire! »

Prese un candeliere di bronzo e cominciò a darglielo nella testa finché il becchino cadde morto davvero.

Immaginatevi quel povero prete quando la mattina vide quella scena! Prima maledisse il nipote, poi il fratello e poi tutti i santi che aveva attaccati ai muri della chiesa e poi disse al nipote:

« Scappa, scappa, disgraziato, che tra poco avrai tutta la sbirreria alle calcagna, e se ti prendono finiamo tutti e due la nostra vita in galera! »

Gianni Stento non batté ciglio e disse:

« E che sarebbe questa sbirreria, che sarebbe questa galera? Io non conosco sbirreria, io non conosco galera, perché sono Gianni Stento... »

Detto questo alzò i tacchi e sparì dalla circolazione tanto che nessuno lo rivide mai più da quelle parti.

Cammina cammina arrivò a un paesetto ed entrò in un negozio di falegnami dove c'erano due segantini che stavano provando una colla speciale che avevano fatto allora allora. Uno prese una scure e con un colpo netto tagliò la testa al compagno, poi, spalmate le due parti del corpo con quella colla, gli riattaccò la testa e l'altro tornò più vivo di prima.

Poi il secondo tagliò la testa al primo e gliela riattaccò nello stesso modo... e ridevano, ridevano.

« La vuoi provare questa colla? » gli chiese uno dei segantini.

« Non avrai mica paura? » disse l'altro.

« Che colla? Che paura? Io non conosco colla, io non conosco paura, se però volete provare a tagliarmi la testa e a rincollarla, fate pure, perché io sono Gianni Stento... » e la solita tiritera.

Uno dei segantini gli tagliò la testa e l'altro la rincollò, ma siccome era distratto, gliela mise a rovescio con gli occhi che guardavano dietro la schiena. Subito il segantino prese la scure per rimediare all'errore, ma Gianni Stento disse:

« Lasciate fare amici, va proprio bene così, che ora posso ritornare dallo zio prete e la sbirreria non mi riconoscerà. »

E partì verso la canonica del parente. Ma per strada si dovette fermare per fare un bisogno in una siepe. Così, inavvertitamente, si guardò il didietro; e morì di paura, perché, dicono appunto, che chi si vedrà il didietro morirà certamente di paura.

La novella di Gianni Stento che non aveva paura né spavento è stata raccolta dal vivo a Firenze. Si tratta di una materia narrativa spesso incerta e talvolta confusa anche nel titolo con quella di *Giovannino senza paura* (Pitrè, *Novelle p. t.*, XXXIX; v. anche l'altra, XL, *I sette maghi*) il cui motivo narrativo si ritrova in parte in *Dodicino* di questa raccolta. Si tratta in realtà di due personaggi diversi: uno forte e avveduto e perciò coraggioso; l'altro, anche se fortunato, del tutto incosciente del pericolo, perciò ignaro dello spavento: morirà quindi la prima volta che lo prova per una causa futile.

In calce alla favola raccolta a Firenze Pitrè annota: « Dalla Paolina Sarti, che l'aveva udita a Livorno, e la raccontò molto distratta ». Infatti la versione del Pitrè risulta un po' schematica e vaga, sia pure con una precisa fisionomia del personaggio.

Qui la narrazione, pur non discostandosi molto da quella del Pitrè, è ricca di particolari che rendono logico lo sviluppo narrativo. Il nome Giovanni, legato a Firenze alla figura intrepida e coraggiosa del Battista, protettore della città, è temperato dall'aggettivo "stento" che dà un tono ironico a tutta la vicenda. Con la versione raccolta dal Pitrè risulta identico anche l'intercalare, chiave di tutta la tipizzazione: « Che è questo? Che è quest'altro? Io non conosco questo... » che basta a dare l'idea del tipo maniacale.

Non mi paiono quindi opportuni i collegamenti che si fanno con questa favola. Oltre che con quella del coraggioso avveduto sono impropri i riferimenti al racconto del *Romitino santo* (v. G. Zanazzo, *Novelle, favole e leggende romanesche*, L, Roma, 1907-1910: *In grolia fra' Giuvanni...*), con il quale condivide solo la beffa del corbello, tipica di altri raccontini popolari.

Questa novella ha una particolare diffusione in Toscana, e di questo mondo toscano ha la visione ironica del coraggio collegato alla follia, il consueto ambiente rurale gravitante intorno alla chiesa (lo zio prete presente anche in *Dodicino*), il gusto della beffa e il finale tra paradossale e amaro, ma sempre ironico e divertito. E il finale appunto è sembrato a qualcuno un inopportuno ingresso del fantastico in un contesto realistico. Ma proprio su questi due poli gioca la fiaba, specialmente quella toscana. Gianni Stento acquista così una profonda realtà psicologica: egli vede l'altra parte di se stesso, quella razionale. Per lui, folle, è una visione insopportabile. Per questo muore, un po' come Pinocchio dopo la metamorfosi non ha più storia.

Pino

C'era una volta, nelle vicinanze di questa terra, una coppia di contadini che avevano un figlio scemo, ma così scemo che tutti lo chiamavano Pino per dire che aveva la testa dura come una pina verde.

Quando la donna rimase vedova non ebbe altra preoccupazione, e disse:

« Povera me! Come farò che son rimasta con la mamma vecchia e con questo figliolo che è più indietro della coda del maiale? »

Dovette farsi coraggio e andare avanti, cercando di rimediare da vivere col proprio lavoro. Un giorno, avendo da andare al mercato, disse al ragazzo:

« Pino, sto lontano per tutta la mattinata: stai attento alla chioccia che quando esce a spollinarsi non stia troppo tempo nell'aia e si freddino le uova! »

« Vai tranquilla, mamma, che ci penso io! »

A mezza mattinata la chioccia esce sull'aia e comincia a raspare per terra. Pino la vede e comincia a inseguirla per ricacciarla nel pollaio gridando:

« Torna sull'ova, brutta bestia, che le farai freddare! »

A vedere quel matto la povera gallina spaurita vola sopra un albero e non scende più. Chiama e richiama, Pino si stanca e va a sentire a che punto sono le uova:

« Son già tutte fredde » dice « per colpa di quell'animale, ma prima che si ghiaccino del tutto, le coverò io! »

E così, sfilatosi i pantaloni, si siede sopra l'ova e ci resta tutta la mattina. Quando torna la mamma e comincia a chiamare Pino, sente dal pollaio una voce che fa:

« Coccoccoclò... »

« Pino, scimunito, dove ti sei cacciato? Vedi, la chioccia è rimasta sulla pianta? »

« Coccoccoclò... »

E così andò nel pollaio e lo trovò che covava una frittata d'una dozzina e passa d'uova tutte schiacciate!

« Povera me, che figliolo scemo! Come farò ad andare avanti? A chi mi raccomando? A chi mi raccomanderò io che son vedova e sola? »

E anche quella volta si raccomandò a un bastone col quale gliene dette tante e tante che alla fine si ruppe e dovette smettere solo per quello.

Qualche giorno dopo Pino andò dalla mamma e cominciò a dire:

« Mi piacciono tanto le ragazze del paese e me ne voglio sposare una! »

« Magari che qualche scema come te ti pigliasse e mi levasse da questi pensieri » disse la mamma.

« E come devo fare a sposarmi? »

« Trova la fidanzata! »

« E come devo fare a trovarmi la fidanzata? »

« Tu vai in paese col migliore vestito che hai, ti siedi dove sono le ragazze, ci parli, racconti qualcosa e a quelle che ti piacciono di più gli tiri delle occhiate e poi t'intendi! »

« Ho capito » disse Pino e andò a mettersi i migliori panni, poi scese nell'ovile dov'erano le capre: cavò gli occhi a quelle povere bestie e, messiseli in tasca, andò dalle ragazze in paese. Cominciò a dirne qualcuna delle sue, a fare i versi più stupidi che sapeva, tanto che tutte quelle donne morivano dalle risate, poi, stabilite quelle tre o quattro che gli andavano a genio, cominciò a levarsi di tasca quegli occhi e a tirarli nel viso, tanto che tutte quante cominciarono a bastonarlo e pestarlo e a furia di spintoni lo rotolarono con insulti giù per le scale dicendo che non si facesse più rivedere.

Pino tornò a casa piangendo dalla mamma che gli domandò:

« Che hai? »

« Sono andato dalle ragazze e m'hanno bastonato! »

« E tu che hai fatto di male? »

« Nulla: ho fatto tutto come s'era detto e poi gli ho dato nel viso delle belle occhiate di capra... »

« Occhiate di che?... » disse la mamma che aveva già capito la fine che avevano fatto le sue povere bestie. E anche quella volta finì col bastone che come sempre non servì a nulla.

Così Pino se ne stava tutto il giorno con le mani in tasca a zufolare per la casa e per l'aia o si svegliava solo alle ore di mangiare, quando sparecchiava tutto prima ancora che la mamma avesse messo in tavola.

« Mettiti a fare qualcosa » gli diceva quella povera donna « vammi al mercato a vendere quella tela che ho tessuto in tutte queste notti... ma non ti mettere a parlare tanto con qualche gabolone che ti mette in mezzo: vendila a uno di poche parole! Capito? »

« Ho capito » disse Pino e prese la tela e se ne andò al mercato.

Gli s'avvicinò parecchia gente a chiedere quanto voleva di quella tela, e gli offrivano anche prezzi vantaggiosi, ma Pino, appena aprivano bocca, rispondeva:

« A voi non la vendo che chiaccherate troppo! »

Così girò tutta la mattina per il mercato senza vendere la tela e, come gli ambulanti cominciarono a sbaraccare, riprese la strada di casa. A metà di questa si fermò all'ombra d'un tabernacolo a riposarsi, e vide che dentro c'era un tale (che era la statua d'un santo), in piedi, zitto.

« La volete comprare questa tela? » gli chiese Pino.

Quello restò zitto.

« La volete o non la volete? »

Zitto.

« Ecco una persona di poche parole come voleva la mamma: proprio a voi la vendo... » e gliela appoggiò sul braccio che teneva alzato per benedire, dicendo:

« Fanno dieci scudi! »

Inutile dire che quello rimase zitto.

« Chi tace acconsente: domani vengo a prendere i quattrini: va bene? »

Siccome la statua era di gesso e aveva il capo un po' rotto, tanto che era retto per il collo da un filo di ferro, il vento mosse la testa in modo che parve dire di sì; e Pino tutto contento:

« Chi sa come sarà soddisfatta la mamma: una persona di meno parole di questa non la potevo trovare! »

Quando tornò a casa finì anche quella volta come doveva finire: a bastonate, e dopo le bastonate Pino dovette correre a recuperare la tela che aveva già preso il volo, come c'era da aspettarsi. Ma non se ne dette per vinto, e disse:

« Son venuto a prendere i quattrini della tela. »

Quello zitto.

« Allora ridatemi la tela! »

Quello zitto.

« Ah, mascalzone, m'avete imbrogliato! » E, nel dir questo, prese in terra alcuni ciottoli e a sassate gli ruppe la testa. In questa c'era nascosto un tesoro e le monete caddero per terra sonando.

« Avete visto che avete pagato » disse Pino, e nel dir questo le raccolse, le mise in seno e se le portò a casa. La mamma non credeva ai suoi occhi e, quando seppe com'era andata, gli disse che non erano monete, ma chiodi e ferri vecchi, e andò a nasconderle in una pignatta sotto il letto. Poi, salita sul tetto, cominciò a tirare, non vista, fichi secchi e uva passa su quello scimunito del figliolo che gironzolava nell'aia zufolando, finché non lo sentì dire tutto contento:

« Allegra, mamma, oggi piove fichi secchi e uva passa! »

Venne l'inverno e Pino continuava a fare quello che aveva sempre fatto. Un giorno che la mamma doveva andare alla messa del suo povero marito, disse a Pino:

« Sto fuori un paio d'ore, stai attento alla nonna che non prenda freddo, e se ha bisogno, scaldala. »

« Ci penso io, mamma! »

Come la donna ebbe voltato la porta Pino andò a sentire se la nonna aveva freddo e, sentito che aveva le mani e i piedi ghiacci, dette una scaldata al forno e ce la infilò dentro, tanto che quella poveretta rimase morta stecchita che mostrava i denti. In quel mentre arrivò la mamma, e Pino disse:

« Mamma, vieni a vedere come ride contenta la nonna, ora che l'ho messa al calduccio! »

Quella volta il bastone non bastò... Ma intanto correva voce che Pino aveva trovato un tesoro e aveva rotto la testa alla statua. Vennero i gendarmi a interrogare il ragazzo e, nonostante che la mamma gli avesse detto di non dir nulla, Pino si faceva bello con le guardie:

« Gliel'ho rotta io la testa a quel mascalzone, e dentro c'erano monete, ma la mamma le prese per chiodi e ferri vecchi... Dove l'hai messi mamma? »

Le guardie stavano per arrestarli, e chiesero:

« E quando è stato? »

« L'estate scorsa: te lo ricordi mamma? »

« Io non me lo ricordo. »

« Sì, lei non lo vuol dire, ma fu proprio quel giorno che pioveva fichi secchi e uva passa. »

« Ma che stiamo a perdere il tempo con questo scemo? » disse un gendarme. E se n'andarono.

Una mattina, che la mamma era al fosso a lavare, Pino trovò sotto il letto la pentola delle monete e, dandogli un calcio, disse:

« Guarda dov'erano andate a finire! »

E nel dir questo sentì la trombetta del pentolaio che veniva con l'asino e il carretto. Disse Pino:

« Voglio fare una sorpresa alla mamma » e scese nel-l'aia a chiedere al pentolaio quanto voleva per qualche tegame. Gli rispose il pentolaio:

« Non mi far perdere tempo, che non hai soldi. »

« Soldi no, ma ho dei ferri vecchi che vi potrebbero interessare! »

« Fammeli vedere! »

Pino gli portò la pentola delle monete, dicendo:

« Che mi date in cambio per questi chiodi vecchi? »

« Ah » disse il pentolaio « ti lascio le pentole, l'asino e tutto il carretto. »

« Voglio anche la frusta! » disse Pino.

« Prendi anche la frusta » disse il pentolaio che, lasciandogli tutto, si mise la pentola sotto il gabbano e alzò i tacchi.

« Questo sì che è un buon affare » disse Pino « ma ora viene il bello: voglio mettere tutto in ordine in modo che, quando, la mamma torna, resti a bocca aperta! »

Prese chiodi e martello e attaccò tutti i tegami e le pentole al muro della cucina piantandoci un chiodo nel fondo; il carretto lo mise in mezzo del salotto fracassandolo mezzo per farlo passare dalla finestra; l'asino lo mise nel letto della mamma ammazzandolo di bastonate per fargli salire le scale.

Quando tornò la povera donna rimase veramente a bocca aperta, e andò di sorpresa in sorpresa fino a quando non seppe che aveva dato le monete in cambio al pentolaio. Il giorno dopo andò a sentire all'ospedale dei matti, ma quando sentirono che si trattava di Pino non ne vollero sapere e la cacciarono via.

« Verrà un giorno che ammazzerà anche me come la nonna » diceva tutte le volte che se lo vedeva intorno; e perché non gli combinasse altri malestri in casa, se lo portava sempre dietro.

Un giorno, dovendo andare a far legna, siccome Pino stava finendo di mangiare, gli disse:

« Pino, io m'incammino verso il bosco, quando hai finito vieni anche tu e, mi raccomando, tirati l'uscio dietro, se no entrano i ladri! »

« Ho capito, ho capito » disse Pino e, finito che ebbe di mangiare, sfilò le due ante dell'uscio dai cardini, se le mise sulle spalle e andò nel bosco dalla mamma. Quando quella lo vide apparire con la porta sulla schiena quasi svenne:

« Ma che hai fatto scemo, con l'uscio di casa? »

« Non m'avevi detto: appena hai finito, tirati l'uscio dietro e vieni nel bosco? »

« T'avevo detto: chiudi l'uscio; non: pigliati l'uscio addosso... Ora sì che entreranno i ladri... povera me, povera me, con questo figliolo che mi diventa sempre più scemo giorno per giorno... »

Mentre la mamma faceva la legna e Pino stava con la porta sulle spalle si fece notte e, ripresa la via di casa, sentirono lontano lontano un galoppo di cavalli.

« Ecco gli assassini » disse la mamma « nascondiamoci o questi ci ammazzano! »

Misero la legna in un cespuglio e salirono sopra una quercia, la mamma avanti e Pino dietro con l'uscio sulle spalle. S'erano appena nascosti che arrivarono proprio sotto a quella pianta gli assassini che erano tornati da rubare i tesori del re. Si fermarono, scesero da cavallo, presero dalle bisacce le provviste e si misero a mangiare.

« Prima ci leviamo la fame » disse il capo « e poi ci dividiamo il bottino. »

« Bene » dissero tutti gli altri briganti « qui non ci trova nessuno! »

Sulla quercia quei due tremavano verga a verga, e Pino sudava e sudava per reggere l'uscio. A un certo punto disse alla mamma:

« Mamma, mi scappa quella davanti... »

« Non la fare, non la fare che questi briganti, se ci scoprono, ci ammazzano! »

« Mamma mi scappa... »

« Non la fare! »

Ma Pino cominciò a farla e i briganti di sotto si misero a urlare:

« Sciò, sciò, uccellacci maledetti con questa porcheria... »

« Calma » disse il capo « ora è buio, domani ci penserò io a prenderli a trombonate! »

Dopo un po' di tempo Pino disse alla mamma:

« Mamma, mi scappa quella di dietro! »

« Per carità di Dio, non ti ci provare nemmeno, che sicuramente ci scoprono e ci ammazzano! »

« Mamma, mi scappa! »

« Se la fai siamo morti! »

« Mi scappa... » e nel dir questo cominciò a farla.

I briganti di sotto cominciarono a urlare:

« Oh, che piove un'altra volta? »

« Che roba è questa? »

« Che uccelli sudici sono a covare sulla nostra quercia? »

Qualcuno tirò qualche sassata tra i rami e poi il capo disse:

« Basta, domani all'alba a questi uccelli ci penserò io. Intanto aprite i sacchi e dividiamoci il bottino. »

Ma sulla quercia Pino disse:

« Mamma, mi scappa la porta! »

« Tienila Pino che questa volta è finita per noi. »

« Non la reggo più. »

« Tienila! »

« Non la reggo... » e nel dir questo la lasciò andare, e questa rovinando giù tra i rami e le foglie fece un fracasso d'inferno con tonfi e schianti che il capo, inforcando il cavallo urlava:

« Che vi dicevo io che su questa quercia c'era il diavolo? Coraggio, ragazzi, scappiamo prima che sia tardi... » Ma erano parole inutili, perché i briganti erano già spariti prima ancora che il capo avesse cominciato a parlare e, in men che non si dica, non si sentirono più nemmeno i cavalli lontano.

Pino e la mamma scesero dalla quercia e presero tutti i sacchi con il tesoro portandoseli a casa. Da quel giorno furono ricchi e Pino fece quello che aveva sempre fatto, cioè nulla. Ma non ne fece più nemmeno delle sue, perché la mamma non lo lasciò più solo in casa!

Si è scelta tra tante questa redazione di *Pino*, raccolta dal vivo nel Mugello, perché il materiale aneddotico perde il carattere frammentario e si articola più che altrove in un tessuto narrativo organico. Nelle *Novelle p. t.* del Pitrè la storia è presentata suddivisa in episodi staccati (XXXI-XXXVII) attribuiti a Giucca o Ciucco (che vale "stupido") o al matto, che è posto in contrasto con la madre; i vari episodi provengono da Pratovecchio, Firenze, Val d'Arno, Fabbriche, Livorno, Pistoia, e vale a dimostrare che si tratta di materia diffusa un po' dovunque sia in Toscana sia in Italia, come avverte l'abbondante bibliografia del Pitrè.

Il nome Pino, qui dato al protagonista, è tipico in Toscana di un ragazzo sciocco, soprattutto se alto e secco.

Talvolta il matto, invece che con la madre, è posto alle prese con il fratello, come nel *Mattarugiolo e il savio* (Nerucci, *Sessanta novelle*, XXXV) in cui le varie avventure sono narrate in un unico racconto.

L'episodio dei briganti si alterna con quello della stoffa nella conclusione della storia dando felicità ai protagonisti (v. la novella seguente: *La novella del grullo*), e si inserisce meno felicemente in altri filoni narrativi (v. *Manfane, Tanfane e Zufilo* della stessa raccolta del Nerucci, XXI; e la ricca annotazione fatta dall'Imbriani ne *La novellaia fiorentina*, XLVII).

Si tratta d'una tradizione antichissima sulle prodezze del matto, che spesso finiscono con suo vantaggio (Giufà, Giovanni Sciocco, Ferrazzano) note in Italia e fuori, v.: G. Zanazzo, *Novelle, favole e leggende romanesche* (*Er matto*, XXX e XXXI); I. Visentini, *Fiabe mantovane*, Torino, 1879 (XLIV); G. Pinguentini, *Fiabe, leggende, novelle, storie paesane...* in dialetto triestino, Trieste, 1955 (XXVI). Particolare riguardo ha il ciclo di Giufà siciliano, strettamente collegato con un originario ciclo arabo, v.: G. Pitrè, *Fiabe, novelle e racconti p. s.*, III (CXC).

La novella del grullo

C'era una volta una povera donna che era tre volte povera: per prima cosa perché era povera davvero; seconda cosa era vedova d'un uomo onesto e lavoratore; terza cosa, e questa delle tre disgrazie era la peggiore, aveva un unico figlio talmente scervellato che le procurava ogni giorno un dispiacere.

Avendo pietà della sua misera condizione, il prete del paese pensò di prendere il ragazzo al suo servizio: gli avrebbe fatto fare quei semplici lavoretti necessari in canonica e nella chiesa, togliendo alla donna il pensiero di sfamare il figliolo e vedendo anche se col tempo si sarebbe raddrizzato.

Il prete era solo e mangiava nella maniera più semplice essendo di bocca buona e di poche pretese; pensò quindi di cominciare a insegnare al ragazzo fin dalla prima mattina e lo chiamò dicendogli:

« Oggi che ho l'uffizio in una chiesa vicina, non ho tempo di pensare al desinare: vedi tu di farmi due fagioli. Li saprai fare, no? Metti al fuoco acqua abbondante coi fagioli, li fai andare piano piano... »

« E come faccio a vedere quando sono cotti? »

« Ne assaggerai uno, diamine » rispose il prete « vedrai che se è cotto te ne accorgi! »

Il ragazzo ci si mise di buona volontà: mise al fuoco una bella pentola piena d'acqua e ci mise a bollire due fagioli – due di numero – come aveva detto il prete. Verso mezzogiorno, pensando che i fagioli fossero cotti, pensò d'assicurarsene e ne mangiò uno. Intanto il prete era tornato stanco, accaldato, affamato e s'era messo a tavola, col tovagliolo al collo; aveva preparato il pane affettato nel fondo della scodella ungendolo bene, e appena fu pronto disse al ragazzo:

« Ovvia, Tonio, sbrigati: metti in tavola i fagioli! »

Ma di fagioli dalla pentola non ne uscì che uno, insieme a tanta acqua bollita e tanto fumo. Tuttavia il buon parroco non perse la calma e disse al ragazzo:

« Cerca di capire, figliolo, quando si dice due fagioli, s'intende tanti; non due di numero... due così... tanti, ma tanti, tantissimi. Se no, Dio ci liberi, che si mangia? D'ora in poi ricordati che quando dico due, voglio dire: tanti... »

Tonio lo stette ad ascoltare con le migliori intenzioni del mondo e si mandò tutto a memoria. Venuta la mattina il prete disse la messa e, prima di uscire per il mercato, disse al ragazzo:

« Per oggi direi di fare due lasagne... le lasagne mi piacciono abbondanti... quindi, mi spiego: due lasagne, che poi vuol dire tante, non due di numero, tante, tante... »

Tonio questa volta non stette a contare: prese un sacco di farina e cominciò a impastare, spianare, tagliare con tanta foga e speditezza che quando verso mezzogiorno il prete fu di ritorno e fece per aprire la porta, si sentì dire:

« Piano, piano che mi sciupa tutte le lasagne... qua no che me le pesta... là no che me le appiccica... e nemmeno qui che me le rovina! »

Insomma la casa era piena di lasagne: coperto il pavimento, traboccante il tavolo, le sedie; e perfino sul letto e sui comodini c'erano lasagne; e lasagne pendevano dalle pareti, ciondolavano dalle mensole e i cassettoni: non c'era un angolo della casa dove non fossero lasagne, e lasagne e altre lasagne che non ci si poteva né muovere, né sedere, né stare in piedi.

Quando riuscirono a levare le gambe da quel disastro era già sera e il prete disse a Tonio:

« Signore beato, certo tu di cervello proprio non ne hai! Ora capisco la disperazione della tua mamma... È proprio per amor suo che ti terrò ancora un po'. Riproveremo! »

Passò qualche giorno e il prete dovette di nuovo uscire per l'uffizio; chiamò Tonio e gli disse:

« Per quando torno fammi trovare pronte due uova affogate, che ho delle acciughine che dicono mangiami

mangiami: le mangerò con quelle. Non c'è nulla di più semplice che fare le uova affogate: le metti nell'acqua, dopo dieci minuti son cotte e le tiri su. »

Quando furono le undici e tre quarti Tonio prese le uova e si preparò a farle come gli era stato ordinato; ma poi disse:

« Se devono affogare meglio che nel pozzo non c'è posto... così quando torna che le trova affogate bene, chi sa come sarà contento! »

Detto fatto andò al pozzo e ce le buttò. E anche per quella volta il prete dovette far digiuno fuori del calendario.

La mattina seguente il prete chiamò il ragazzo e gli parlò con il cuore in mano:

« Ascoltami, Tonio, io ti voglio aiutare e voglio aiutare anche la tua mamma. È mai possibile che tu non capisca nulla, nemmeno per sbaglio? Facciamo un'ultima prova e tu mettiti d'impegno. Giù nell'orto troverai dei bei cavolfiori: prendimeli e fammeli strascicati nel sugo. Fai un lavorino a modo che io sarò puntuale per mezzogiorno. »

Tonio si mise subito all'opera: prese due bei cavoli, li legò con uno spago e si mise a strascicarli dai campi all'aia e dall'aia al letamaio, e dove c'era più sugo [1] più li strascicava in modo che se ne inzuppassero bene e prendessero sapore.

A mezzogiorno il prete tornò con un certo appetito: si sedette a tavola mettendosi bene il tovagliolo intorno al collo pensando al suo cavolo strascicato nel soffritto di cipolla al pomodoro e disse:

« Andiamo, Tonio, portami questo cavolo e sentiamo un po' come ti è venuto il sugo... »

« Sarà venuto a dovere il sugo » rispose il ragazzo avvicinandosi col vassoio « gliel'ho strascicato giù nei campi per due ore buone... » e giù, gli mise davanti il cavolo puzzolente di letame con la corda e tutto.

E fu la volta buona che il prete lo rimandò a quella povera donna della mamma che ebbe a riprenderselo più tonto di prima, che ormai era diventato la favola del

[1] Il *sugo*, o meglio *i sughi* delle stalle, sono appunto, riferendosi alla coltivazione, il letame, il concime. È un termine quasi scomparso in questa accezione.

paese: chi gli diceva se erano bastate le lasagne, chi gli domandava quant'erano due fagioli, chi s'informava come era il sugo di cavoli.

La donna, non potendo vivere con la beffa unita al danno, che da solo già non era poco, decise di cambiare paese e andare a stare da certi suoi parenti. Mise perciò in un fagotto le poche cose che aveva e si avviò per la strada dicendo al figlio che indugiava:

« Appena hai finito, tirati l'uscio dietro e raggiungimi. »

Tonio, non intendendo che gli aveva detto di chiudere la porta di casa, così come si suole dire, sfilò la porta dai cardini, se la mise sulle spalle e s'incamminò dietro alla madre.

La donna, sotto il peso del suo fardello, non si voltò a guardarlo e proseguì la strada che si fece lunga per il peso che portavano e il caldo della stagione. Così venne la notte che erano ancora in mezzo a un bosco, per cui la madre, per sfuggire a bestiacce e brutti incontri, decise di passare la notte su un albero e cominciò ad arrampicarsi col suo fagotto. Tonio la seguiva senza dire una parola, sudando nello sforzo di tirarsi dietro quell'uscio che pesava come fosse di ferro.

Quando la donna ebbe sistemato il suo fardello e si voltò per dare una mano al figliolo che arrancava e sbuffava, vide cosa le aveva combinato quello scervellato e avrebbe avuto voglia di rompergli la testa per vedere quello che aveva dentro, ma si trattenne perché arrivarono sotto quell'albero degli armati a cavallo che dovevano essere malandrini. Infatti trassero dalle loro bisacce monete, cose preziose e cominciarono a spartirsele.

« Poveri noi » bisbigliò la donna « se questi scoprono che siamo quassù ci ammazzano... »

Ma Tonio era già occupato a sbrigare una cosa che avrebbe voluto fare da un pezzo. La mamma lo scongiurò che si trattenesse, ma quello diceva sempre più forte:

« Mi scappa... non ne posso più... » e giù la lasciò andare in capo ai ladri che cominciarono a dire:

« Ma piove a cielo sereno? Ma chi l'ha viste le nuvole? »

« È la guazza che fa questi scherzi di questa stagione » risposero altri; e continuarono la spartizione.

Dopo una decina di minuti il freddo fece sciogliere il corpo a Tonio e disse alla mamma:

« Devo fare anche questa... mamma, non la reggo più, non la reggo! »

Diceva la mamma:

« Tonio non la fare, per carità non la fare che siamo perduti! »

Ma era come parlare al muro, perché Tonio non le dette ascolto e fece tutto quello che aveva da fare. Non appena i ladri sentirono di cosa si trattava cominciarono a imprecare guardando tra i rami dell'albero e mettendo le mani agli schioppi. Ma non ebbero tempo di fare altro perché Tonio non resse nemmeno l'uscio e lo lasciò piombare giù per le fronde producendo un fracasso infernale.

I ladri non stettero a guardar troppo chi ci fosse e, lasciando beni e monete ai piedi del tronco, partirono a galoppo sui cavalli che correvano, correvano tanto che le gambe di dietro non vedevano più quelle davanti.

Scesi dall'albero Tonio e la mamma raccolsero tutte quelle ricchezze e tornarono a vivere nella loro casa: coi soldi si aggiustano tante cose e la vita, non più tormentata dalla miseria, cominciò a farsi più serena. La donna pensò di mettersi a lavorare nella stoffa, e trafficando raggranellava qualche soldo per tirare avanti meglio.

Un giorno le capitò d'avere un bel panno sui cui pensava di realizzare un buon guadagno e, cercando di avviare anche il figlio al commercio, lo chiamò e gli spiegò con pazienza:

« Vedi Tonio, questa è una bella pezza di stoffa che dovresti andare a vendere al mercato. Ora sulle piazze ci sono tanti imbroglioni e bisogna star bene attenti a non farsi infinocchiare dalle chiacchiere. Tu fidati di chi parla poco e non fa né storie né domande; vendi la stoffa solo a chi non fa tante chiacchiere, se no riportala a casa, capito? »

« Ho capito, ma sì che ho capito, cosa credi? Vedrai quanti soldi ti porto a casa! »

Così Tonio andò battendo le strade e le piazze gridando:

« Stoffa, bella stoffa... chi la vuole la stoffa?... Donne, chi la vuole la meglio stoffa che ci sia?... »

Dalla finestra lo chiamò una donna che aveva intenzione di far l'affare:

« Oh, quel giovane, spiegate codesta pezza e fateci vedere bene il tessuto. »

« No davvero: voi parlate troppo e a voi non si vende » rispose Tonio continuando il cammino e gridando:

« Stoffa, bella stoffa... Chi la vuole la stoffa?... »

Un'altra donna si fece sulla porta di casa dicendo:

« Quanto la fate codesta stoffa che me ne servirebbero tre braccia? »

« Sentitela » rispose Tonio « quanto chiacchiera questa! Anche voi avete la lingua troppo lunga e la stoffa non si vende. I miei rispetti! »

Andò così che Tonio a tutti quelli che gli proponevano l'acquisto rispondeva che parlavano troppo e non se ne faceva di nulla, sicché rimase per le vie con il panno in mano e finì in una piazza solitaria in mezzo alla quale c'era una statua sopra un piedistallo. A questa s'avvicinò gridando il suo invito:

« Stoffa, bella stoffa... » ma questa, manco a dirlo, non fece una parola.

« Ecco una persona che mi piace » disse Tonio « ecco una personcina a modo, una persona di poche parole, di quelle che piacciono alla mamma! »

E cominciò a girare intorno alla statua dicendo:

« Ah, sì: bene bene... sicché la stoffa vi piace? Benissimo: eccovela, è vostra. »

Nel dir questo Tonio tolse dal sacco la stoffa e la tirò verso il monumento: spiegandosi nell'aria il vento l'avvolse intorno alla statua e lì il panno rimase.

« Ora fuori i soldi, caro signore, che la mamma a casa li aspetta. »

Ma la statua non aveva nessuna intenzione di rispondere e Tonio stette un pezzo a chiedere, a minacciare, a contare fino a tre. Alla fine, persa la pazienza, prese un legno che trovò là vicino e cominciò a menare botte da orbi addosso al monumento che non tirava fuori né soldi, né parole. Tanto picchiò e picchiò che la statua, vuota dentro, si ruppe come una zucca e, meraviglia delle meraviglie, dalle fessure cominciarono a zampillare monete d'oro come vino da una botticella sfasciata. Era un tesoro che qualcuno aveva nascosto là chi sa come tanto e tanto tempo prima.

Vedendo tanti soldi Tonio s'era fatto sotto con il sacco ripulendo il nascondiglio fino all'ultimo soldo.

« Così va bene, caro signore » diceva « lo sapevo che eravate una persona come si deve, ora sì che la mamma sarà contenta. Grazie tante e tanti saluti! »

Con tutta quella ricchezza arrivò a casa e se le cose prima non andavano male, ora cominciarono ad andare parecchio meglio. Comprò subito un vestito di seta per la mamma e un cappello nuovo per sé. Poi, senza badare a spese, chiamò un muratore e si fece costruire un palazzo di cinquanta stanze, e lì, servito e riverito Tonio visse con la mamma felice e contento, e gli piacque tanto quella vita che quando dopo cent'anni finì, ricominciò da capo.

La novella del grullo, raccolta dal vivo, narrata da Maria Romiti Micheli-Pellegrini (Pisa) è da collegare con la novella precedente: *Pino*, cui si rimanda per i riferimenti bibliografici. Si tratta di uno stesso filone narrativo, uno stesso tipo di personaggio al quale fanno riferimento brevi storie, variate secondo le due tradizioni mugellana e pisana. Proprio per un raffronto di questo tipo di novelle ne sono state poste due simili, da cui è facile vedere come le diverse tradizioni trasformino, elaborino, scelgano nel grande patrimonio tradizionale.

In questa novella si trovano la vicenda della vendita della stoffa, l'equivoco del tirarsi dietro la porta e l'avventura dei ladri che fanno parte anche della sequenza di *Pino*. In questa raccolta inoltre l'equivoco dei due fagioli e quello del cavolo strascicato, si ritrovano in *A chi prima s'adira*. Alcune come la storia delle lasagne e quella delle uova affogate non hanno riscontro nella nostra raccolta, ma sono comuni ad altre novelle di altre tradizioni.

GLI ANIMALI

La volpe e il lupo

Una volta la volpe stava segando un campo di grano e faceva un caldo, ma un caldo che la poveretta sudava a rigagnoli, tanto che aveva tutto il pelo molle. Ecco che a un tratto arrivò il lupo e disse:

« Volpe, che stai armeggiando? »

« Non lo vedi che sto segando il grano? Anzi, se m'aiuti te ne darò la metà. »

Il lupo, visto che il lavoro era avviato e con poco c'era da prendere parecchio, si mise subito all'opera lavorando di lena. Dopo poco tempo disse la volpe:

« Lupo, lo vedi che sta cadendo quella quercia? Se qualcuno non va a fare da puntello, quella ci schiaccia intrafinefatta. Vuoi andare tu a reggerla che sei più grosso e forzuto? »

Il lupo, che è un animalaccio balordo in confronto alla volpe che è furbissima, pensò che quello fosse un lavoro pericoloso e rispose:

« No, preferisco stare a segare il grano. Vai tu a reggere la quercia. »

Così la volpe corse sotto la quercia e si mise a reggerla; poi si sdraiò ai piedi del tronco, e lì all'ombra si fece un bel sonno, mentre il lupo s'arrapinava col falcetto tra gli unghioni credendo che la volpe gli facesse il piacere di tenerlo sicuro da ogni rischio.

Batterono quindi il grano e lo tirarono al vento per mondarlo, poi la volpe furba fece due monti, uno di grano e uno di pula, e questo lo dette al lupo e il primo lo tenne per sé. Quando furono tornati ognuno alla propria casa si fecero i maccheroni, ma mentre quelli della volpe vennero buoni, quelli del lupo neanche si vollero impastare e non venne fuori nulla di mangiabile. Quando incontrò la volpe il povero stolto le domandò:

« Ma come ti sono venuti i maccheroni? I miei li ho dovuti buttar via senza nemmeno toccarli tanto erano cattivi e senza gusto. »

« Si vede che hai sbagliato il sugo » rispose la volpe.

« Ma tu come hai fatto? » chiese il lupo.

« Bene: quando la caldaia staccava il bollore ci ho infilato subito la coda dentro, così mi è venuto un brodo fresco e saporito. »

Scemo com'è il lupo quando tornò a casa accese subito il fuoco e appena l'acqua fu ben a bollore, ci tuffò dentro la coda. E fu anche svelto a ritirarla fuori, ma non bastò per evitare di rimetterci tutto il pelo e ridursela in modo tale che guaiolava dal dolore e dalla pena.

Come la volpe venne a trovarlo il lupo le disse:

« Guarda, per darti ascolto, come mi sono ridotto! »

« Lo credo! Anche a me andò allo stesso modo, ma misi subito la coda nell'acqua gelata e mi guarì in un momento. »

Il lupo non la fece nemmeno finire che corse a tuffare tutto quello che gli doleva in un corso d'acqua gelida e ci mancò poco che non svenne per lo strazio, e ci volle del tempo perché guarisse, e guarì proprio perché era quella bestiaccia che è con la pelle dura.

Un giorno si rincontrarono e la volpe gli disse:

« Senti compare, si deve fare un colpo di quelli buoni. Il re ha riunito tutta la sua corte e darà un grande festino, sicché ora dentro la dispensa c'è ogni ben di Dio. Noi andremo per tempo e ci mangeremo tutto quanto. »

Il lupo, che già dall'ingordigia aveva la bava alla bocca, rispose:

« Andiamo subito. »

Si misero in viaggio e presto arrivarono, riuscendo a infilarsi nella dispensa del re, che era piena di ogni pietanza ghiotta, attraverso un finestrino dal quale passarono per l'appunto. Mangiarono da fare sgomento; la volpe ogni poco andava a misurarsi al finestrino per vedere se ci poteva ancora ripassare con quello che aveva messo in corpo, e quando vide che ci s'infilava a malapena, lasciò il lupo a mangiare e se ne andò nel giardino ad aspettarlo nascosta tra l'erba.

Il lupo invece si buttò senza misura su tutta quella roba e quando ne fu pieno che non gli sarebbe entrato in bocca neanche un grano di sale, cercò di ripassare dal finestrino, ma fu inutile da quanto aveva la pancia gonfia. Così si sdraiò per terra ronfando come un mantice.

Non passò molto tempo che i servitori vennero ad aprire la dispensa e, appena videro tutta quella rovina e quella bestiaccia rimpinzata di roba, cominciarono a dargli sopra con randelli e mattarelli, tanto che, credendo d'averlo ammazzato per quanto sangue aveva perso, lo presero per le zampe e lo volarono fuori.

Siccome là vicino c'era un fragolaio la volpe andò a rotolarvisi ben bene, tanto che sembrava che avesse tutto il pelo pieno di sangue per le fragole sfatte. Così conciata andò dal lupo e gli disse:

« Compare, che t'è mai successo? »

Rispose il lupo:

« M'hanno pagato a suon di legnate. E a te? »

« Anche a me è toccata la mia parte; m'hanno fracassato al punto che non mi reggo ritta. Comunque qui bisogna scappare prima che ci ammazzino davvero. »

Con grande sforzo il lupo riuscì a mettersi in piedi e barcollando camminava come se fosse stato ubriaco; quando arrivarono a una salita quella ribalda della volpe, mugolando da far pena, cominciò a lamentarsi disperatamente:

« Lupo mio, non ne posso più; prendimi a saccaceci e portami a casa perché io da me sola non ci arrivo davvero! »

Figurarsi se il lupo la voleva portare! Ma tanto fece quella furba e tanto era credulone il lupo che questo se la fece salire sulla groppa e con lo strazio di tutte le sue ossa se l'andava portando per la strada. La volpe, contenta d'aver trovato chi se la portava, si mise a cantare:

Ce n'andiamo piano piano
e il malato porta il sano...

« Che vai borbottando, volpe, che vai borbottando? » chiedeva il lupo col fiato ai denti per il dolore e la fatica « Scendi che io non ce la faccio più ».

Ma la volpe sempre più si stringeva al collo del lupo per non cadere e continuava a cantare:

Ti dirò una canzonetta:
che la coda ti rimetta!

Ma il lupo era arrivato alla fine dei suoi passi e stramazzò per terra, annaspò con le zampe per aria e tirò l'ultimo respiro. La volpe non ci stette a pianger sopra e tranquillamente cominciò a seppellirlo nel proprio stomaco.

La volpe e il lupo segue la versione di Montale Pistoiese: *La gorpe e i' lupo* (Nerucci, *Cincelle*, V). Di avventure dei due protagonisti se ne trovano diverse versioni in Toscana e derivano, più o meno trasformate, dal *Roman de Renard*, di cui non si trova la minima traccia nella tradizione orale, presentandosi sempre come avventure staccate; questo caso anzi è un raro esempio di collegamento di poche vicende.

Quanto questo racconto sia noto nella campagna toscana, o almeno lo sia stato, lo scopre un proverbio della Versilia: « Bisogna mesurassi al buco come la golpe », ovvero, riferendosi a un'altra versione dell'avventura nella dispensa reale: « Non bisognava entrarci, come disse la volpe al lupo », il quale le chiedeva come fare a uscire.

Inoltre nel lavoro dei contadini nei campi era un *topos*, nell'iniziazione dei ragazzi, mandarne uno a reggere un albero o farsi sostituire in un compito faticoso per andare a reggere una quercia che cade.

La gallina secca

C'era una volta una donna che abitava in un podere della piana che aveva una gallina secca, ma secca da fare pena: non faceva le uova, non voleva chiocciare e la padrona cominciò a guardarla male pensando di tirarle il collo. La gallina se ne accorse e capì che una volta o l'altra sarebbe finita male. Così una mattina disse alla contadina:

« Cara padrona, vedi come son secca? Io cerco di mangiare, ma non riesco a ingrassare: uova non ne faccio, covare non covo e ti sono solo di peso. Mandami in montagna: lassù c'è l'aria buona, bacche, ghiande, castagne e bachi da mangiare... io ingrasserò, ti farò l'uova, coverò e a suo tempo ti porterò una bella covata di galletti grassi che riempiranno il tuo pollaio! »

« Ti ci manderei volentieri » disse la donna « ma tu sai che alle pendici del monte c'è sempre la volpe ad aspettare gli animali che salgono e scendono: non scapperesti certamente, secca come sei non ce la farai nemmeno a svolazzare! »

« So io come fare » disse la gallina secca « tu mandami in montagna e a vedermela con la volpe sarà affare mio. »

« Allora vai » disse la donna.

La gallina secca andò a salutare galline e galletti e prese la strada della montagna. Cammina cammina, aveva appena cominciato a salire che vide sbucare da dietro un tronco del bosco la volpe pronta ad azzannarla. La gallina secca le fece cenno d'ascoltare e le disse:

« Cara volpe, guarda come sono secca! Figurati che la padrona non mi ha voluto e mi manda in montagna a ingrassare! Se mi mangi ora ci ricavi poco: aspetta l'autunno: io in montagna coverò, farò i pulcini, li farò beccare e, quando saranno diventati dei bei galletti, tornerò verso la piana e avrai di che levarti l'appetito per un pezzo! »

« Veramente » disse la volpe « non è nelle mie abitudini lasciare il certo per l'incerto. Ma, visto che sei tanto secca e che oggi con te non mi leverei la fame, vattene e torna quest'autunno con parecchi galletti grassi, che sono proprio il mio piatto preferito. »

« Stai sicura e aspettami. »

« T'aspetto, t'aspetto... e ricordati di non fare scherzi, che di qui prima o poi dovrai passare. »

La gallina secca riprese il cammino e, prima che fosse notte, era già arrivata sulla montagna in un bel bosco di castagni, con la pancia piena di bacche che aveva raccolto lungo il sentiero. Trovò un bel ceppo cavo di castagno dove fare il nido, si spollinò, sbatté le ali e se ne andò nel suo nuovo covo dicendo:

« Ah, finalmente qui si respira. »

Il giorno dopo cominciò una nuova vita: raspava, beccava, correva, svolazzava e tornava poi a beccare tutto quel ben di Dio che c'è in montagna e, nel fare tutto questo, ingrassava... ingrassava.

A suo tempo fece dodici uova, le covò e ne uscirono fuori dodici pulcini – tutti galletti, manco a dirlo – che cominciarono a beccare, raspare, svolazzare e ingrassare.

E siccome nelle favole il tempo passa presto, dall'oggi al domani venne la fine dell'estate e i primi temporali avvertirono la gallina secca che era tempo di far ritorno alla piana. Mise in fila per uno i suoi galletti, fece stare per ultimo il più piccolo e, con lei in testa, partirono verso il podere cantando a squarciagola.

A metà strada la gallina secca fece entrare tutti i suoi galletti in un campo di panico e là, staccando le più belle spighe che c'erano, ne mise, una per uno nel becco dei figlioli meno all'ultimo che era il più piccino.

Con quella spazzola nel becco i pulcini erano costretti a stare zitti, nondimeno la volpe arrivò puntuale da dietro il tronco e, appena la vide, la gallina secca (che era diventata ormai grassa) ordinò ai suoi dodici gallettini di fermarsi e di non dire parola, e lei andò incontro alla volpe, che si stava preparando a un pranzo da grande occasione e disse:

« Sei stata di parola, brava gallina secca! »

« Ecco i gallettini che ti avevo promesso, però ti devo avvertire che sono nati in montagna e sono selvatici; quindi devi stare attenta quando li acchiappi. Per la strada abbiamo trovato altre volpi che non ci si sono trovate bene... »

« Vedo, vedo » disse la volpe « hanno un'aria un po' fiera... ma che è quel pennacchio che hanno nel becco? »

« Sono undici code di volpi che hanno staccato a quelle povere bestie che abbiamo incontrato per strada. »

« Davverooo... e come mai quello più piccino in fondo non ha la coda nel becco? »

« Perché aspetta la tua! »

A sentire questo la volpe non stette a chiedere altro e, messasi la coda tra le gambe si mise a correre e non si fermò altro che quando fu tanto lontano che in quel posto non ne sentirono parlare più per parecchi anni.

La storia della *Gallina secca* si trova con lo stesso titolo in G. Nerucci, *Cincelle da bambini, in nella parlatura rùstica d'i' Montale Pisolese...* Rossetti, Pistoia, 1881. Nello stesso volume un'altra fiaba ha lo stesso meccanismo narrativo: *Il gallo e il pagliaio*. Documentata anche nei dintorni di Firenze, v. A. De Gubernatis, *Novelline di Santo Stefano di Calcinaia*, in « Rivista di letteratura popolare », fasc. I, 1878; e per Casole (Siena), v. C. Weber, *Italienische Märchen in Toscana aus Volksmund gesammelt*, Forschungen zur romanischen Philologie, 1900.

La presente versione è stata raccolta dal vivo in Mugello.

Il gallettino e la volpe

C'era un gallettino che stava un giorno a prendere il sole appollaiato su una siepe: era giovane e ancora inesperto della vita, per cui, quando passò la volpe, non riconobbe la sua nemica e si mise a cantare un bel chicchirichì per salutarla.

« Come canti bene » disse la volpe che studiava il modo di acchiapparlo « provaci ancora più forte. »

Soddisfatto il gallettino ricantò.

« Bravo » disse la volpe « ma prima mi sembrava tu avessi fatto meglio perché avevi allungato bene il collo e avevi chiuso gli occhi... »

Il galletto ci riprovò mettendoci tutto l'impegno e la forza.

« Eccezionale: come canti bene a occhi chiusi... sembri un usignolo: fammi risentire! »

Mentre il galletto si esibiva ancora chiudendo bene gli occhi, la volpe si avvicinò e con un balzo lo prese in bocca e si mise a correre allontanandosi dalla cascina.

Allora il gallettino si ricordò di cosa gli aveva detto la chioccia e capì d'essere in bocca alla volpe che lo portava nel bosco per mangiarlo.

Mentre correva disse alla sua nemica:

« Dove mi porti a mangiarmi? »

« Cattannehooo... » rispose la volpe che non poteva parlare per non allentare la presa.

« Dove? » insisté il gallettino.

« Cattagnehooo... »

« Non ho capito: dove mi porti? »

« Castagnetooo... »

Come la volpe aprì la bocca per parlare il gallettino spiccò un volo su un albero. La volpe guardandolo di sotto, visto ormai perduto il pranzo, disse:

« Accidenti al parlare quando non ce n'è bisogno! »

« Anche tu mi volevi far dormire e io non avevo sonno! »

Raccolta dal vivo nel Mugello, *Il gallettino e la volpe* è documentata a Pratovecchio, provincia d'Arezzo (v. G. Pitrè, *Novelle p. t.*, LIV, *Il galletto*, e a Lucca: *Il gallettorino e la volpe* (I. Nieri, *Vita infantile e puerile lucchese*, LIX, Livorno, 1917).

Si tratta di un'avventura del medievale *Roman de Renard*, la seconda (v.: *Il romanzo della volpe*, Sellerio, Palermo, 1980).

FOLETTE

Pochettino

Nei tempi che i gatti volavano e le feste venivano un giorno sì e uno no, c'era un bel bambino che aveva nome Pochettino. La mamma per insegnargli a lavorare gli aveva nascosto in casa un soldino e ogni giorno gli diceva:

Pochettino, Pochettino,
spazza bene la casa e ci troverai un soldino.

Pochettino spazzava sempre bene e faceva tutto lustro finché un giorno la scopa fece rotolare il soldino facendolo saltare dalla felicità.

« Ora che finalmente l'ho trovato » disse Pochettino « devo pensare bene a quello che ci posso comprare e spenderlo avvedutamente. Allora mi comprerò un cartoccio di ciliegie... no, perché mi tocca a buttar via il nocciolo e il gambo! Allora ci comprerò delle noci... no, perché una parte del soldino mi va tutta in gusci! Ho capito: mi comprerò un cartoccio di fichi, così ci mangio anche le bucce e non butto via nulla! »

E così andò a comprarsi un cartoccio di fichi: piccino perché nel soldino ce n'entrava pochi, e si mise a mangiarli alla finestra. Mentre se li stava mangiando con gran gusto, gliene cascò uno di sotto nel viottolo. Pochettino si mise a piangere e piangere chiamando il babbo che gli andasse a prendere il fico che gli era cascato. Ma il babbo gli disse:

« Pochettino, lascia stare il fico dov'è caduto, che tra poco ci nascerà una bella pianta e, siccome i fichi crescono in fretta, i rami verranno qui davanti alla finestra e tu potrai salire a mangiare i fichi! »

E infatti, siccome i fichi crescono in fretta, nacque un bel fico e Pochettino dalla finestra saliva sui rami e andava a mangiarsi i fichi.

Un giorno che Pochettino se ne stava facendo una bella scorpacciata, passò l'orco dal viottolo e, vedendolo lassù, disse:

Pochettino, Pochettino,
dammi un bel fichino
col tuo bianco manino!

Ma Pochettino gli rispose:

« No, che tu mi mangi! »

E il fichino glielo tirò, e l'orco, che voleva fargli allungare la mano per acchiapparlo, lo lasciò cadere per terra.

« Questo non lo voglio che è andato nel fango... »

Pochettino, Pochettino,
dammi un bel fichino
col tuo bianco manino!

« No, che tu mi mangi! Te lo tiro, prendilo. »

E glielo tirò un'altra volta, ma l'orco lo lasciò cadere, e disse:

« Neanche questo posso mangiare: lo vedi che è caduto sopra una cacca... »

Pochettino, Pochettino,
dammi un bel fichino
col tuo bianco manino!

« Te lo darò » disse Pochettino che era buono « ma non mi mangiare! »

Allungò la mano per porgerglielo, ma l'orco lo prese per il braccio e lo infilò nel suo sacco e, gettandoselo sulle spalle, corse via a gambe per andare a farlo cuocere a casa sua e mangiarselo con la moglie.

Per la strada ebbe necessità di fermarsi a fare un bisogno e fermatosi e posato il sacco, disse a Pochettino di star buono.

« Vai più lontano, che se no sento puzzo » gli disse Pochettino dal sacco.

L'orco si allontanò un poco, ma Pochettino, che aveva una buona idea, gli disse:

« Vai più là, vai più lontano, che mi dà noia il puzzo... »
« Così? » disse l'orco con una voce lontana lontana.
« Ancora più là... » gridò Pochettino.

Quando l'ebbe mandato tanto lontano che non lo poteva vedere, Pochettino prese di tasca il suo coltellino e tagliò il laccio del sacco uscendo fuori. Prese le pietre più grosse che poté trovare e, riempitone il sacco, lo rilegò, fuggendo via.

Quando l'orco ebbe fatto le sue faccende tornò a prendere il sacco e, mettendoselo sulle spalle, disse:

« O Pochettino, come sei diventato di peso: quando ti ho acchiappato mi sembravi più leggero. Meglio così, che ci sarà da mangiare per diversi giorni! »

Come l'orco arrivò in vista della sua casa, cominciò a gridare alla sua orchessa:

Mogliera, mia mogliera,
metti al fuoco la caldera
che ho chiappato Pochettino!
Mogliera, mia mogliera,
metti al fuoco la caldera
che ho chiappato Pochettino!

Arrivato a casa l'orco trovò la moglie che ballava dalla gioia e le disse:
« L'hai messa al fuoco la caldera? »
« Sì, è tutto pronto! »

Infatti c'era un fuoco che pareva una fornace e l'acqua che bolliva nella caldera pareva il cratere d'un vulcano. L'orco aprì il sacco e lo rovesciò nell'acqua, ma quei pietroni sfondarono la caldera e l'acqua uscì fuori in un'ondata che l'orchessa rimase morta e l'orco si salvò per miracolo. Era talmente infuriato che si mangiava le mani e schizzava fuoco dagli occhi: prese il sacco e corse subito a riprendere Pochettino.

Non appena lo sentì venire di lontano Pochettino s'avvicinò a una casa e, salendo lungo la grondaia, arrivò sul tetto. Quando l'orco lo vide lassù, fingendo che tutto fosse stato uno scherzo, gli disse:

« Pochettino, come hai fatto a salire sul tetto che ci voglio venire anch'io? »
« Non te lo dico, che tu mi mangi! »

« Ma no che non ti mangio, dimmelo. »

« No: tu mi mangi! »

« Non ti mangio, non ti mangio. »

« Allora te lo dirò: ho fatto una scala con tutti i tegami che c'erano in casa! »

L'orco andò in casa e prese tutti i tegami facendovi una scala: ma quando fu a metà, i tegami rovinarono e l'orco cascò rompendosi qualche osso.

« Pochettino » disse, rialzandosi a fatica « dimmi come hai fatto a salire sul tetto! »

« Questa volta te lo dirò: ho fatto una scala tutta di piatti. »

L'orco ci credette e fece la scala di piatti, ma andò a finire nello stesso modo.

« Guarda come mi hai ridotto, Pochettino! Non essere cattivo e dimmi come hai fatto a salire. »

« Questa volta te lo dico davvero » disse Pochettino « ho fatto una scala tutta di bicchieri. »

L'orco col poco fiato e le poche ossa sane che gli erano rimaste, si mise a fare una scala di bicchieri, ma arrivato quasi in cima, cadde come un ciocco e morì.

Pochettino allora scese dal tetto e tornò a casa: salì sopra il fico e si rimise a mangiare finalmente in pace i suoi fichi... e se poi andate a vedere, forse c'è ancora.

Raccolta dal vivo a Empoli (Firenze) la favola di *Pochettino* (chiamato anche Buchettino, con riferimento al fatto che in certe novelle trova il soldino nel buco del pavimento o del muro) è diffusa in Toscana pressappoco in questa versione, senza confondersi, come altrove con elementi tipici di altre storie, come *Gli stivali dalle sette leghe* o *Pollicino* (abbandoni del bimbo nel bosco, scambio delle corone tra i bambini e le figlie dell'orco mentre dormono).

Pitrè (*Novelle p. t.*, XLIII e XLIV) ne riporta due versioni, una di Londa (Pontassieve - Firenze) dal titolo *Buchettino* e una di Firenze: *La novella di Buchettino.* I. Nieri (*Vita infantile,* LXI) ne riferisce una versione lucchese e una senese si ha da C. Marzocchi (*Manoscritto*).

Motivi della fiaba sono variamente presenti ovunque in Italia, mentre in una versione simile si trova ad esempio nel Veneto: *La vecia Barbantana* (D. Coltro, *Eto-beeto*, Verona, 1978); in Emilia: *Zanninein* (Coronedi-Berti, *Al sgugiol di ragazú*, VIII, Bologna, 1883).

È una tipica fiaba infantile che premia e incoraggia l'astuzia e la bontà, la buona fede e l'avvedutezza. I connotati di fondo sono realistici come spesso accade nelle fiabe toscane; descrive un ambiente di povertà che richiama le spese e le cene di Geppetto in *Pinocchio*.

La Capra Ferrata

C'era una volta una vecchia che era sempre distratta e quando usciva di casa lasciava sempre la porta aperta. I vicini le dicevano:

« Attenta vecchina, che qualche giorno t'entrerà in casa la Capra Ferrata, e allora come farai a cacciarla? »

La vecchietta per qualche giorno chiudeva la porta e poi, distratta com'era, se lo dimenticava.

Una sera, essendo andata da un'amica a prendere qualche tizzone per accendere il fuoco, lasciò l'uscio accostato e al suo ritorno lo ritrovò chiuso.

« Chi sarà entrato? » si domandò la vecchina, e cominciò a bussare: tun, tun, tun...

« Chi è? » rispose una voce.

« Sono la padrona di casa. Aprimi; chi sei? »

E dal di dentro disse la voce minacciosa:

– Io sono la Capra Ferrata
con la bocca di ferro e la lingua di spada,
e se non te ne vai t'affetto come una rapa!

« Oh, me tapina! » disse la vecchietta « dove dormirò stanotte? Dove mangerò? » E andò a piangere dai vicini; ma tutti, appena sapevano che c'era la Capra Ferrata in paese, sprangavano le porte e le finestre e non rispondevano più a nessuno.

La donna tornò davanti alla porta, si sedette sugli scalini e piangeva... In quel mentre passò di là un bove che, vedendola in lacrime, le chiese:

« Che hai nonnetta? »

« Piango e mi dispero perché mi è entrata in casa la

Capra Ferrata e mi ha chiuso fuori e non mi vuole più aprire! »

« Ci penso io » disse il bove « vedrai che mi aprirà... oh, se mi aprirà! »

E con gli zoccoli duri e pesanti bussò alla porta: tun, tun, tun...

« Chi è? »

– Sono il bove,
dalle corna nuove,
apri la porta che vogliamo entrare.

La Capra Ferrata rispose:

– Io sono la Capra Ferrata
con la bocca di ferro e la lingua di spada,
e se non te ne vai t'affetto come una rapa!

« Con la bocca di ferro?!... Corbezzoli, qui non si scherza » disse il bove allontanandosi e, salutando la vecchina se ne andò via di corsa.

La povera donna si rimise a sedere sugli scalini a piangere e a piangere. Di lì a poco passò trotterellando un somaro che le chiese cosa avesse e, capito di che si trattava, disse:

« Niente paura, vecchietta, la mando via io questa capraccia... oh, se la manderò via! »

E detto fatto, cominciò a bussare con i suoi zoccoli ferrati: tun, tun, tun...

« Chi è? »

– Sono il somaro
che parla chiaro:
apri la porta che vogliamo entrare.

La Capra Ferrata rispose:

– Io sono la Capra Ferrata
con la bocca di ferro e la lingua di spada,
e se non te ne vai t'affetto come una rapa!

« Con la lingua di spada?!... Perdindirindina, ma scherziamo? » disse l'asino tremando di paura « arrivederci, vecchina, arrivederci, non è roba per me. »

E, sollevando una gran polvere se la diede a gambe.

La vecchia s'era appena rimessa a piangere sugli scalini quando arrivò un maiale che le chiese cosa avesse; e siccome la vecchietta gli chiese aiuto, il porco glielo promise in cambio d'un bel secchio di ghiande e andò davanti alla porta dicendo:

« Ci mancherebbe ora anche d'aver paura d'una capra: ci penserò io a farla scappare... oh, se scapperà! »

E con il grifo andò a battere alla porta: tun, tun, tun...

« Chi è? »

– Sono il porco
dal muso torto,
apri la porta che vogliamo entrare.

La Capra Ferrata rispose:

– E io sono la Capra Ferrata
con la bocca di ferro e la lingua di spada,
e se non te ne vai t'affetto come una rapa!

« Come una rapa?! Dio ce ne scampi e liberi, che bestiaccia orribile! Addio vecchina, faccio a meno delle ghiande e stammi bene... »

Non aveva ancora finito di parlare che già era lontano tremando come una foglia!

Alla vecchina non rimase altro che piangere e già cominciava a strapparsi i capelli, quando le volò accanto un uccellino e le chiese cosa avesse. Saputa la cosa, l'uccellino disse:

« La sistemerò io quella capra... oh, se la sistemerò. »

La vecchia si mise a ridere di cuore e disse:

« Questa poi non la volevo sentire: si sono presi paura il bove, il somaro e il maiale, ci riuscirai per caso tu, che sei così piccolo e debole? »

« Ci riuscirò » disse l'uccellino, e andò a battere col becco alla porta: tic, tic, tic...

« Chi è? »

« La padrona, apri subito la porta. »

– Io sono la Capra Ferrata
con la bocca di ferro e la lingua di spada,
e se non te ne vai t'affetto come una rapa!

Ma l'uccellino rispose:

– E io sono il prode uccelletto
che con tre palmi di becco
ti bucherà il cervelletto!

« Tre palmi di becco! Gambe assistetemi, che qui ne va della vita! »

E la Capra Ferrata scavalca la finestra con un balzo, fuggendo nel bosco a gambe levate.

L'uccellino entrò allora trionfante in casa con la vecchietta che, da quel giorno non lasciò mai più la porta aperta.

Notissima in tutta la Toscana, sia pure in varie forme, *La Capra Ferrata* è una tipica novella infantile con uno schema narrativo rigido, ma con infinite varianti nei particolari. Questa versione è stata raccolta dal vivo a Firenze. Come novelletta è un po' trascurata dai raccoglitori. Col titolo *La capra pelata* è stata raccolta a Montale Pistoiese dal Nerucci (*Cincelle*, X), mentre l'Imbriani la riporta sotto il titolo *La capra ferrata* (*Novellaia fiorentina*, XLII). Si trova poi spesso in libri per l'infanzia o di divertimento (v.: M. Giusti, *Lo scacciapensieri*, Firenze, 1931).

Dovette essere in origine una novella d'animali in cui il più piccolo vinceva in astuzia sui più forti e prepotenti. Così in *Cummari vurpidda* (G. Pitrè, *Fiabe, novelle e racconti p. s.*, CXXXII) dove la tana della volpe viene liberata da un sorcio; e in G. Morosi, *Studi sui dialetti greci della Terra d'Otranto...*, Tip. ed. Salentina, Lecce, 1870, dove si narra della tana d'una volpe occupata da una capra e liberata da un riccio. Persone e animali si trovano ne *La capra e la monaca* (G. Pitrè, op. cit., CXXXIII): protagonista è una donna, soccorsa da persone e animali, ma liberata da un grillo.

La storia di Petuzzo

Dice la mamma a Petuzzo:
« Petuzzo, vai nell'ortuzzo
a prendere il cavoluzzo
per il babbo che sta male. »
Dice Petuzzo: « Non voglio andare! ».
« Allora dirò alla mazza che ti picchi:
mazza, picchia Petuzzo
perché Petuzzo
non vuole andare nell'ortuzzo
a cogliere il cavoluzzo
per il suo babbo che sta male. »
Dice la mazza: « Non voglio picchiare! ».
« Allora dirò al fuoco che ti bruci:
fuoco, brucia la mazza,
perché la mazza non vuol picchiar Petuzzo,
perché Petuzzo
non vuole andare nell'ortuzzo
a cogliere il cavoluzzo
per il suo babbo che sta male. »
Dice il fuoco: « Non voglio bruciare! ».
« Allora dirò all'acqua che ti spenga:
acqua, spegni il fuoco,
perché il fuoco non vuol bruciare la mazza,
perché la mazza non vuol picchiar Petuzzo,
perché Petuzzo
non vuole andare nell'ortuzzo
a cogliere il cavoluzzo
per il suo babbo che sta male. »
Dice l'acqua: « Non voglio spegnere! ».

« Allora dirò al bove che ti beva:
bove, bevi l'acqua,
perché l'acqua non vuol spegnere il fuoco,
perché il fuoco non vuol bruciar la mazza,
perché la mazza non vuol picchiar Petuzzo,
perché Petuzzo
non vuole andare nell'ortuzzo
a cogliere il cavoluzzo
per il suo babbo che sta male. »
Dice il bove: « Non voglio bere! ».
« Allora dirò alla fune che ti leghi:
fune, lega il bove,
perché il bove non vuole bere l'acqua,
perché l'acqua non vuol spegnere il fuoco,
perché il fuoco non vuol bruciar la mazza,
perché la mazza non vuol picchiar Petuzzo,
perché Petuzzo
non vuole andare nell'ortuzzo
a cogliere il cavoluzzo
per il suo babbo che sta male. »
Dice la fune: « Non voglio legare! ».
« Allora dirò al topo che ti roda:
topo, rodi la fune,
perché la fune non vuol legare il bove,
perché il bove non vuol bere l'acqua,
perché l'acqua non vuol spegnere il fuoco,
perché il fuoco non vuol bruciar la mazza,
perché la mazza non vuol picchiar Petuzzo,
perché Petuzzo
non vuole andare nell'ortuzzo
a cogliere il cavoluzzo
per il suo babbo che sta male. »
Dice il topo: « Non voglio rodere! ».
« Allora dirò al gatto che ti mangi:
gatto, mangia il topo,
perché il topo non vuol rodere la fune,
perché la fune non vuol legare il bove,
perché il bove non vuol bere l'acqua,
perché l'acqua non vuol spegnere il fuoco,
perché il fuoco non vuol bruciar la mazza,
perché la mazza non vuol picchiar Petuzzo,

perché Petuzzo
non vuole andare nell'ortuzzo
a cogliere il cavoluzzo
per il suo babbo che sta male. »
Dice il gatto: « Mangio, mangio! ».
Dice il topo: « Rodo, rodo! ».
Dice la fune: « Lego, lego! ».
Dice il bove: « Bevo, bevo! ».
Dice l'acqua: « Spengo, spengo! ».
Dice il fuoco: « Brucio, brucio! ».
Dice la mazza: « Io do, io do! ».
Dice Petuzzo: « Io vo, io vo! ».

Questa "foletta", *La storia di Petuzzo*, destinata ai più piccoli ha la caratteristica rara di essere narrata in ogni parte della Toscana pressoché con le stesse parole, data la schematica impostazione narrativa e l'impossibilità di alterarne la successione degli elementi. Perciò si è quasi codificata in formule precise che hanno suggerito a qualcuno di trascriverla in versi per sottolinearne l'andamento ritmato (v. G. Giannini, *Canti popolari toscani*, Barbera, Firenze, 1921). A tale testo, raccolto a Firenze, si rifà la presente trascrizione.

Si vorrebbe che questa narrazione servisse a esercitare la memoria dei bambini, quasi che le favole avessero questa funzione didattica veramente pedante e assente comunque dalle intenzioni di chi le racconta. Il fascino è in questa disubbidienza universale degli oggetti e degli animali, legati tra loro da stretti rapporti e il ritorno all'ordine causato dalla eterna fame del gatto.

Come si è detto le varianti sono irrilevanti (v. I. Nieri, *Vita infantile e puerile lucchese*, Livorno, 1917); ne *La Novellaia fiorentina* (XL) si trova con il titolo e il nome di *Petruzzo* che spiega l'origine del termine che è andato ad incrociarsi con *petuzzo*, diminutivo di *peto*, che si usa in Toscana per indicare una cosa di nessun valore che fa molto rumore, o di un ragazzo impunito di cui si dice anche che *ha molto peto*, come d'una bambina proterva e irrispettosa si dice *spetezza*, richiamando impropriamente anche il termine *petulante*. Così anche *La novella di Petuzzo*, nel *Saggio di letture varie* di T. Gradi, Torino, 1865.

La novella del cece

C'era una volta un uomo che andava per il mondo cercando fortuna, ma gira gira non aveva trovato nulla. Una volta, passando per un campo trovò un cece e disse:

« Questo sarà la mia fortuna! »

Lo mise nel suo sacco e, passando davanti alla casa d'un podere, disse alla massaia:

« Sposa, me lo tenete per un poco questo cece? »

« Mettetelo pure sul davanzale della finestra, che quando passate ce lo ritroverete. »

Quando l'uomo se ne fu andato, ecco che il gallo salta sul davanzale e becca il cece. La massaia se ne accorse, ma non ci fece caso. Invece l'uomo tornò poco dopo a richiedere il cece. La massaia disse:

« Che volete? Il gallo se l'è mangiato. »

« Va bene, mi prenderò il gallo. »

« Siete matto? Il gallo per un cece? »

« Allora datemi il cece. »

Insomma:

O il cece o il gallo,
o il gallo o il cece,
e altre ragioni non intese.

La donna così gli dovette dare il gallo e l'uomo, messolo nel sacco, messosi il sacco in spalla, se ne andò.

Passando dall'aia d'un altro podere, si fermò a far due chiacchiere con la massaia e poi le disse:

« Sposa, me lo custodireste un po' questo gallo che vado per certe mie faccende? »

« Certo, mettetelo giù nel cortile, e quando ripassate lo riprendete. »

L'uomo non aveva ancora voltato l'angolo che il maiale, fiutato un gallinaccio forestiero, lo insegue, lo acchiappa e se lo mangia lasciando soltanto le penne.

Quando l'uomo fu di ritorno, la massaia voleva dargli in cambio un altro gallo, dato che quello se l'era mangiato il maiale.

« Allora mi darete il maiale! »

« Già, bell'idea: un maiale per un gallo. Vi darò un altro gallo. »

« Ma io voglio il mio. »

« E quello l'ha mangiato il maiale. »

« Allora datemi il maiale. »

Insomma:

O il maiale o il gallo,
o il gallo o il maiale,
e altre ragioni non volle ascoltare.

Alla fine la donna gli dovette dare il maiale, e quello lo mise dentro il sacco e andò a fare la stessa cosa a un altro podere.

« Sposa, mi fareste il piacere di tenermi questo porco? » disse l'uomo alla massaia che era sull'aia.

« Se tornate presto, volentieri. Mettetelo nella stalla che c'è anche una vitella: al vostro ritorno ce lo ritroverete. »

Inutile dire che la vitella, o per gioco o per fastidio, dette una cornata al porco e l'uccise.

Vista la sua bestia morta, al ritorno, l'uomo cominciò a gridare:

« La vitella l'ha ammazzato: ora mi darete il porco o la vitella, perchè io voglio solo il mio porco... »

Insomma:

O la vitella o il porco,
o il porco o la vitella,
e di ragioni non intese che quella.

E così, tirando per la cavezza la vitella, l'uomo se ne andò a un altro casolare e lasciò in una stalla, in custodia a una contadina, la sua bestia.

Ora questa contadina aveva una figlia tanto bella, ma

che era malata di malinconia. Questa donna avrebbe fatto qualunque cosa per lei, se glielo chiedeva.

Quel giorno disse questa ragazza:

« Mamma, voglio mangiare. »

« Che vuoi mangiare? »

« Carne di vitella. »

« Non ce l'ho. »

« Ma nella stalla c'è una vitella. »

« Non è mia. »

« La voglio lo stesso! »

Questa mamma non seppe resistere: andò nella stalla con un coltello, tagliò un pezzo di coscia alla vitella, al suo posto ci mise della stoppa e andò a cuocere la carne alla figliola.

Quando l'uomo tornò si accorse subito che la vitella camminava zoppa e andò a chiedere alla donna chi le aveva tagliato un pezzo di coscia.

« Io » disse la donna « per darla a mangiare alla figliola che è malata di malinconia. »

« E allora datemi la figliola. »

« No davvero, tenetevi la vitella. »

« È zoppa e io la voglio intera. »

« E io intera non ce l'ho. »

« Allora datemi la figliola! »

Insomma:

O la fanciulla o la vitella,
o la vitella o la fanciulla,
e d'altro non volle intendere più nulla.

E così, mise la ragazza nel sacco e via senza nemmeno salutare.

Cammina cammina, ecco che arriva a una cascina che era quasi notte: s'affaccia alla porta di cucina e chiede alla massaia che preparava la cena:

« Sposa, me lo terreste un poco questo sacco? »

« Certo, mettetelo là in quel cantone! »

La ragazza sentì la voce e riconobbe che era la zia; aspettò che l'uomo se ne fosse andato e cominciò a chiamare:

« Zia, zia, vieni, vieni... »

La donna, davanti a quel sacco che parlava restò di

sasso, ma poi l'aprì e uscì fuori la nipote che gli raccontò tutta la storia.

« Ah, sì... » disse la zia « ora lo conciamo per le feste quel mascalzone. Giusto ieri lo zio ha preso alla tagliola un lupo feroce: mettiamolo dentro a questo sacco, e poi ci penserà lui a ripagarlo per tutti. »

Così fecero. Quando l'uomo venne a riprendersi il sacco sentì che dentro c'era roba che si moveva, ringraziò e partì. Arrivato nella foresta disse, sedendosi sotto un castagno:

« Finalmente ho chi mi prepara la cena, m'accende il fuoco, mi lava i vestiti: da stanotte comincia una bella vita. Che fortuna. »

Da un cece a un gallo,
da un gallo a un porco,
da un porco a una vitella
e da una vitella a una figlia bella!

Slegò il sacco e disse:

« Su bella, esci fuori e comincia ad accendere il fuoco e a prepararmi la cena... »

Ma invece della ragazza uscì fuori quel lupo feroce che con un morso gli portò via tutto il naso e cominciò a morderlo, tanto che l'uomo prese a fuggire nel bosco, e il lupo dietro che non aveva mangiato da tre giorni. E più correva lui e più correva il lupo, e più correva il lupo e più correva lui... tanto che, se non si son fermati, corrono ancora.

Ripetendosi in uno schema obbligato *La novella del cece* non presenta varianti di rilievo, salvo per gli animali scambiati, nelle varie versioni nelle quali è conosciuta in Toscana. La presente versione è stata raccolta a Montepulciano di Siena. Non differisce molto da *Il cece*, la novella raccolta a Pratovecchio dal Pitrè (*Novelle p. t.*, XLVI).

Trascurata spesso dai raccoglitori come "foletta", si trova presente in varie parti d'Italia: I. Visentini, *Fiabe mantovane* (*L'ingordo*, X), Torino, 1879; G. Zanazzo, *Tradizioni popolari romane* (*O er gallo o er cécio*, XV), Torino-Roma, 1907-

1910; G. Pitrè, *Fiabe, novelle e racconti p. s.* (*Lu nasu di lu sagristanu*, CXXXV), Palermo, 1870-1913.

Nella campagna toscana si usa ancora ripetere l'intercalare: « O il cece o il gallo / o il gallo o il cece... », per significare che non si offre alternativa a una scelta imposta.

È una fiaba destinata in genere ai piccoli, che gioca sull'abilità dell'ingordo nel costringere le sue vittime allo scambio e termina con la giusta punizione del malvagio.

ESEMPI IN DIALETTO

La novella de' gatti

C'era una volta una donna campagnola che aveva due figliole, e una, di molto bella insenza paragoni, si chiamava Caterina; quell'altra, tutt'all'incontro, era brutta quanto si pole dire: la madre però voleva più bene alla brutta, e siccome tutte e dua si rodevan dall'astio contro la Caterina, perché oltre alla su' bellezza s'addimostrava pure di gran bontà, loro s'arrapinavano a fargli de' dispetti e cercavano tutti i modi che a lei gli accadessi qualche malanno da ridurla imbruttita. La Caterina sopportava con pacienza le persecuzioni di quelle arpiacce, e invece di diventar brutta per gli strapazzi, pareva che ugni giorno la bellezza gli s'accrescessi 'n su tutta la persona.

Dice una mattina la mamma alla brutta:

« Sa' tu quel che ho pensato? Mandiamo la Caterina a pigliare lo staccio dalle fate, che gli sgraffieranno il grugno; e accosì lei imbruttirà e nissuno la guarderà più quant'è lunga. »

« Sì, sì! » scramò [1] la Brutta, gongolando di gioja maligna. « Le fate sono cattive e loro te l'acconceranno per il dì delle feste. »

Subbito la vecchia chiama la Caterina:

« Su, via, sguajata! C'è da fare il pane stamattina, e no' [2] nun s'ha 'n casa nemmanco un po' di staccio per ammannire la farina. Isderta! [3] Va' dalle fate dientro al bosco e

[1] *scramò*: esclamò.
[2] *no'*: noi (non abbiamo). Tipico uso toscano improprio della forma impersonale come prima persona plurale.
[3] *Isderta*: simile alla più comune forma dialettale "isvelta": svelta.

domandagli [4] lo staccio in prestito. Sbrigati, ninnolona! [5] »

A questo comando la Caterina diviense bianca per la paura, perché lei aveva sentuto dire che le fate strapazzavano la gente, e chi ci andeva dicerto arritornava malconcio.[6] Suppricò bensì la su' mamma che nun la mandasse, pianse; ma tutto fu inutile, ché la vecchia e la Brutta la trattorno del male e la minacciorno per insino di picchiarla; sicché la Caterina, ripensando che le fate nun gli potevano far peggio, si piegò a ubbidire, e abbeneché sospirassi e le lagrime quasimente [7] l'accecasseno, con un passo innanzi e dua addietro s'avviò in verso il bosco, addove stevano le fate.

Quando la Caterina fu in sull'entrata del bosco gli viense incontro un vecchietto, che, a male brighe [8] la vedde a quel mo' tutta addolorata, gli disse:

« Oh! che avete voi, bella fanciulla, che parete tanto affritta? »

La Caterina gli raccontò allora tutti i su' mali, e che in casa l'astiavano [9] a morte, e che la mandavano a pigliar lo staccio dalle fate, perché loro la sciupasseno e la imbruttissano. Dice il vecchietto:

« Nun abbiate paura di nulla; c'è il su' rimedio. I' v'insegnerò come vo' dovete fare, se pure vo' m'ascoltate. Vo' nun arete [10] a pentirvene. Ma prima badate qui un po': che ci ho io in capo, che mi sento tanto prudere? »

Il vecchietto chinò giù la testa, e la Caterina doppo che gliel'ebbe guardata ben bene, scrama:

[4] Altra tipica improprietà: "gli" per "loro".
[5] *ninnolona*: da "ninnolare", giocare con gingilli, cose da nulla, quindi, indugiare, perdere tempo: Qui: pigrona, perditempo.
[6] Le fate nel contado toscano (come anche altrove) non sono come oggi comunemente s'intende figure benefiche e di grande bellezza, ma specie di streghe, misteriose creature senza precisa fisionomia che possono volgersi al bene come al male, secondo una strana suscettibilità.
[7] *quasimente*: quasi, quasi al punto che...
[8] *a male brighe*: a gran fatica, a mala pena; o semplicemente, come in questo caso: appena. Usava in Toscana il singolare: a mala briga; la forma plurale, come avverte il Petrocchi, è tipica di Montale Pistoiese.
[9] *l'astiavano*: la invidiavano (con molta malevolenza).
[10] *Vo' nun arete*: Voi non avrete.

« I' ci veggo soltanto perle e oro. »

Arrisponde allegro il vecchietto:

« E perle e oro toccheranno anco a voi. Ma statemi a sentire e fate l'ubbidienza. Quando vo' sarete all'uscio di casa delle fate, picchiate ammodo,[11] e se loro dicano: "Ficca un dito in nel buco della chiave" voi ficcateci dietro uno steccolo, che loro ve lo stroncheranno subbito. Aperto l'uscio, le fate vi meneranno diviato [12] in una stanza, e lì sieduti ci sono tanti gatti; e chi cucinerà, chi filerà, chi farà la calza, e, insomma, ognuno vo' lo vedrete occupato al su' lavoro. Voi addoperatevi ad aitarli insenza invito questi gatti e a fornirgli l'opera.[13] Poi vo' anderete in cucina; e anco lì ci saranno de' gatti alle loro faccende: aitategli come quegli altri. Doppo sentirete chiamare il gatto Mammone, e tutti i gatti gli racconteranno quel che vo' avete fatto per loro. Il Mammone allora vi addomanderà: "Che brami tu da culizione? Pan nero e cipolle, oppuramente, pan bianco e cacio?" E voi arrispondete in nel mumento: "Pan nero e cipolle". Ma loro all'incontro vi daranno pane bianco e cacio. Poi il Mammone v'inviterà a ascendere su per una scala meravigliosa tutta di cristallo. Abbadate bene di nun la rompere, e nemmanco sbreccarla un zinzino.[14] In nel piano di sopra scegliete ugni sempre la robba peggio fra quella che vi vorranno regalare le fate. »

La Caterina gli'mprumesse a quel vecchietto d'ubbidirlo in tutto, e poi lo ringraziò della su' bontà, gli disse addio e s'avviò più contenta in verso le fate; e lì, doppo picchiato all'uscio, lei si diportò [15] secondo l'ammaestramento, sicché gli fu aperto e subbito domandò lo staccio alle fate. Dissano loro:

« Aspetta; ora ti si dà. Intanto nentra qui. »

Ed ecco la Caterina vede in nella stanza tanti gatti, che lavoravano a tutto potere.[16]

11 *ammodo*: educatamente.

12 *diviato*: di filato.

13 *a fornirgli l'opera*: a finire il lavoro.

14 *sbreccarla un zinzino*: romperla minimamente. Sbreccare: rompere una cosa nell'orlo, soprattutto riferito a stoviglie.

15 *si diportò*: si comportò.

16 *a tutto potere*: di gran lena, a tutta forza.

« Poveri micini! » scrama. « Con codeste zampine chi sa mai quante pene vo' patite! Date qua, gnamo! [17] farò io, farò io. »

E pigliato il lavoro de' gatti in quattro e quattr'otto lo finì. Poi in cucina rigovernò, spazzò, rimesse a ordine tutti gli attrazzi: la cucina pareva doppo un salotto. Chiamorno allora il Mammone e i gatti miaulando gli dicevano: « A me 'gli ha cucito ». « A me 'gli ha fatto la calza ». « A me 'gli ha rigovernato »: e accosì raccontorno tutti al Mammone gli aiuti della Caterina, e 'n quel mentre saltavano a balziculi [18] dal gran piacere dappertutta la stanza.

Il gatto Mammone, quend'ebbe sentuto l'opere della Caterina, gli disse:

« Che vôi da culizione? Pan nero e cipolle, oppuramente, pan bianco con del cacio? »

« Oh! datemi pan nero e cipolle » arrisponde la Caterina. « Nun sono avvezza a mangiare altro. »

Ma il gatto Mammone volse che lei mangiassi pan bianco e cacio. Doppo il Mammone invitò la Caterina a salire in nel piano di sopra e la menò alla scala di cristallo; la Caterina si levò diviato gli zoccoli e ascese su in peduli [19] tanto pianino, che nun sciupò nulla e nun fece nemmanco uno sgraffio in sulla scala. Quando fu drentro al salotto gli profferirno delle vestimenta belle e delle brutte, dell'oro e dell'ottone; e lei trascelse le vestimenta brutte e l'ottone. Ma il Mammone invece diede ordine alle fate che l'acconciassino alla splendida e gli fussan regalate delle gioje legate in oro e di gran valsente,[20] e doppo vestita a quel mo', che pareva una regina, il medesimo Mammone gli disse alla Caterina:

« To' su lo staccio, e quando tu sie' fora dell'uscio, bada bene! Se tene e' senti ragliar l'asino, nun ti voltare; ma se canta il gallo, voltati pure. »

[17] *gnamo*: andiamo.
[18] *a balziculi*: a piccoli balzi, come fa il gatto quando è contento o avvista qualcosa di ghiotto. Nota la vivace espressione e la divertita narrazione.
[19] *in peduli*: senza scarpe.
[20] *gran valsente*: gran valore.

La Caterina ubbidì, e al raglio dell'asino lei nun se ne diede per intesa; ma al chicchirichì del gallo si rivoltò addietro, e subbito gli viense una stella rilucente in sul capo.

A male brighe che la Caterina arrivò a casa sua, la mamma e la sorella Brutta le divorava l'astio e il dispetto; quella stella poi 'gli era per loro dua un pruno fitto in negli occhi. Dice la Brutta:

« Vo' ire anch'io dalle fate. Mandate me a riportargli lo staccio, mamma. »

Sicché, quando lo staccio fu addoperato, la Brutta se lo mettiede [21] sotto il braccio e s'avviò al bosco delle fate, e anco lei in sull'entrata fece l'incontro del vecchietto che gli domandò:

« Ragazzina, per dove così vispola? »[22]

« Vecchio 'gnorante! » gli arrispose con superbia la Brutta « i' vo dove mi pare. Impaccioso! [23] badate a' fatti vostri. »

« Brutta e scontrosa! » scramò il vecchietto ridendo sottecche.[24] « Va' va' a tu mo' addove ti pare! Doman te n'avvedrai! »

Ed eccoti la Brutta all'uscio delle fate; e lei agguanta alla sversata [25] il picchiotto e giù, dàgli, botte da scassinare le imposte. A quel fracasso dissan di dientro le fate:

« Metti un dito in nel buco della toppa e apri. »

La Brutta subbito ficca il dito a quel mo'; e quelle – ziffete! – e glielo stroncano di netto. L'uscio allora si spalancò e la Brutta rabbiosa e inviperita salta in casa, e, scaraventato lo staccio per le terre, principia a bociare:

« Deccovi il vostro staccio, maledette! »

E poi visti i gatti al lavoro, sbergola: [26]

« Buffi questi gattacci! Oh! che mesticciate [27] voi, mammalucchi? »

[21] *mettiede*: mise.
[22] *vispola*: vispa.
[23] *Impaccioso*: ficcanaso, termine ancora vivo.
[24] *sottecche*: di sottecchi.
[25] *sversata*: senza verso, quindi: senza garbo.
[26] *sbergola*: urla.
[27] *mesticciate*: combinate, armeggiate, pasticciate.

E gli pigliò tutti gli arnesi, e a chi bucò le zampe con gli aghi, e a chi le tuffò giù in nell'acqua bollente, e a chi diede su per le costole la granata e i fusi. Ne nascette una confusione, un brusìo da nun si dire. Que' gatti scappavano di qua e di là miaulando dal male; sicché a quel chiasso comparse il gatto Mammone, e i gatti infra gli strilli gli raccontorno gli strapazzi della Brutta. Serio serio disse il Mammone:

« Ragazzina, vo' dovete aver fame. Volete voi pan nero e cipolle, oppuramente, pan bianco con del cacio? »

E la Brutta:

« Guarda che bella creanza! Se vo' vienissi a casa mia, nun vi dare' mica pan nero e cipolle, e nemmanco vi stronchere' le dita in nel buco della chiave. I' vo' pan bianco e del cacio bono. »

Ma se lei volse mangiare, bisognò che s'accontentassi del pan nero con le cipolle, perché non gli portorno altro. Allora il gatto Mammone disse:

« Gnamo via, ragazzina. Vi si regalerà anco a voi un vestito e tutto il resto. Ascendete su, ma badate alla scala, che è di cristallo. »

La Brutta però nun se n'addiede dell'avvertimento, e salì all'arfasatta [28] la scala co' su' zoccolacci in ne' piedi, sicché la fracasciò da cima a fondo; e arrivata in salotto, quando le fate gli domandorno:

« Che vi garba di più, un vestito di broccato e de' pendenti d'oro, oppuramente, un vestito di frustagno e de' pendenti d'ottone? »

Lei s'attaccò subbito alla sfacciata alla robba meglio: ma per su' malanno gli conviense pigliare la peggio, perché nun gliene diedano altra.

Tutta indispettita la Brutta prese il portante per andarsene; in sull'uscio però gli disse il gatto Mammone:

« Ragazzina, se canta il gallo, tirate via; ma se raglia l'asino, e voi voltatevi addietro, ché vedrete una bella cosa. »

Difatto, deccoti che l'asino raglia di gran forza; e la Brutta girato il capo, tutta desio di vedere la bella cosa,

[28] *all'arfasatta*: in modo sgarbato.

una folta coda di ciuco gli viense fora dalla fronte. Disperata si messe a correre in verso casa sua, e per istrada 'gli urlava da lontano:

Mamma, dondò,
Mamma, dondò,
La coda dell'asino mi s'attaccò.

Infrattanto la Caterina, ugni sempre più bella da quel giorno che era stata a visitare le fate, fu vista dal figliolo del re, che se ne innamorò tanto forte da ubbligare il re su' padre a acconsentirgli che lui la pigliassi per su' moglie. Le nozze viensano stabilite, e la madre e la Brutta nun ebban l'ardimento di opporsi alla volontà reale; pure almanaccorno d'ingannarlo a bono, in nella speranza di rinuscire. Oh! sentite quel che feciano queste du' sciaurate birbone.

Il giorno dello sposalizio la Caterina la calorno in un tino serrato che steva giù in cantina, e co' su' vestiti e le su' gioje la Brutta s'accomidò [29] da sposa, e la mamma gli radette la coda d'in sulla fronte e poi gli ravvolse il capo con un velo fitto fitto; sicché quando il figliolo del re viense col corteo a pigliare la Caterina, la vecchia gli disse: « Eccovela qui bell'e ammannita per la cirimonia » e gli presentò la Brutta. Il figliolo del re steva lì per porgere la mano a quella strega trasficurita,[30] concredendola che fussi proprio la Caterina; ma tutt'a un tratto gli parse di sentire de' rammarichii [31] sotto terra in fondo della casa. Arrizza gli orecchi a quel lamentìo, comanda che ognuno tienga la bocca serrata e nun parli, e s'accorge che qualcuno cantava con voce piagnolente:

Mau maurino!
La Bella è nel tino,
La Brutta è 'n carrozza
E 'l re se la porta.

Il figliolo del re allora s'insospettì, e volse che si ca-

[29] *s'accomidò*: s'accomodò.
[30] *trasficurita*: travestita.
[31] *rammarichii*: lamenti.

vassi 'l velo di capo alla sposa per vederla meglio, e subbito scoprì l'inganno; perché alla Brutta la coda gli era di già ricresciuta un bon po' e da tappargli gli occhi. 'Gli andiede in sulle furie il figliolo del re, e cercata la Caterina la fece sortir fora dal tino, e sentenziò che ci barbassino [32] in nel vero mumento la vecchia e la Brutta legate assieme, e doppo, nun contento, disse che gli fussi butto addosso una caldaja piena d'olio bollente. Figuratevi che gastigo! Quelle du' astiose creporno subbito allesse, e nun potiedan [33] commetter più malestri. Il figliolo del re poi sposò la bella Caterina, la menò al su' palazzo, addove camporno allegri e contenti per dimolti anni.

Stretta la foglia, larga la via,
Dite la vostra ch'i' ho detto la mia.

La novella de' gatti è riportata nella sua veste originale per rappresentare forse la più bella raccolta di favole toscane, le *Sessanta novelle* di G. Nerucci. In quel testo porta il numero V e il titolo: *La bella Caterina, oppure La novella de' gatti*, e con questo ultimo titolo è in genere conosciuta (v. G. Donati, *La novellina dei gatti nell'Umbria*, Perugia, 1887; P. Pellizzari, *Fiabe e canzoni del contado di Maglie in Terra d'Otranto*, I, Maglie, 1881).

Discusso è il criterio del Nerucci di raccogliere ed elaborare il testo, rinarrando in un dialetto letterario (diciamo così) la materia ricevuta dai suoi informatori, di cui riferisce fedelmente il nome, quasi convinto che qualcuno possa credere che i suoi sarti, i suoi contadini e le sue vedove fossero altrettante Shahrazàd del contado pistoiese.

In realtà a suo modo Nerucci colse il limite del criterio positivista della raccolta dei testi popolari, in voga nel suo tempo, per cui si voleva la trascrizione esatta di un testo così come usciva "dalle labbra del popolo". Capì, se non che tale

[32] *ci barbassino*: ci mettessero per sempre. "Barbare": metter radici, barbe.
[33] *potiedan*: potettero.

criterio finiva comunque per risultare infedele allo spirito, che il testo certamente si presentava illeggibile. Intervenne criticamente, sempre con il maggior rispetto possibile alle teorie imperanti dell'epoca, sulla redazione iniziale sia per quanto riguarda l'impostazione narrativa che per la lingua. Se in quel contado non si narrava esattamente a suo modo, certo lo scrittore ne ha colto lo spirito, i guizzi e le sfumature della lingua, il modo di rivivere la materia narrativa in quella particolare terra della Toscana, dandocene un'immagine del linguaggio (non importa se ridotto a miglior lezione) e in questo il senso e il gusto montalese della favola.

Si tratta infatti d'una delle novelle più felici in cui il favoloso è tutto intriso di vita rurale toscana ottocentesca. Mancano qui infatti quelle invasioni di modelli narrativi borghesi e letterari ai quali talvolta indulge il Nerucci, lasciandosi convincere a mantenere uniti (ad esempio) due temi favolistici diversi, dando alla fiaba un andamento romanzesco.

Ecco dunque la vita del paese e dei campi nella dimensione fiabesca: invidia e gelosia di donne, il mondo della cucina e delle faccende, il prestito dello staccio, la casa dei gatti laboriosi come una grande fattoria ben organizzata, la gentilezza di Caterina, i bruschi modi contadini, nella peggiore edizione, della Brutta, ecc.

Nota un po' dovunque in Toscana questa *Novella de' gatti* è documentata a Firenze, dove ancora così si racconta; nei pressi di Signa (*Le tradizioni popolari di S. Stefano a Calcinaia* del De Gubernatis) e nel senese attraverso il manoscritto di C. Marzocchi del museo di Roma, cit.

Meo e la Mea

E' c'erano 'na vorta du' vecchiucci poeri poeri 'n canna, e' si chiamaan di nome Meo e la Mea, marito e mogghie da tanti ma' anni, e nun aean nulla, propio nulla a i' su' comando, sarvo 'na capannuccia sverzata e un' po' di strebbiaccio, e campellaano là lae di limosine, accoccoli pe' la piue parte d' i' giorno a i' focarello in nella su' catapecchia.

Una sera cue' du vecchi 'ghi steano barbottando 'ntra di loro, perchene e' nun sapeano com' ire 'nnanzi, cuando la Mea dicette:

« I' 'un hoe che un seme di zucca. »

Dice Meo:

« Doman mattina e' s' hae a póre addoppo a i' cighione in nell' orto. »

E accosie feciano, e viense fôra una bella zucca, e crescette tant'erta e grossa che 'ghi arriaa cuasimente alle nugole, e in su i' fusto 'ghi arreggea anco un'omo.

Dice Meo:

« Armanco, se no' s' aessi un po' di pane e un po' di caciuccio, a mangiagghi co' cuesta zucca no' si starebbe piue megghio. Sa', Mea, i' che ten' ha' da fare? Tene, che siè, di men'anni e piue sderta di mene, ten' ha' da ripire su p' i' fusto della zucca 'nzino 'n vetta e badare se tene scropi nulla, e domanda a chi troi 'n su i' crinale i' pane e i' caciuccio 'n carità, se 'un foss' artro. »

La Mea a cuer ristio d' arrampicassi su pe' la zucca dapprima e' nun ci si vôrse mètte'; ma da utimo e' si lassoe persuadessi da i' su' omo e montoe, e a male brighe a mezza via lei e' nun vedea nè tèra nè cielo: 'ghi tremaa i' bubbolino a bono.

Sali sali sali la Mea, finarmente 'ghi arrioe a 'na spianata, in dove c'era un palazzo co' delle fate dientro, che ghi addomandonno:

« I' che cerchi, vecchia, su pe' di di cuìe? »

Dice la Mea:

« No' siemo du' poeri vecchiarelli co' i' mancamento d' ugni cosa. Se loro e' mi fanno la carità, pe' su' bona grazia, no' si bramerebbe un po' di pane e un po' di caciuccio, tanto pe' caassi la fame ugni santo di. »

« Vai, » arrisposano le fate « la grazia 'ghi ène bell' e accorda ».

Passa d' i' tempo e Meo principioe a stuccassi di cuer pan solo co' i' cacio, e badaa a barbottare:

« Mea, se no' s' aessi armanco un fiaschetto di vino, cuesto mangiare e' nun ci farebbe fógo. Gnamo! arritorna dalle fate, Mea, e fagghiela la richiesta. »

La Mea 'ghi ubbidì, e le fate furno assa' bone pe' nun istar' in su i' niego, ma e' dissano:

« Va' pure, vecchia, la grazia 'ghi ène bell' e accorda. »

Le genti e' nun si contentan mai, e massime chi ène poero, se pe' su' sorte vienga 'nzenza fatìa a buscassi cuarcosa; sicchene donche Meo una sera, doppo uno sbadigghio, e' si grattoe i' ceppicone e po' dicette:

« Mea, che diressi tene? Che scianto, se no' s' aessi un caalluccio e 'na cestina pe' andassene a zonzo 'n su le ventitrene! Che vita iscérta e da fattori, nun ène vero, Mea? »

Arrisponde la Mea:

« Artro se 'ghi ène vero! Ma coresti aggeggi e' nun c' ènno. »

Fae Meo:

« Ma tene poteressi anco senti' dalle fate, se loro ce le 'ogghian regalar' i' caalluccio e la cestina. Cattade! vacci doman mattina, che la via tene l' ha' d' aère 'mpara a cuest' otta. »

Dice la Mea:

« E i' anderoe. »

E accosie la Mea rideccola a 'mportunà' le fate co' le su' domande 'mpronte, e le fate, abbeneché cominciasseno a sbofonchià' n' i' su' di dientro, e' dissano:

« Anco cuesto e' vi s' accorda. Va' pure, vecchia, tene troi 'gni cosa a i' su' posto 'n casa »

E' successe che di lìe a un po' viense 'na gran nova p' i' mondo, ch' a Roma 'ghi era morto i' Papa, e che trattaano di nominanne un' artro 'n scambio a i' goerno della Santa Chiesa. Oh! a Meo 'un ghi sartoe i' grillo d' èsse' lui i' Papa! E' s' arrivôrse alla Mea; dice:

« Si proa, se si fusse nati assortiti? Sbrigati, e va' diviato da cuelle bone fate, e dimandagghielo, se loro mi facessin mene Papa e tene Papessa. Se ci rinusce, che bardoria, Mea! No' siem padroni spòtii, ricchi isfondolati. »

La Mea pe' l' assinto di doventà' Papessa co' la su' mitera 'n su i' cucuzzo, e' nun lo lassoe nemmanco finir' i' discorso i' su' omo, e lesta com' uno scoiattolo si mettiede a ripire su pe' la zucca, e 'n un mumento deccola a petto alle fate. Loro, in n' i' vedella a cuer mo' arrapina e accana, subbito ghi domandonno:

« Vecchia, i' che c' èn' egghi di novità? »

Dice la Mea, e cancugnaa dall'ansima:

« C' ène di novità, ch' a Roma i' Papa morse, e che ne 'ogghian far' un' artro a i' su' logo. Decco, pe' su bona grazia di loro signorie, no' si bramerebbe, che Meo fusse Papa e mene Papessa. »

« 'Gnoranti! » scramonno le fate in nell'ascortà' una simile prutenzione. « Meo *peto* e tene *vescia*! » e 'ntrafinefatta sparinno.

E Meo diviense *peto* e la Mea *vescia*, e accosie, pe' volè troppo e 'un èsse' ma' contenti, e' nun ebban nulla, persano tutto e fininno a cuer mo'.

Meo e la Mea

C'erano una volta due vecchietti poveri in canna che avevano nome Meo e Mea. Erano marito e moglie da tanti anni e non avevano nulla di nulla di loro proprietà, salvo una piccola capanna sbilenca e intorno un terreno piccolo e sassoso, tanto che vivevano a malapena d'elemosine rannicchiati per la maggior parte del giorno intorno a un focherello nella loro catapecchia.

Una sera i due vecchi stavano parlottando tra loro perché non sapevano come tirare avanti, quando la Mea disse:

« Non m'è rimasto che un seme di zucca. »

Rispose Meo:

« Domattina lo dobbiamo mettere sotto il ciglione dell'orto. »

Così fecero. Ne venne fuori una bella zucca che crebbe tanto grande e bella ritta che quasi quasi arrivava alle nuvole e con un fusto tanto robusto che sosteneva anche un uomo.

Disse allora Meo:

« Se avessimo almeno un po' di pane e un po' di cacio da mangiare con questa zucca si starebbe anche meglio. Senti, Mea, cosa devi fare: tu che hai meno anni e sei più svelta di me devi arrampicarti su per il fusto della zucca fino alla cima e lassù guardare se scopri qualcosa; e se trovi qualcuno da quelle parti chiedi, se non altro, un po' di pane e un po' di cacio per carità. »

In principio la Mea non voleva correre quel rischio di arrampicarsi sopra la zucca; ma poi si lasciò convincere dal marito e non era giunta neppure a metà del fusto che non vedeva più né terra né cielo e le era venuta una bella tremarella.

A forza di salire la Mea finalmente arrivò a una spianata dove c'era il palazzo abitato dalle fate che le domandarono:

« Che cerchi vecchietta da queste parti? »

Rispose la Mea:

« Noi non siamo che due poveri vecchierelli ai quali manca tutto. Se mi faceste la carità, per vostra buona grazia, noi vorremmo un po' di pane e un po' di formaggio per levarsi la fame ogni giorno che viene. »

« Vai pure » dissero le fate « la grazia è già accordata! »

Passò il tempo e a Meo cominciò a venire a noia quel pane solo col formaggio e borbottava continuamente:

« Mea, se avessimo almeno un fiaschetto di vino potremmo mandare giù meglio questo mangiare asciutto. Via Mea, torna dalle fate a chiederglielo! »

La Mea ubbidì e le fate furono molto comprensive non dicendole di no; anzi risposero:

« Vai pure, vecchietta, la grazia è già accordata! »

Ma la gente non si contenta mai e in particolare chi è povero, se per fortuna riesca a procurarsi qualcosa senza fatica, per cui anche Meo una sera, dopo uno sbadiglio, si grattò la testa che aveva molto grossa e disse:

« Mea, che ne diresti? Che bellezza se si potesse avere un cavallino e un calesse per andarsene a giro vestiti come si deve! Che vita raffinata e da fattori, non ti pare Mea? »

Rispose la Mea:

« Altro che se è vero! Ma questi mezzi non li abbiamo. »

Ribatté Meo:

« Ma tu potresti anche domandare alle fate se volessero regalarci il cavallino e il calesse. Diavolo! Vacci domattina, che la strada da fare ormai l'hai imparata! »

Disse la Mea:

« Andrò. »

E così la Mea andò di nuovo a infastidire le fate con le sue richieste importune, e le fate, benché cominciassero già in cuor loro ad essere stufe, dissero:

« Anche questo vi si concede. Vai pure, vecchietta, e troverai quello che desideri al suo posto a casa tua. »

Di lì a poco si diffuse una grande notizia per il mondo:

a Roma era morto il papa e discutevano per nominarne un altro al suo posto per il governo della Santa Chiesa. E a Meo non gli passò per la testa d'essere lui il papa? E allora disse alla Mea:

« Mea, bisogna tentare: fosse mai che si fosse nati sotto la buona stella! Sbrigati, corri subito da quelle buone fate e domanda loro se mi fanno papa e fanno te papessa. Se ci va bene te l'immagini Mea che baldoria! Siamo padroni assoluti del mondo e ricchi sfondati. »

La Mea per la smania di diventare papessa con la sua mitria piantata in testa, non lasciò nemmeno che il marito finisse il discorso, e svelta come uno scoiattolo prese a salire su per la zucca e in un momento arrivò dalle fate che, nel vederla così affannata e smaniosa, le chiesero subito:

« Dite, vecchietta, che novità ci sono? »

Rispose la Mea che non ce la faceva a parlare per l'affanno:

« C'è una novità: che a Roma il papa è morto e ne vogliono fare un altro al suo posto. Ecco, per grazia delle signorie vostre, vorremmo che Meo fosse fatto papa e io papessa. »

« Screanzati! » sbottarono le fate nel sentire simile pretese « Meo sarà un peto e tu una vescia! » E immediatamente scomparvero.

Meo diventò un peto e la Mea una vescia; e così per voler troppo e non essere mai contenti, non ebbero nulla e persero tutto per finire in questa bella maniera!

La novella di *Meo e la Mea* si trova nel volume di G. Nerucci: *Cincelle da bambini in nella stietta parlatura rùstica di Montale Pistolese*, ed è riportato nella lingua originale sia per la forma felice che vi ha trovato sia per dare un'idea della gradazione di comprensibilità che hanno le parlate toscane se trascritte in un modo o in un altro. Infatti questa novella è raccolta nello stesso Montale Pistoiese dove fu trovata dallo stesso Nerucci *La novella de' gatti*. Un lavoro di successiva ripulitura ha portato *La novella de' gatti* assai più vicina all'italiano di quanto non sia questo testo che risulta più fedele alla parlata popolare-contadina. Ma quanto? Anche qui non si tratta d'un resoconto stenografico e la ripulitura c'è stata, se non altro in tutte le incertezze e le ripetizioni di cui non resta traccia.

A giustificazione del Nerucci si può dire che nelle campagne toscane si trovano ancora persone capaci di parlare linguaggi intermedi tra il dialetto e la lingua a seconda dell'interlocutore più o meno colto, aggiustandosi così al suo livello di comprensione, tanto che in passato correva anche il termine banale "porcivile" con cui i piccoli borghesi irridevano il gergo di chi si sforzava senza successo di parlare la lingua italiana, magari affettatamente: parlare porcivile.

Oltre che nelle *Cincelle*, si trova anche nei *Racconti popolari pistoiesi* (Pistoia, 1901): *Bisogna hontentassi del giusto* (L). Il motivo della fava, o del seme che produce una pianta che arriva al cielo, è proprio di altre novelle europee o extraeuropee, inserito in altri filoni narrativi (v. *La fava*, in G. Pitrè, *Novelle p. t.*, XXIX).

Il termine *vescia* si è lasciato nell'originale e va inteso non con il significato comune di fungo, ma come indica il Petrocchi che riporta la lingua contadinesca delle montagne toscane: correggia sorda.

INDICE DEI MOTIVI DELLE FIABE

Questo indice si riferisce all'opera *Motif-Index of Folk Literature* di S. Thompson, che a nostro avviso rappresenta il tentativo più efficace e più utile di classificazione del polimorfo materiale fiabesco. Necessariamente, per la natura stessa della materia, dubbi e incertezze nell'individuare i motivi e nel catalogarli, non hanno trovato spesso piena e soddisfacente risposta, nonostante la presenza dell'eccellente lavoro *Indice delle fiabe toscane* di G. D'Aronco. Lo abbiamo tenuto presente, discostandocene per più capillari segmentazioni dei temi, diverse integrazioni e qualche aggiunta di temi, forse giustamente considerati secondari o trascurabili dal D'Aronco nell'economia della sua grande opera generale. Alla quale comunque si rimanda per un quadro complessivo della materia e della classificazione.

A chi prima s'adira

H 1500 Prove di sopportazione
J 2450 Interpretazioni letterali stupide
K 440 Altre frodi
K 1350 Donna sedotta e corteggiata con l'inganno

Campriano

K 110 Vendita di oggetti pseudomagici
K 130 Vendita di animali senza valore
K 140 Vendita di altri oggetti senza valore

Dodicino

D 760 Disincantamento con mezzi vari
E 280 Spettri che infestano case
F 80 Viaggi al mondo inferiore

H 1010 Compiti impossibili
H 1400 Prove di paura
H 1410 Dimora in luogo pauroso
H 1430 Contatti senza paura con spettri

I due gobbi

D 1240 Acque e medicine magiche
G 260 Azioni malvage delle streghe
Q 140 Ricompense miracolose o magiche
Q 340 Immischiarsi in cose altrui che porta punizione
Q 470 Punizioni umilianti
Q 550 Punizioni miracolose o magiche

I sette fratelli d'ingegno

G 380 Orchi
H 970 Aiuto nel compimento di compiti
R 0 Prigionia
R 110 Liberazione di prigionieri
R 220 Fughe
R 260 Inseguimenti

I tre consigli

Q 60 Altre buone qualità ricompensate
Q 150 Immunità da sventure come ricompensa

Il basilicone

K 440 Altri inganni
K 1210 Innamorato umiliato o beffato
K 1810 Inganno per mezzo di travestimento

Il gallettino e la volpe

B 170 Uccelli, pesci e rettili magici
B 180 Quadrupedi magici

Il mortaio d'oro

H 900 Compiti imposti
H 960 Compiti portati a termine per ingegnosità o intelligenza
H 1010 Compiti impossibili

La Capra Ferrata

Z 0 Filastrocche

La cavallina fatata

B 470 Pesci aiutanti
K 1840 Inganno per mezzo di sostituzione
H 900 Compiti imposti
H 970 Aiuto nel compimento dei compiti
H 1210 Ricerche obbligate
Q 210 Delitti puniti

La gallina secca

B 170 Uccelli, pesci e rettili magici
B 180 Quadrupedi magici

La noce a tre canti

D 1560 Oggetti magici che compiono altri servizi per il possessore
F 200 Fate
F 300 Matrimonio o legame con fate
Q 60 Altre buone qualità ricompensate

La novella del cece

K 440 Altre frodi
K 1610 Ingannatore che cade nella sua stessa trappola
Q 470 Punizioni umilianti

La novella de' gatti

K 1840 Inganno per mezzo di sostituzione
Q 40 Gentilezza ricompensata
Q 260 Inganni puniti
Q 280 Sgarbatezze punite
Q 470 Punizioni umilianti
S 10 Genitori crudeli

La novella del grullo

J 280 Contrattazioni stupide
J 2450 Interpretazioni letterali sceme
N 630 Acquisizione fortuita di tesori o di danaro

La novella dell'enigma

H 770 Indovinelli di spiegazione
H 790 Indovinelli basati su circostanze insolite
H 1220 Ricerche intraprese volontariamente

La novella di Fidati e Non-ti-fidare

D 1240 Acque e medicine magiche
G 200 Streghe
G 260 Azioni malvage delle streghe
G 520 La strega ingannata danneggia se stessa
Q 210 Delitti puniti
N 440 Segreti preziosi appresi

La novella di Gianni Stento
che non aveva paura né spavento

H 1400 Prove di paura
H 1410 Dimora in luogo pauroso

La volpe e il lupo

B 180 Quadrupedi magici
K 440 Altre frodi
K 730 Vittima intrappolata

La storia di Petuzzo

Z 0 Filastrocche

Le penne dell'orco

D 1240 Acque e medicine magiche
D 1250 Oggetti magici vari
G 400 Una persona cade in potere dell'orco
G 500 L'orco sconfitto
G 550 Salvezza dalle mani dell'orco
G 610 Furto fatto all'orco
H 970 Aiuto nel compimento dei compiti
H 1220 Ricerche intraprese volontariamente
N 440 Segreti preziosi appresi

Le tre mele

D 210 Trasformazioni: l'uomo in forma vegetale
D 760 Disincantamento con mezzi vari
D 950 Albero magico
G 300 Altri orchi
G 610 Furto fatto all'orco
H 1200 Ricerche
K 1840 Inganno per mezzo di sostituzione
Q 210 Delitti puniti

Mastro Prospero e i tre doni del Signore

D 810 Oggetto magico in dono
D 1150 Mobili magici
D 1170 Utensili e arnesi magici
D 1410 Oggetto magico in dono
D 1600 Oggetti magici automatici
F 50 Accesso al mondo superiore
F 90 Accesso al mondo inferiore
V 220 Religione - Santi

Meo e la Mea

D 270 Trasformazioni: l'uomo in oggetto - Varie
D 960 Fiori e piante magiche
F 340 Doni delle fate
L 430 Arroganza ripagata
Q 550 Punizioni miracolose

Panicuzzo

F 340 Doni delle fate
K 420 Il ladro perde i suoi beni ed è scoperto
K 440 Altre frodi

Pino

J 2080 Contrattazioni stupide
J 2100 Rimedi peggiori del male
J 2450 Interpretazioni letterali sceme
J 2650 Scemi maldestri
N 630 Acquisizione fortuita di tesori o di danaro

Pochettino

G 400 Persona che cade in potere dell'orco
G 510 L'orco ucciso
G 550 Salvezza dalle mani dell'orco

Rana Rana

D 750 Disincantamento per mezzo della fedeltà
L 10 Figlio ultimogenito vittorioso
H 1090 Compiti richiedenti velocità miracolose
Q 210 Delitti puniti

Re Porco

B 640 Matrimonio con persone in forma di animali

D 130 Trasformazioni: l'uomo in animale domestico
D 330 Trasformazioni: animale domestico in persona
D 1250 Oggetti magici vari
D 1960 Sonno magico
D 2000 Dimenticanza magica
G 370 Orchi - Varie
H 970 Aiuto nel compimento dei compiti
H 1220 Ricerche intraprese volontariamente
L 50 Figlia ultimogenita vittoriosa
Q 550 Punizioni miracolose

Tovagliolino apparecchia apparecchia

D 910 Oggetto magico in dono
D 1170 Utensili e arnesi magici
D 1400 Oggetti magici che sopraffanno persone
D 1450 Oggetti magici che procurano un tesoro
D 1560 Oggetti magici che compiono un servizio per il possessore
D 1600 Oggetti magici automatici
K 1840 Inganno per mezzo di sostituzione
L 10 Figlio ultimogenito vittorioso

BIBLIOGRAFIA ESSENZIALE

Vi sono riportate le opere generali sulla fiaba toscana, le pubblicazioni particolari riguardanti le fiabe che fanno parte della raccolta e i testi di studio attinenti alla materia.

Le opere più citate sono precedute da una sigla, tra parentesi quadra, con la quale sono segnalate per brevità nel corso del volume.

Le opere ancor più specifiche utilizzate trovano segnalazione completa in nota a ciascuna novella.

Bacci Giuseppe, *Saggio di novelle che si dicono da' contadini della Valdelsa*, (Nozze Bacci - Del Lungo), Castelfiorentino, Giovannelli e Carpitelli, 1895.

Bariola Felice, *Sei novelline gragnuolesi. - Due lettere inedite a Francesco Redi, dagli autografi di Vittoria della Rovere e del Principe di Toscana...* (Nozze Oddi - Bartoli con dedica di Felice Bariola), Firenze, Carnesecchi, 1891.

Basile Giambattista, *Il Pentamerone*, ossia *La fiaba delle fiabe*, tradotta dall'antico dialetto napoletano e corredata di introduzione e note storiche di Benedetto Croce, 3 voll., Bari, Laterza, 1974.

Calvino Italo, *Fiabe italiane raccolte dalla tradizione popolare durante gli ultimi cento anni e trascritte in lingua dai vari dialetti*, Torino, Einaudi, 1956.

Carducci Giosuè, Brilli Ugo, *Letture italiane scelte e annotate ad uso delle scuole secondarie inferiori*, Bologna, Zanichelli, 1891.

Cocchiara Giuseppe, *Storia del folklore in Europa*, Torino, Einaudi, 1954.

– *Storia del folklore in Italia*, Palermo, Sellerio, 1981.

Collodi (Lorenzini) Carlo, *Le avventure di Pinocchio*, "Edizione nazionale", Firenze, Vallecchi, 1955.

Comparetti Domenico, *Cinque fiabe di Prato e del Mugello*, ms. 183 del Museo delle arti e tradizioni popolari di Roma.
– *Venticinque fiabe pisane*, ms. 148 del Museo delle arti e tradizioni popolari di Roma.

[Comparetti, *Novelline p. i.*]
Comparetti Domenico, *Novelline popolari italiane* I, Roma, Torino, Firenze, Loescher, 1875.

Corazzini Francesco, *I componimenti minori della letteratura popolare italiana nei principali dialetti*, o *Saggio di letteratura dialettale comparata*, Benevento, De Gennaro, 1887.

Crane Thomas Frederick, *Italian Popular Tales*, Boston - New York, Houghton, Mifflin and Company. 1885.
– *Le novelle popolari italiane* (traduzione di Fedele Pollaci - Nuccio) in «Giornale di Sicilia», XVI, 1877, numeri: 186-8, 190, 195, 206-7, 216, 235, 236, 239, 240.

D'Aronco Gianfranco, *Fiabe di magia in Italia*, Udine, Arti grafiche friulane, 1957.
– *Indice delle fiabe toscane*, Firenze, Olschki, 1953.

[De Gubernatis, *Le tradizioni*]
De Gubernatis Alessandro, *Le tradizioni popolari di S. Stefano a Calcinaia*, raccolte da A.D.G., con proemio di Angelo De Gubernatis, Roma, Forzani, 1894.

De Gubernatis Angelo, *Zoological Mythology, or The Legends of Animals*, 2 voll., Londra, Trübner, 1872.
– *Storia universale della letteratura*, volume VIII: *Florilegio delle novelline popolari*, Milano-Napoli-Pisa, Hoepli, 1883.
– *Le novelline di S. Stefano*, raccolte da A. D. G. e precedute da una introduzione sulla parentela del mito con la novellina, Torino, Negro, 1869.
– *Novelline di S. Stefano di Calcinaia*, in « Rivista di letteratura popolare », I, 1878.

Diciannove fiabe di Barga, ms. 142 del Museo delle arti e delle tradizioni popolari di Roma.

Dodici fiabe di Barga, ms. 143 del Museo delle arti e delle tradizioni popolari di Roma.

Franz Marie-Louise, von, *Le fiabe interpretate*, Torino, Boringhieri, 1980.

Galletti Gino, *Nel Monteamiata.* Saggio di letteratura popolare, Città di Castello, Lapi, 1913.

Giannini Giovanni, *Novelline lucchesi* (Nozze Zenatti-Covacich), Lucca, Giusti, 1888.
– *I viaggi di N. S. Gesù Cristo* (Leggende popolari lucchesi) in *Niccolò Tommaseo* I, 1904.
– *Zanobio Campana di Firenze*, in *Niccolò Tommaseo*, II, 1905.

Giannini Giovanni, Parducci Amos, *Il popolo toscano*, Milano, Trevisini [1926].

Giusti Giuseppe, *Epistolario edito e inedito di G.G.*, raccolto, ordinato e annotato da Ferdinando Martini, con l'aggiunta di XXI appendici, Firenze, Le Monnier, 1904.

Gradi Temistocle, *La vigilia di Pasqua di Ceppo.* Otto novelle di T. G. coll'aggiunta di due racconti, Torino, Vaccarino, 1870.
– *Racconti*, Tipografia Editrice S. Bernardino, Siena, 1886.
– *Saggio di letture varie per i giovani.* Torino, Franco, 1865.
– *Il romanzo della volpe*, Sellerio Editore, Palermo, 1980.

[Imbriani, *La Novellaia fiorentina*]
Imbriani Vittorio, *La Novellaia fiorentina.* Fiabe e novelline stenografate in Firenze dal dettato popolare, Livorno, Vigo, 1877.
– *Canti pomiglianesi con varianti avellinesi, montellesi, bagnolesi, milanesi, toscane, leccesi*, ecc., Napoli, Detken & Rocholl, 1877.

Lévi-Strauss Claude, *Il crudo e il cotto*, Milano, Il Saggiatore, 1966.

Magherini Graziani G., *In Valdarno (Racconti toscani).* Prefazione di Ferdinando Martini, Città di Castello, Società Tipografica Cooperativa Editrice, 1910.

[Marzocchi, *Manoscritto*]
Marzocchi Ciro, *Centotrenta fiabe senesi*, ms. 57 del Museo delle arti e tradizioni popolari di Roma.

[Nerucci, *Sessanta novelle*]

Nerucci Gherardo, *Sessanta novelle popolari montalesi* Firenze, Le Monnier, 1891.

[Nerucci, *Cincelle*]
Nerucci Gherardo, *Cincelle da bambini, in nella stietta parlatura rustica d'i' Montale Pistolese, sentute arraccontare e po' distendute 'n su la carta*, Pistoia, Rossetti, 1881.

Nerucci Gherardo, *Mescolanza di tradizioni popolari, ricerche erudite e note storiche*, Pistoia, Flori, 1905.
– *Storielle popolari*, in *Archivio per lo studio delle tradizioni popolari*, IX, 1980.
– *Raffronti toscani alle facezie di Masianello*, in *Niccolò Tommaseo*, II, 1905.

Nerucci Rodolfo, *Racconti popolari pistoiesi in vernacolo pistoiese*, Pistoia, Nicolai, 1901.

Nieri Idelfonso, *Cento racconti popolari lucchesi e altri racconti*, a cura di Pietro Pancrazi, Firenze, Le Monnier, 1950.
– *Vita infantile e puerile lucchese*, in *Atti della Reale Accademia lucchese di Scienze, Lettere ed Arti*, XXX, 1900.

Palazzi Fernando, *Enciclopedia della fiaba*, a cura di F. P. con la collaborazione di vari autori, Milano-Messina, Principato, 1941.

Papanti Giovanni, *Novelline popolari livornesi* (Nozze Pitrè-Vitrano), Livorno, Vigo, 1877.

Parducci Amos, *Idelfonso Nieri e i suoi "Cento racconti popolari lucchesi"*, in « Bollettino storico lucchese », XI, 1940.

Petrocchi Policarpo, *Letture Toscane - Fiori di campo*, Milano, Agnelli, 1876.

[Pitrè, *Novelle p. t.*]
Pitrè Giuseppe, *Novelle popolari toscane*, 2 voll., Roma, Editrice del libro italiano, 1941.

[Pitrè, *Fiabe*]
Pitrè Giuseppe, *Fiabe, novelle e racconti popolari siciliani*, Palermo 1870 - 1913.

Prato Stanislao, *Quattro novelline popolari livornesi accompagnate da varianti umbre, raccolte, pubblicate ed illustrate con note comparative da S.P.*, Spoleto, Bassoni, 1880.

Propp Vladimir J., *Morfologia della fiaba*, con un intervento di Claude Lévi-Strauss e una replica dell'autore, Torino, Einaudi, 1980.

– *Le radici storiche dei racconti di fate*, Torino, Einaudi, 1949.

Rondoni Giuseppe, *Alcune fiabe dei contadini di S. Miniato al Tedesco in Toscana*, in « Archivio per lo studio delle tradizioni popolari », IV, 1885.

Solinas Donghi Beatrice, *La fiaba come racconto*, Venezia, Marsilio, 1976.

– *Studi collodiani* (AA.VV.), Atti del I convegno internazionale - Pescia 5 - 7 ottobre 1974, Cassa di Risparmio di Pistoia e Pescia, 1976.

Targioni Tozzetti Ottaviano, *Antologia della prosa italiana*, compilata e annotata da O.T.T., Livorno, Giusti, 1889.

Testa G. A., *La novellina dei due gobbi* (come si narra nei dintorni di Fiesole), in « Rivista delle tradizioni popolari italiane », I, 1894.

Thompson Stith, *La fiaba nella tradizione popolare*, Milano, Il Saggiatore, 1967.

Weber Carl, *Italienische Märchen in Toscana aus Volksmund gesammelt*, in « Forschungen zur romanischen Philologie », 1900.

INDICE

NARRATIVA

Plath, La campana di vetro
Pirandello, Dal naso al cielo
Goldoni L., Cioè
Pirandello, Il vecchio Dio
De Marchi, Demetrio Pianelli
Llewellyn, Com'era verde la mia vallata
Stoker, Dracula
Hardy, Tess dei D'Urbervilles
Charrière, Papillon
Eliot G., Il mulino sulla Floss
Wilson S., Scandalo al sole
Wilde, Il principe felice - Una casa di melograni
Piasecki, L'amante dell'Orsa Maggiore
Pirandello, Giustino Roncella nato Boggiòlo
Carrol, Le avventure di Alice nel paese delle meraviglie - Attraverso lo specchio
Brown D., Attorno al fuoco. Racconti degli indiani d'America
Collodi, Le avventure di Pinocchio
Ka-Tzetnik 135633, La casa delle bambole
Faggin - Sgorlon, Fiabe friuliane e della Venezia Giulia (a cura di)
Beccaria - Arpino, Fiabe piemontesi (a cura di)
Shelley M., Frankenstein
Blatty, L'esorcista
Fowles, La donna del tenente francese
Gatto Trocchi - Limentani, Fiabe abruzzesi (a cura di)
Agrati - Magini, Saghe e leggende celtiche (2 voll. in cofanetto) (a cura di)
Konsalik, L'isola delle sette palme
Bronzini - Cassieri, Fiabe pugliesi
West, Il navigatore
Baum, Il meraviglioso Mago di Oz
Wouk, Vento di guerra
Tacconi, Il medico di Gerusalemme
Konsalik, Battaglione donne

Boulle, Le orecchie della giungla

LaBastille, La donna dei boschi

Carbone, 99 leggende urbane (a cura di)

Il meglio dei racconti di Agatha Christie (a cura di Roncoroni)

Palusci, Aliene, amazzoni, astronaute (a cura di)

Lovecraft, Tutti i racconti (1923-1926)

Puig, I sette peccati tropicali

Savona - Straniero, Marinara

Guest, Un altro paradiso

Ruesch, Paese dalle ombre corte

Il meglio dei racconti di Edgar Allan Poe (a cura di Roncoroni)

Ignatius, Agenti d'innocenza

Rasmussen, Racconti dalla Scandinavia (a cura di)

Chabon, I misteri di Pittsburgh

Williamson D. e L., La nascita dell'unicorno e altre leggende dei nomadi scozzesi

Proffitt, Giardini di pietra

Agrati - Magini, Miti e saghe vichinghi

Pagetti, La lotta col drago (a cura di)

Shōnagon, Note guanciale

Feng Meng Long, Il corpetto di perle. Novelle cinesi del '600

Childe - Pinamonte, Lo sguardo di Venere

Grimm, Fiabe (2 voll. in cofanetto)

Phillips, Trionfo della notte. Racconti del terrore e del soprannaturale (a cura di)

Décina Lombardi, Racconti d'amore del '900 (a cura di)

Fleming, Operazione tuono

Bonaviri, Fiabe siciliane (a cura di)

Enna - Mannuzzu, Fiabe sarde (a cura di)

Zielinski, Racconti dalla Polonia (a cura di)

Jevolella, I sogni della storia: eroi, santi e stravaganti

Forester, La "Regina d'Africa"

Corrao, Giufà: il furbo, lo sciocco, il saggio (a cura di)

Englaro, Il tempo del sogno: miti australiani (a cura di)

Duras, India Song - Hiroshima mon amour - Nathalie Granger - La donna del Gange

Rendel, La morte non sa leggere

Monduzzi, Il manuale della playgirl

Mari - Rubini, Il libro delle stagioni

Pagetti, Il palazzo di cristallo (a cura di)

Vacca, La morte di Megalopoli

Fleming, La spia che mi amava

Bisacca, 113 antichi racconti giapponesi (a cura di)

LaBastille, Mama Poc

Lovecraft, Tutti i racconti (1927-1930)

Altieri, Scarecrow (Lo spaventapasseri)

Mascioni, Mare degli immortali

Bechstein, Storie di streghe

Fleming, Al servizio di sua maestà

Nievo – Gatenby, E Dio creò le grandi balene (a cura di)

AA.VV., Le nuove storie di P. Marlowe

Soria, Il topo

Kipling, Da mare a mare

Stoker, Il gioiello delle sette stelle

Hetmann, Fiabe celtiche (serie Fiabe e leggende di tutto il mondo) (a cura di)

Zwi Kanner, Fiabe ebraiche (serie Fiabe e leggende di tutto il mondo) (a cura di)

Becker, Fiabe africane (serie Fiabe e leggende di tutto il mondo (a cura di)

Fleming, Si vive solo due volte

Maspero, Racconti dalla Grecia (a cura di)

Bellonci, Segni sul muro

Ackermann, Fiabe bretoni (serie Fiabe e leggende di tutto il mondo) (a cura di)

Hetmann, Fiabe irlandesi (serie Fiabe e leggende di tutto il mondo) (a cura di)

Hoepfner, Fiabe persiane (serie Fiabe e leggende di tutto il mondo) (a cura di)

Bozza, Il governatore della Provincia del Ramo meridionale e altri racconti (a cura di)

Crepax, Valentina e le altre. Sei storie complete

Calzolari, Le regole del piacere. Romanzi e scritti erotici (a cura di)

Cerf, Ghost stories (a cura di)

AA.VV., La Biblioteca di Babele Il meglio dei racconti fantastici secondo J.L. Borges (2 voll. in cofanetto)

Russo, La tana degli ermellini

Almansi – Béguin, Teatro del sonno

Gino e Michele, Faceva un caldo torrenziale

Nolan, Oltre mezzanotte

Bompiani, Vita privata

Ruesch, Ritorno alle ombre lunghe

Hörger, Fiabe francesi (serie Fiabe e leggende di tutto il mondo) (a cura di)

Uzunoglu – Ocherbauer, Fiabe turche (serie Fiabe e leggende di tutto il mondo) (a cura di)

Silverman Weinreich, Mazel Tow. 178 favolette yiddish (a cura di)

Castelli, I mondi perduti di Martin Mystere, detective dell'impossibile

Cardella, Fedra se ne va

Lovecraft, Tutti i racconti (1931-1936)

Whitehead, Zombies

Russo, Il caso Montecristo

Salvi, Ho i capelli che mi vanno stretti

Disegni, Disegni & Caviglia contro tutti

Hyde, La volpe rossa

Shakespeare, Aforismi sul gran teatro del mondo

Berni, Fiabe lapponi e dell'estremo Nord (2 voll. in cofanetto) (a cura di)

Sclavi, Tutti i mostri di Dylan Dog

Twain, Racconti del Mississippi (2 voll. in cofanetto)

Décina Lombardi, Poesie d'amore del '900 (a cura di)

Hetmann, Fiabe inglesi (serie Fiabe e leggende di tutto il mondo) (a cura di)

Ozawa, Fiabe giapponesi (serie Fiabe e leggende di tutto il mondo) (a cura di)

AA.VV., Enciclopedia fantastica italiana

38857
1995

« Fiabe toscane »
di Carlo Lapucci
Oscar narrativa
Arnoldo Mondadori Editore

Questo volume è stato stampato
presso Arnoldo Mondadori Editore S.p.A.
Stabilimento Nuova Stampa Mondadori - Cles (TN)
Stampato in Italia - Printed in Italy